# MÉMOIRE
# D'UN FOU D'EMMA

# Du même auteur

El-Kous, éthopée d'un pied-noir
*récit*
*Seuil, 1978*

Le Devoir de rédaction
*roman*
*Actes Sud, 1983*

La Mer des mamelles
Roman d'amour ès lettres
*roman*
*Seuil, 1995*

*Fiction & Cie*

Alain Ferry

# MÉMOIRE
# D'UN FOU D'EMMA

*roman*

*Seuil*
27, *rue Jacob, Paris* VI*e*

COLLECTION

*« Fiction & Cie »*

fondée par Denis Roche

dirigée par Bernard Comment

© *Autour d'Emma : « Madame Bovary », un film de Claude Chabrol*, Hatier, 1991, cité p. 122-123. – © Julien Gracq, *En lisant en écrivant*, José Corti, 1991, cité p. 41. – © Gérard Macé, entretien, *Le Matricule des anges*, n° 35, 2001, cité p. 65-66. – © Hans Mayer, *Les Marginaux*, Albin Michel, 1994, cité p. 138. – © Pierre Michon, « Corps de bois », in *Bovary : exposition, Yvetot, galerie Duchamp, 17 mai-15 juin 2002 ; Pont-l'Évêque, Les Dominicaines et Caen, Artothèque, 22 juin-1er septembre 2002*, cité p. 80-81. – © Vladimir Nabokov, *Littérature*, Fayard, 1987 et 1988, t. 1 et 2, cité p. 123, 237-238. – © Jacques Rancière, *La Parole muette. Essai sur les contradictions de la littérature*, Hachette Littérature, 1998, cité p. 230. – © Stephen Vizinczey, *Vérités et mensonges en littérature*, traduit de l'anglais par Philippe Babo, 2001, cité p. 108.

ISBN 978-2-02-094510-3

© Éditions du Seuil, mars 2009

www.editionsduseuil.fr

www.fictionetcie.com

« Nous étions à l'Étude… »
(*Madame Bovary*, 1^re phrase.)

« Que n'avait-elle, au moins, pour mari un de ces
hommes d'ardeurs taciturnes qui travaillent la nuit
dans les livres. »

(*Madame Bovary*, 1^re partie, chap. IX.)

## 1. Éva.

Éva était très belle. Elle doit l'être encore. C'est notre femme. *C'était*. C'était, puisqu'elle est partie. Avec un militaire. Ou quelque chose comme ça. Un marin. Glabre, fuselé, bourru. La quarantaine *séduisante*. Le cheveu court, roux comme Judas. Tête d'or en vérité. Elle, à cause de l'amour, elle est sans doute plus belle qu'elle ne le fut jamais. Fatale beauté. Quand nous l'avons vue à la bibliothèque Sainte-Geneviève, nous avons eu un véritable éblouissement : le soleil dans les yeux. Quand nous la vîmes, nous eûmes : le passé simple vaudrait mieux que le composé pour cette épiphanie qui nous hissa hors du temps de la durée où les choses ont une fin. Instant d'éternité sous l'effet de l'Éternel féminin ? Sidéré par l'éclair de son apparition, c'est en tout cas ce que nous fûmes : la foudre tombe où elle veut, sur un étudiant ému comme sur un clocher.

Quand nous avons repris nos esprits, elle était à la même place. Nous n'étions plus le même homme. Nous lui avons parlé. Nous l'avons invitée à faire une pause, à nous accompagner aux PUF où nous devions acheter un livre pour notre diplôme d'études supérieures. Elle ne s'est pas fermée. N'a pas refusé. Un quart d'heure plus tard, place de la Sorbonne, nous lui offrions *L'Éducation sentimentale*. Nous lui avions demandé si elle l'avait lue. Non, pas encore ; de Flaubert je n'ai lu que les *Trois contes*. Et *Madame Bovary*, bien sûr. Nous, nous avions posé cette question parce que tout de suite elle nous avait semblé belle et fraîche comme une rose, nous voulons dire comme Rosanette, pas comme

Mme Arnoux. Elle était en licence et à ce moment-là elle étudiait *Les Liaisons dangereuses*. Après trois mois de rencontres, de séances de cinéma, de petits et loyaux services, de cour comme on disait toujours à cette ère-là, elle nous a reçu dans sa chambre de bonne, rue Lhomond, et c'est rue Lhomond que nous sommes devenu son amant. Au début du printemps nous nous mariions. Deux septennats de bonheur. D'une harmonie que pour notre part nous prenions pour un gage de conjonction définitive. Nous n'avons rien vu venir. Nous avions l'impression que même au lit c'était toujours entre nous le même accord, le même appétit qu'aux jours bénis de nos premiers embrassements. Quand elle s'est sauvée avec le capitaine, la terre s'est ouverte sous nos pieds, sous nos pieds bêtes comme toute notre personne. Même en voyant sur notre bureau cette enveloppe qui nous expliquait son désamour, sa nouvelle passion et son départ, même en dépliant la lettre, nous n'avons pas eu un mauvais pressentiment.

Éros est vraiment aveugle. L'épître était en effet un os. Une page d'anti-évangile écrite selon Thanatos. Deuxième sidération, mais pour le coup nous fûmes consterné, atterré, comme un novice cueilli à froid par un crochet décoché à vous tuer un bœuf. L'horreur dans le gosier, nous avons saigné, mugi à la mort, pleuré en chute libre.

Nous avons ruminé. Aigre et longue estomacade. Nous nous sommes fait aux affres de ce chagrin. Maintenant nous réagissons. Nous travaillons pour ne pas couler. Pour ne pas périr. Pour comprendre. Que voudriez-vous que nous fissions ? Nous lisons. Nous lisons pour nous étourdir. Nous lisons comme une grive s'enivre de chasselas et, d'abord gironde, ensuite ronde, s'écroule d'un excès alcoolémique et pondéral. Jusqu'ici, mélancolique et donc un chouïa érotomane, nous avions le corps de notre femme, et notre bibliothèque roulée comme une dame damascène, pour choyer notre tempérament. Esseulé, enseveli dans un mastaba de bouquins bardés de bandes ou nus de toute jaquette, nous nous bilons bézef, au risque d'avoir les tics d'un atrabilaire amoureux dont la Célimène s'est, littéralement et dans tous les sens, cassée. Les livres sont un antidote pour un cœur en miettes que la dislocation enfonce encore plus bas dans sa tristesse naturelle. Nous misons sur l'un d'eux dans l'espoir de recoller nos mille morceaux. Nous lisons et relisons le livre amiral de l'adultère. Son livre. Nous lisons la plume à la main *Madame Bovary*. Et trente-six livres tournant autour de *Madame Bovary*. Et les romans des cousines d'Emma, voire de ses succédanés affines. Quand nous marchions vers nos vingt ans, ce roman avait été une révélation, l'initiation au cercle infernal et céruléen de la littérature, de la grande littérature. Emma est belle. Sa beauté est le premier ressort de la fatalité qui ronge et ruine son union avec Charles. Est-ce que c'est bon de tomber amoureux fou d'une femme très belle ? La beauté trop manifeste attire trop de regards, attise trop de désirs et produit du danger.

Emma, qui donc es-tu ? Sais-tu bien ta nature ? Et nous, qui étions-nous ? Un Charles minable et misérable aussi ? Nous nous sommes dit qu'en lisant Flaubert et sur Flaubert nous ferions lentement le point pour entendre quelque chose à notre échec. Pourquoi a-t-elle fait ça ? Éva, Éva cruelle, pourquoi nous as-tu quitté ? Nous nous sommes dit que nos lectures nous distrairaient de notre peine. Soûlé de livres, beurré de littérature, nous supporterions mieux, peut-être, l'âcre ennui d'avoir perdu notre femme bien-aimée. Notre femme mal aimée, plutôt, car si nous l'avions aimée bien, elle ne serait pas partie avec le capitaine. Notre femme perdue que nous gardons dans la peau : son odeur intime, le parfum de son eau de toilette, le goût de ses cheveux, qu'elle avait, qu'elle a longs jusqu'aux reins (à moins que l'autre ait voulu qu'elle ne les coupe et qu'elle lui ait fait cet ignoble plaisir), nous clouent et nous obsèdent. Nous l'aimions, nous l'aimons pour son tour d'esprit, pour son humour hélas, et pour sa grâce cachée pareille à sa *bellezza* : un peu froide en apparence comme dans *Fenêtre sur cour* Grace Kelly, dont Hitchcock ne crypte pas les ressources du déshabillé, ou même Eva Marie Saint quand elle affriande Cary Grant dans *La Mort aux trousses* (le premier film que nous avons vu ensemble fut *Never let me go*, tourné avec Gene Tierney, et Gable qui pleurait alors la disparition de Carole Lombard, perdue non pas à cause d'un autre homme, mais morte dans un accident d'avion). Sexuellement, elle nous tente sans répit, sublimée jusqu'à un certain point, vénus de Milo Manara autant que de Praxitèle. Une Apsara, avec ses soixante-quatre techniques pour éveiller les sens, ne brouille pas plus la cervelle d'un ascète qu'Éva n'ébranlait la nôtre rien qu'à se tenir immobile près de nous, rêveuse et long-vêtue.

Ces hantises sont une souffrance, une fièvre lente, une soif saumâtre. Et le temps passe sans que notre jalousie faiblisse. Nous avons des suées en assistant – comme si ces félons se fourgonnaient les braises à vue de notre nez – au film de leurs étreintes synchrone avec une bande-son très nette. Nous n'avons plus vingt ans, mais nous sommes jaloux comme le jeune Flaubert qui, dans *Mémoires d'un fou*, a dans l'âme les tortures d'un damné quand Maria se couche avec son mari (« Elle était là, belle et nue, avec toutes les voluptés de la nuit ; elle venait à lui ; la jalousie m'inspira des pensées obscènes, alors je les souillai tous les deux »). Nous gémissons quand il lui dit, car il lui dit des choses comme ça : « Éva, même dans les bordels les plus barbares de Toulon ou de Naples la figa des filles qui ne se la rasent pas a moins de toupet que la tienne ; et ton clitoride, gros comme un bouchon de magnum, eût fait envie à la maîtresse indienne que j'eus à Panama, et qui avait le sien menu comme un grain de maïs. »

Peut-être même que ce cinglé polyglotte la convie à oser l'ondinisme, elle accroupie en mauvais équilibre sur un tabouret, lui influencé par l'icône Patti Smith qui pissait dans les rivières des jets d'ambre dont la chute, chaude et chuintante, donnait à sa pussy un prestige niagaresque, sinon zambésien. Qui sait si, poussant plus loin le culot et la violence, il ne l'oblige pas à s'agenouiller pour une tétée infâme dont il se félicite debout, cependant qu'avec flegme il bourre sa pipe taillée dans un bois des îles aléoutiennes ? Le loup de mer, vingt à parier contre un, n'enlève pas son bonnet à pompon lorsqu'il exige que, pour glorifier cette mentulerie, elle pique une orchidée dans ses cheveux que nous adulions comme Rousseau la forêt noire qui « tomboit au jarret » de Mme d'Houdetot, ou comme Jouve à Arras le chignon médusant de la belle capitaine H.

La chose entre eux ne se fait ni ne se dit probablement pas ainsi. Mais nous nous acharnons à nous faire mal.

Nous aimerions – tant la sagesse nous fuit – être philosophe comme William Hamilton dont le flegme égala le fair-play quand sa femme, la belle Emma Hamilton, se jeta dans le(s) bras elle aussi d'un mataf, « *the one-handed adulterer* » perché sur la colonne qu'on voit dans *Ulysse* au chapitre d'Éole, le fameux amiral Horatio Nelson qui, au pied du Vésuve, savait monter à l'abordage d'une lady en désir comme d'un bateau français en mer d'Égypte. Notre équanimité s'abîme quand nous pensons à notre trogne de bête à cornes. Seul réconfort de notre infortune, les livres attractifs, les bons livres qui nous sont et des amers et des alcools. Ils nous servent de repères. Et nous en avalons chaque jour pour oublier le bonheur des deux autres, et leurs sales âneries. Bon livre par exemple que *Le Journal d'Edith* : ce roman – nous y pensons à cause du chat d'Edith, elle l'appelle Nelson, et lui donne du « Mon amiral » quand il la suit dans l'escalier –, ce roman de Patricia Highsmith nous renverrait des traits croisés de notre vie avec Éva, puisque Edith est quittée par son mari comme nous l'avons été par notre femme, que nous avons déçu Éva comme Brett Howland décevait Edith, et qu'enfin nous écrivons notre mémoire peut-être comme Edith tire de son journal des clartés imaginaires pour supporter la nuit d'un monde qui la frigorifie.

Si nous étions beau et viril comme Tabarly, rien de tout ça ne serait advenu. Mais qui sommes-nous au juste ? Après des études bien commencées nous fûmes collé au concours de l'agrégation (ce ratage ne nous a pas coupé l'amour des lettres). Éva a eu l'agrégation. Nous nous sommes replié sur l'écriture au noir de romans policiers violents, favorables aux acrobaties plus ou moins aériennes de calembours parfois ludiques et souvent lourds, semi-pornographiques pour les scènes obligées par le genre, avec la bimbeloterie d'expressions volées à des livres du second rayon écrits par de grands écrivains qui osèrent encanailler leur muse, celle-là même dont le ventre portait leurs œuvres de haut lignage. L'argent du ménage, c'est surtout Éva qui le gagnait dans sa classe de lettres supérieures, avec ses appointements fixes et ses heures supplémentaires. Nous, vous pouvez nous imaginer assez semblable au héros qu'interprète Belmondo dans *Le Magnifique* de Philippe de Broca. Et si vous prêtez à Éva la beauté de Jacqueline Bisset, qui est la partenaire de Belmondo, vous êtes en dessous de la vérité. De beaucoup en dessous de l'entière vérité, vous pouvez nous en croire. Vous ? Oui, vous, vous lecteur, parce que ce pronom n'est pas pour renvoyer à une collectivité ou une individualité indéterminée, comme dans « une odeur tiède qui vous affadissait » (manuscrit de *Madame Bovary* [f° 250 v] et [f° 221 v]) ; mais il nous permet de vous parler personnellement, parce que nous sommes seul, et que la solitude nous démolit.

Éva, ta conversation nous manque. Tu nous rendais intelligent quand, dans l'escrime de nos disputes sur les fables faibles de La Fontaine, il nous fallait te répliquer du tac au tac. Conversation avec une femme aimée, érudite et fine mouche : même la nôtre avec toi n'était pas «plate comme un trottoir de rue». À présent nous parlons à notre bonnet. En fait nous n'avons pas de bonnet. Les seuls bonnets qui existent dans notre maison sont ceux des Chantal Thomass et des Princesse tam.tam que tu n'as pas mis dans ta valise de malheur, quand, foudroyée par une envie chienne de changer ta vie (hélas, on ne muselle pas la foudre), tu es partie filer l'amour à l'étranger.

Partir pour l'étranger. Polysémie de cette expression. C'est peut-être là que gît la raison de notre plaquage. La bibliothèque est notre éden et nous n'en avons, n'en recherchons pas d'autre. Éva, plus curieuse que nous de la chair même des choses, qui sait si elle ne nous a pas lâché parce qu'elle a vu dans le capitaine un poète effectif de la vie immédiate, un Ulysse qui embrasse le monde à la force de ses muscles, et pas seulement de ses méninges? Un Ulysse poète, mais vicieux probablement, car les marins ont l'érotisme inventif, tant ils ont vu d'idiotismes de métier dans les clandés de leurs escales. Éva, c'est nous. C'est encore nous. Et nous, c'est de la confusion, parfois nous ne savons plus notre prénom puisque Éva ne le prononce plus, quand de notre côté nous répétons aux meubles de la maison, aux lampes de nos bureaux, aux draps de nos divans, sans cesse, déraisonnablement, Éva, Éva, Éva, Éva, fou d'Éva et fou à cause d'Éva. Jamais pourtant nous ne pensons, avec ce forcené d'Isidore de Séville, qu'*Éva* c'est *Vae*! Éva, non ce n'est pas malheur à nous qui avons été vaincu par un brillant *Captain*! Éva, ce fut notre chance et notre bonheur. Mais à cette heure nous sommes en capilotade, nous ne sommes plus rien, nous Gustave Bovary, ou capitaine vraiment Nemo, Ulysse nommé Outis qui veut dire Personne, Niemand, Nobody, Nessuno, Pessoa. Grande est notre envie de nous endormir. Bonsoir à vous, monsieur l'abbé Lhomond qui, en tête du *De viris illustribus*, écriviez qu'il faut aux enfants des faits, et des faits qui les intéressent. Ce foutu amour fou nous intéresse encore. Nous intéresse de plus en plus. Et sur le distingué voleur de notre femme, qui peut-être entend les langues mortes, nous lançons l'imprécation de l'ode horatienne : « *At tu, nauta, neglegis nocituram fraudem committere* » etc. ? / Mais toi, marin, tu n'as pas scrupule à commettre une faute qui retombera plus tard sur tes fils ? Peut-être de justes représailles et le retour hautain des choses t'attendent-ils toi-même.

## 2. État présent de votre esprit.

À cette demande du questionnaire proustien nous répondrions : très mauvais. Nous sommes mal. Nous ne sortons plus. Seul au milieu de nos livres, nous remâchons le fiel de notre spleen. De temps en temps nous naviguons sur la toile. Puis nous revenons à nos lectures. Mais l'obsession perdure. Un malheureux a besoin de parler. Vous qui êtes là, votre oreille, s'il vous plaît. De grâce, restez. C'est pour vous confier que ça ne va pas. Vous entendez, ça ne va pas du tout. L'écriture aurait sur certains êtres des vertus thérapeutiques. Nous verrons bien. Quand il a des tristesses à cause de Métilde, Stendhal les distille aux pages de son journal. Écrivain de race, Stendhal est un auteur modèle. Il avait la main preste pour tourner les mots simples ou vifs, comme un amant pince le bouton du sein de sa maîtresse. Mais nous, nous ahanons. En revanche nous lisons comme nous respirons. Tout le temps, ou presque. Automatiquement. Si nous avions mené une carrière dans les lettres scolaires, nous aurions tenté l'aventure d'une thèse, et pêché notre sujet dans la mer de Flaubert, qui écrivait péniblement ses livres, et sa correspondance avec une prodigieuse aisance de débondage. Mais nous ne faisons pas de thèse, en littérature nous ne sommes qu'un officier des lettres comme Charles n'est en médecine qu'un officier de santé.

Supposons cette thèse. Nous y aurions sans doute inscrit, en exergue de conjuration, un passage du *Journal* de Léautaud daté du 8 janvier 1906. Y est rapporté que, tout comme Remy de Gourmont, Léautaud s'enchantait de l'écriture de Stendhal.

Gourmont lui avait dit : « Il faut écrire facilement. Que ce soit complètement un plaisir. C'est là être écrivain. J'ai toujours pensé que les gens qui écrivent avec difficulté, écrire n'est pas leur affaire et n'est chez eux qu'un bovarysme. » Cette citation courant sur plus de trois lignes, Éva nous aurait dit de la signaler par un interligne avant et après, par un corps 10, un retrait de 1 cm à gauche, sans guillemets ni retrait à droite. Mais Éva a disparu. Peut-être même qu'elle est disparue. Ténébreux et inconsolé, nous lisons plus que nous ne pouvons écrire. Nous lisons ceux qui font des chefs-d'œuvre parfaits, et ceux qui laissent des œuvres inachevées, délicieuses, délectables même quand elles sont fagotées sans géométrie, comme nous en donnèrent De Maistre, Chateaubriand ou le *happy* Stendhal.

État présent de notre esprit après avoir écrit ce paragraphe : un peu moins mauvais que tout à l'heure. Reste que notre personnelle misère s'accroche. Notre flaubertinage nous guérira-t-il ? Nous essaierons d'y persévérer. Cette constance produira un *essay*. Un essai, comme au temps de Montaigne, ou du père Binet. L'encouragement à persister nous vient d'une formule cueillie dans *L'Âge de l'éloquence* où Marc Fumaroli commente le fouillis de l'*Essay des merveilles de nature*, et ne s'en désole pas : le désordre, dit-il, est justifié par le titre du livre qui comporte le mot « essay ». Par nature enclin au patchwork plutôt qu'à la composition échiquéenne, nous tâcherons de suivre notre pente en la remontant, comme Gide nous y invite (en admettant que « ce branleur de Gide », comme Morand l'appelle, puisse être de bon conseil – Morand qui, à 89 ans, peu avant sa mort, relisait *Madame Bovary*, relevait telle petite erreur commise par Flaubert, et appelait Emma une Sémiramis de l'ennui).

L'ennui. Près de nous Éva devait crever d'ennui. Nous n'avons pas senti que près de nous Éva crevait d'ennui. Elle n'était pas dissimulée, nous la croyions franche, incapable de mentir. Imbécile que nous étions. En amour tout est signe et nous avons été un piètre décodeur. Un soir que nous nous disions le plus heureux des hommes en son compagnonnage, elle se tut, se mordillonnant les lèvres comme Emma avait coutume de le faire à ses moments de silence. Éva stagnait certainement dans la morosité d'Emma :

> Au fond de son âme, elle attendait un événement. Comme les matelots en détresse, elle promenait sur la solitude de sa vie des yeux désespérés, cherchant au loin quelque voile blanche dans les brumes de l'horizon. Elle ne savait pas quel serait ce hasard, le vent qui le pousserait jusqu'à elle, vers quel rivage il la mènerait, s'il était chaloupe ou vaisseau à trois ponts, chargé d'angoisses ou plein de félicités jusqu'aux sabords.

Peut-être le hasard lui offrit-il l'événement attendu le jour où, ayant flairé le vent du possible, elle alla voir à la Nationale une exposition montée sur la mer et la littérature. Nous avions refusé de l'y accompagner. Peut-être est-ce dans la tour ithyphallique du quai François-Mauriac, près d'une vitrine protégeant un cahier manuscrit des *Travailleurs de la mer*, qu'elle rencontra le bel événement qui bientôt l'emporta sur un vaisseau princier, plus romantique et plus rigolo que notre barcasse de plumitif. Et peut-être qu'un gabier perché dans la hune a vu d'en haut, comme lorsque Pâris enleva Hélène, les amants l'un sur l'autre et *vice versa*, lui présentant la tranche de deux corps, un pain de seigle sur un pain de blé, un pain de blé sur un pain de seigle, des pains qui gonflaient, qui cuisaient au soleil d'un dur désir durable, *illorum lyricam coctionem horresco referens*.

Peut-être qu'il saura, le rival abhorré, ce que nous n'avons pas su. L'amour ne dure qu'avec de l'âme. On arrose sa rose en lui faisant l'amour, mais la rosée d'amour physique ne vivifie pas l'âme. Nous avions lu *Vie et destin* sans nous instruire de ce que dit Grossman : quand un deuxième amour vient à une femme après un long cénacle conjugal, c'est la conséquence d'une avitaminose de l'âme ; ainsi les vaches rêvent de lécher le sel qu'elles cherchent dans leur enclos habituel.

Éva, vous êtes notre oriflamme, notre blason, notre patrie. Notre nostalgie de vous nous fait pleurer comme un veau. Espèce de déréliction d'une espèce de veuf bovin dont les crues lacrymales n'émeuvent personne. Écoute, Éva, nos élégiaques meuglements. Nous sommes perdu comme un Suisse exilé de son canton natal. Écoute, Éva, notre ranz des vaches. C'est toi qui nous expliquas, un jour que tu préparais une leçon sur Jean-Jacques Rousseau, que le ranz est une *suite d'objets qui vont à la file*. Écoute la marche du bœuf qui déplore la fin de sa belle saison. *Meuh!* Nous mettons un meuh! à la fin de cette laisse, comme Joyce en pousse un dans la phrase initiale de *Dedalus*. Portrait de l'artiste en broutard qui pleure des larmes fades : c'est ce qu'il nous reste à ne pas faire. Et puisque nous citons le jeune James Joyce, vous saviez bien, Éva, qu'il n'est rien de commun entre nous et Stephen Daedalus qui, dans *Stephen le héros*, se précipite vers Emma Clery pour lui déclarer qu'il a envie d'elle, d'une seule nuit avec son corps neuf de jouvencelle, de pas plus que cette partie de plaisir sans lendemain parce que, lui explique-t-il, « ce qu'on appelle l'amour, il n'en existe pas au monde ». Il ne nous semble pas vous avoir aimée, Éva, comme un godelureau. Nous vous avons servie au mieux de nos capacités, avec notre caractère, notre bonne volonté, nos limites humaines ; avec des élans d'âme, et pas seulement des crises de corps. Pourtant elle s'en est allée. S'est sauvée. Sauvée : ce mot est contre nous un acte d'accusation. Éva chérie, grâce à toi nous savons que l'amour existe, et nous y croyons comme à un phénix. Au camp qu'on a foutu, ne revient-on jamais ? *O my darling Clementine* : si nous devions dire aussi *You are lost and gone for ever*, c'est plus que *dreadfull sorry* que nous serions. Nous en mourrions peut-être.

**3. Éva équivalait pour nous, à elle seule, au harem qu'Usbek avait à Ispahan.**

Quand elle était encore avec nous, souvent nous nous montions la tête, même au turbin, rien que de rêver à ses caresses. Certains soirs c'était comme si elle ne savait plus où donner de ses bouches. Et notre langue à l'aube était fourbue. Un jour qu'elle préparait un cours sur *Les Lettres persanes*, nous l'avons agacée en nous glissant sous sa table de travail, désirant qu'elle désertât ses fiches et nous sortît le grand jeu dans lequel Zélide, Zachi, Zéphis et Fatmé développent pour leur maître des parties fabuleuses : elle y consentit au-delà de nos plus vertes espérances. Jamais la musique de son corps ne fut plus envoûtante. C'était un corps parfait. Vous auriez tremblé en le regardant. Il nous occupait, nous l'habitions. Il était notre maison, notre province, et beaucoup davantage. Pas une once de graisse. Mais, présentes à suffisance, les rondeurs nécessaires, rien de sec n'était en lui, ni de chiche, ni d'exaspéré. Et l'*être* est rond, comme l'on sait. Le reverrons-nous, hélas ? Redeviendrons-nous son berger pour regagner la poésie ?

Notre grosse erreur fut de croire qu'Éva pourrait vivre d'amour et d'eau studieuse, longtemps et toujours. Avec nos livres, nos petites écritures policières, et son noir continent à redécouvrir jour après jour, nous étions content de l'existence. Nous n'avons pas vu le moment où elle dut commencer à trouver court le rayon de notre communauté, de notre communion. Contrairement à elle, nous n'avions pas besoin de voyager, de militer, d'écouter des voix étrangères au cercle de notre duo. Nous n'avons pas vu qu'elle devait avoir envie de voir le monde, de connaître des gens nouveaux, de se dévouer à des causes caritatives. Bête à manger du foin, nous croyions que notre relation était forte parce qu'elle était simple, qu'en faire tout un plat, tout un roman pour la définir aurait trahi le bloc solide de notre couplage. Nous nous trompions sur ce qu'Éva manifestait de ses sentiments, qui semblaient du bonheur, alors qu'elle ne montrait pas tout de son for intérieur. Notre cécité se traduirait assez bien par une formule qui est dans *Les Coups* de Meckert : « Nous deux, c'était tout, et puis merde pour tout le monde. » *Nous deux*, nous nous sommes rendu trop tard à cette évidence, pour elle c'était loin d'être tout. À moins de nous l'attacher en lui faisant boire la potion faite à base de pénis de lézards coupés en pleine copulation, qui d'après John J. Wincler garantissait aux Grecques de l'Antiquité des boulimies d'amour, nous aurions dû ressourcer notre ménage affadi. Nous aurions dû procurer à Éva le sel de l'aventure, l'alizé des fréquentations mondaines, en tout cas le commerce des amitiés que nous avions l'un et l'autre, et qui par notre faute s'était interrompu. Nous aurions dû. Nous aurions dû…

Maintenant qu'elle nous a abandonné, c'est vingt ou cent fois plus que notre imagination cavale. La vie est un coupe-gorge. L'oubli nous ferait du bien. Mais notre envie d'elle subsiste et agit comme la mémoire, puissance méchante qui nous assaille sans que nous la sollicitions. Les souvenirs nous entêtent, et de même qu'à Venise le président des Brosses allait au moins quatre fois le jour sur la place Saint-Marc pour se régaler de la vue de la mer et des gondoles, de la terre et des boutiques, de même il est des périodes où notre coq d'amour se dresse fréquemment tout seul comme au temps où Éva, présente et disponible, lui ouvrait le canal de Vénus, le grand canal il va sans dire (de ce style déplorable elle nous aurait fait honte ; elle abhorrait les facilités de langage que nous nous permettions, dans nos polars alimentaires, quand nous parodiions le genre San Antonio de Frédéric Dard ; elle allait jusqu'à partager l'opinion de Virginia Woolf sur l'*Ulysse* de Joyce – « un livre qui titubait d'indécence » –, l'un des rares points sur lesquels nous lui résistions).

Maintenant qu'elle nous a abandonné… Pourquoi donc nous a-t-elle quitté ? Amenée puis déterminée à s'éloigner de Charles, Emma Bovary n'a pas été freinée par son statut de mère. La femme en elle a gouverné et l'épouse et la mère. Nous préférons ne pas nous étendre sur le fait poignant qu'Éva ne pouvait pas avoir d'enfants. Lorsque, passé sept ans de mariage, de consultations et de traitements, cette impossibilité fut confirmée, notre union sembla intacte, voire consolidée par la tristesse liée à la désespérance. Mais cette perception des choses ne fut sans doute que la nôtre. Éva ne laissa vraisemblablement pas tout paraître d'une crevasse qui dans son for intime dut aller s'élargissant à notre insu, à l'insu du minable à vue basse que nous avons été. Ce n'est pas qu'avec Éva nous n'ayons pas parlé de notre déception. Quel poète grec a-t-il dit qu'entre l'homme et la femme règne une pudeur qui empêche de parler ? Si nous nous sommes parlé, le constat d'échec impose l'idée que, elle professeur et donc femme de la parole, et nous porté sur l'écrit faute d'être bon à l'oral, nous ne nous sommes parlé ni assez ni bien.

Nous sommes en peine. Notre peine colle à nous comme une maladie parasitaire. Nous tentons de la noyer dans la lecture, nous imbibant des drames de grandes héroïnes fictives ou réelles – Médée, Ysé, Marcelle Sauvageot – comme d'autres pour s'oublier se grisent avec une lorette, se noircissent au vin, ou se liquident en passes de lupanar avec des filles qui ont un goût de picon-citron qu'est pas dégueu, comme ils disent. Et même, comme d'autres du cinéma, nous nous faisons de la littérature. Notre patron l'a dit : « Il faut se monter le bourrichon pour faire de la littérature. »

Dites, qu'en pensez-vous? Vous? Comme si vous étiez là encore, comme s'il y avait quelqu'un ou dix personnes pour nous écouter. Nous sommes-nous déjà pris au jeu de l'écriture? Vous nous pardonnerez de nous *y croire* si vous aimez cette phrase de *Brulard*: «À vrai dire, je ne suis rien moins que sûr d'avoir quelque talent pour me faire lire. Je trouve quelquefois beaucoup de plaisir à écrire, voilà tout.» Aussi vous crèvera-t-il vite les yeux, le plaisir de nos autocroquis en divin mari qui fut à lui seul une trinité sans mystère, un compendium de Charles, de Rodolphe et de Léon. Si nous n'avions pas cumulé les travers de ces trois philistins, aurions-nous été fui soudain comme le choléra, la peste et l'ennui réunis?

Éva était pour nous l'icône la plus nette d'une femme idéale, et nous en avions à demeure la présence réelle. Pour nous, elle était le gynécée de A jusqu'à V sinon Z, c'est-à-dire de l'Ange quand, lisant les bras croisés sur la poitrine une élégie de Rilke, elle avait la clarté du messager de l'Angelico à San Marco, jusqu'à la Vicieuse qui, accroupie, s'indexait pour nous dire «Un œil noir te regâââârde» avec la voix de Maruschka Detmers dans *Prénom Carmen* – et nous avions «l'œil américain» pour visionner en haute définition ce mystère dévoilé. À l'opposite, elle devait subir la conjugaison de notre mariage comme celle des verbes défectifs dont les formes inusitées se pallient sous d'amers pis-allers. Elle s'en est allée pour nettoyer son champ du chardon que nous étions devenu pour elle. Or, elle demeure notre rose. Elle est et restera la rose rouge de notre monde. *Rosamunda Rosamunda tutto il mio amore è per te Rosa-munda più ti guardo et più mi piaci Rosamu-u-u-u-unda*. Cette chanson nous obsède, et nous fout le bourdon.

## 4. L'araignée silencieuse.

Dans nos examens de minuit, nous sommes enclin à nous donner tort, à épouser les vues de notre antagoniste, à trouver bonnes ses raisons. Notre individualisme de type secondaire et égotiste n'y fait rien, la cause de notre adversaire nous intéresse en général assez pour que nous l'étudiions, et à force de l'étudier nous doutons de la nôtre. Éva dut avoir pour nous trahir, ou plutôt pour rompre notre couple, une justification, des excuses recevables. Un mari qui est bon aux yeux du monde peut ne plus être supportable pour celle qui dans la vérité des heures quotidiennes mesure, au plus près, ses insuffisances et sa médiocrité.

Tout s'est passé comme si nous avions pris Éva pour une grande fille toute simple, ce qu'elle n'était pas. Chaque être a sa complexité. Emma ne se définit pas carrément par le *bovarysme* d'une épouse récalcitrante contre les conditions d'une existence inadaptée à son tempérament. Du reste, quel est-il, le tempérament de Mme Bovary? Les bourgeoises d'Yonville murmurent contre «ses airs évaporés». Sa belle-mère soutient à Charles qu'elle lit trop de romans, que ses «vapeurs lui viennent d'un tas d'idées qu'elle se fourre dans la tête».

*Évaporée, vapeurs*, ces termes-là ne sauraient accréditer un diagnostic suffisant sur Emma. Car elle peut être une femme solide. Est-ce qu'une mijaurée, une chochotte, manipulerait comme elle les cuvettes emplies du sang que Charles fait gicler du bras de ses patients? À cause de ces opérations, des hommes costauds tombent dans les vapes. Où sont les syncopes, les défaillances, les évanouissements d'Emma ? « Madame Bovary n'en avait jamais eu. » – C'est extraordinaire pour une dame ! reconnaît Rodolphe, sans deviner qu'Emma n'est pas une tendre et qu'elle garde à l'âme, comme la plupart des enfants de campagnards, « quelque chose de la callosité des mains paternelles ».

Il faut se priver du droit de faire des arrêts quand il s'agit de se prononcer sur quelqu'un. Aucun jugement ne saurait être définitif sur Emma. Elle est aussi faible qu'elle est forte.

C'est comme sa main. Un jour Flaubert nous dit qu'elle est sujette à critique : « Sa main pourtant n'était pas belle, point assez pâle peut-être, et un peu sèche aux phalanges. » Plus tard, cette main imparfaite n'est pas refusée à Rodolphe, qui la serre et la sent « toute chaude et frémissante comme une tourterelle captive ». Et vers la fin, lorsqu'Emma est aux abois sous les crocs de l'immonde Lheureux qu'elle s'efforce d'amadouer, nous lisons qu'elle appuya « sa jolie main blanche et longue sur les genoux du marchand ». Le manuscrit mettait même davantage en relief cette joliesse avec une formulation un peu différente : « elle appuya sa main, sa jolie main blanche et longue ».

Si Emma n'est jamais tout à fait autre que ce qu'elle est avec sa manière de pomper l'irréel de la littérature pour affronter et vivre la vie fadasse, si elle aime « la littérature pour ses excitations passionnelles », que lui jette la pierre celui qui jamais n'en use de la sorte. *To read, to sleep, perhaps to dream.* La lecture est une seconde vie. Nous aussi nous aimons la littérature, la folie de la littérature, en grâce de sa porte de corne ouverte sur le rêve. Pourquoi rire d'Emma ? Pourquoi nous moquons-nous moins de Mathilde de la Mole, cette « sœur aînée d'Emma Rouault », comme l'appelle Yves Ansel, qui elle aussi est une dévoratrice de romans, et cherche dans la vie « les grandes passions » qu'elle a lues dans les *Lettres de la religieuse portugaise*, dans *Manon*, dans *Julie*, ou même dans le *Contrat social* ? On ne parle pas de la bêtise de Mathilde. Sans doute est-elle réputée intelligente à cause de son «biotope social». Mais est-on une oie fieffée dans la nigauderie parce qu'on a grandi dans une ferme bouseuse? Emma ne passe-t-elle pour sotte que parce qu'elle est d'extraction rurale et de race roturière? Nous aussi nous sommes du tiers état, et nous fréquentons les livres de la haute non moins que ceux de la bibliothèque bleue. Bovarysme: évasion dans l'imaginaire par insatisfaction. Bovaryste nous sommes, et les livres sont nos *merveilleux nuages*.

Nous défendons Emma parce que nous l'aimons. Si l'utopie d'une destinée princière historiée sur les bleus tapis de l'Idéal pollue sa morale et ses «mœurs de province» – ce qui ne la prive pas sans appel de tout droit à l'estime –, elle n'est pas pour autant un benêt (benêt n'a pas de féminin). Evelyn, notre libraire, lui préfère Nora Barnacle; en nous offrant, comme à ses bons clients, un café Spécial Club de sa machine à capsules, elle nous a cité un critique pour qui l'épouse de Joyce «se trouve tissée dans ces grandes partitions par rapport auxquelles Mme Bovary ou Louise Colet deviennent des personnages d'opérette de province». Cette philippique n'atteint pas notre culte d'Emma. Emma n'est pas une *petite* provinciale. Le nombre de ses qualités ne se compte pas sur les doigts d'une main. Ni même de deux. Par exemple elle n'est pas poreuse aux fables religieuses de l'instruction qu'on lui donne au couvent; benoîte en dévotions mécaniques, elle ne l'est pas: «elle s'insurgeait contre les mystères de la foi». *S'insurger*, le mot est fort, et Flaubert en connaît le sens. Il dit aussi que l'esprit d'Emma a le don de rester «positif au milieu de ses enthousiasmes» : maîtrise de soi non négligeable; rien chez elle du spiritualisme simplifié qu'on voit au visage des enfants de Marie rappelant le bœuf qui vit vagir l'enfant Jésus. Fermé à l'idée que seul un dieu peut encore nous sauver, nous admirons cette face d'Emma.

Emma n'est pas toujours la même, mais prenons-la *en bloc*, comme la Révolution. Il y a encore ceci, qui confirme son aptitude à l'insurrection : Emma est une révoltée, « la discipline [est] quelque chose d'antipathique à sa constitution ». À Yonville, elle ne craint pas d'aller au bras de Léon visiter sa fille chez la nourrice. Puis, à Rouen, « elle se prom[ène] avec lui dans les rues, sans peur, di[t]-elle, de se compromettre ». Elle s'exalte et s'abîme par ce qu'Eugenio de Andrade, dans *Blanc sur blanc*, appelle « l'insurrection de la chair », et comme la plupart des soulèvements, le sien est maté au décret de la mort. Reste qu'il a de la gueule, le tumulte osé par cette *chienne de femme* (les Yonvillaises lui cassent sur le dos un sucre dans ce goût-là). Mais Léon près d'elle n'est qu'un blaireau. Quand elle le pousse à mettre au mont-de-piété des cuillers en vermeil, un cadeau de noces du père Rouault, ce myrmidon n'obéit qu'avec déplaisir : « Il avait peur de se compromettre. »

Ces quelques traits l'attestent donc, Emma est une personnalité difficile à cerner. De même Éva. Intellectuelle, elle l'était. Avec son travail et nous comme compagnon, nous l'imaginions satisfaite de sa vie, de son sort. Mélancolique mais indemne de l'acédie grâce à notre intempérance de lire et de connaître, comblé de surcroît par une entente sensuelle qui nous semblait complète et réciproque, nous n'avons pas vu qu'Éva, elle, s'ennuyait chez nous. L'ennui, « silencieuse araignée » (f° 7), avait tissé sa toile aux mailles rares, visibles tout de même. Borné par les œillères d'une confiance *aveugle*, confiance de faux monarque qui se croit absolu, nous n'avons rien appréhendé. Comme il y a bien des choses dans un chosier, en nous l'amour tricota de la bêtise, puisque bêtement nous avons conclu qu'étant aimé nous le serions toujours. Bêtise d'un imbécile heureux. Ça ne pardonne pas. Nous avons encaissé le penalty. Défaite méritée. Roi caduc, roi nu sous la veste qu'il a prise et qu'il n'a pas volée, isolé au vestiaire de la honte, nous pleurons sous la douche. Sous la douche, toutes les larmes de notre corps coulent. Pleure, corps perdu ; tu peux te fondre en eau sous la douche froide. Là au moins tes larmes ne se voient pas.

**5. Tout le monde est idiot, soit, mais pourquoi les intellectuels le sont-ils si souvent ?**

Nous avons été plus que myope. Nous nous sommes complu à nous croire bon mari. Notre main n'a fait aucun geste de dénégation quand, lors d'une visite, l'une de ses amies dit à Éva qu'elle avait beaucoup de chance de nous avoir. Nous nous sommes décerné à nous-même, à compte clos, des brevets de bonne volonté. Souvent nous lui apportions au lit son petit déjeuner (appuyée contre l'oreiller remonté, elle était belle comme Joan Bennett en une situation semblable dans *The Woman in the Window*, à ce détail près que l'actrice lit un journal qu'elle tient entre sa poitrine et le plateau posé sur ses genoux, tandis que notre star préférée lisait des classiques, *Tristan et Yseult*, *Thérèse philosophe*, ou *Belle du Seigneur*). Nous avons toujours mangé sans plainte les pommes de terre accommodées par Éva avec du céleri alors que nous n'aimons pas le goût du céleri. Nous avons avalé sans grimacer les concombres qu'elle prépare en ajoutant à la crème des feuilles de menthe, alors que l'odeur de la menthe nous navre le cœur et les narines. Nous n'avons jamais protesté contre les grains de raisin qu'elle mêle à la semoule du couscous, et pourtant cette recette-là du couscous nous couperait l'appétit si nous nous écoutions. Inconscient plus que de raison, nous nous sommes enlisé dans l'idée que, disposé à ces concessions, et à d'autres du même genre, comme de souffrir qu'elle fume quand personnellement nous n'étions pas fumeur, nous étions un compagnon à jamais vivable et désirable.

Au sujet de nos corps à corps nous nous souvenons de ce qui n'est pas un petit détail : quelquefois Éva, sans se refuser, roucoulait à peine, ou restait coite, d'un bout à l'autre de nos enlacements. On se lasse de tout, mon ange : c'est peut-être ainsi qu'auraient dû être traduites ces réticences. Or nous ne les avons pas interprétées, trop enchanté que nous étions de caresser notre colombine en pensant le faire bien. On aime, on se croit aimé, on a la clairvoyance qui baisse, on ne sent pas que le fond de l'air a refroidi, on se repose sur les palmes des matins triomphants, on imagine ses murs décorés de feuilles de laurier et de cognassier, symboles d'amour charnel et d'éternelle fidélité. Comme il fut doux pourtant, le temps de notre entente.

Bernard Frank a écrit qu'Emma Bovary sera toujours sa fiancée merveilleuse parce que le grain de peau d'Emma lui monte à l'âme chaque fois qu'il tourne du doigt les pages de son roman. Le grain de peau de notre Éva était pour notre toucher une musique de chambre, mais pas seulement de chambre puisque nous nous enthousiasmions pour lui dans toutes les pièces de la maison. Nous avons fait l'amour dans notre bureau, dans le sien, et souvent sur la table de la salle à manger, à la queue leu leu, autant de fois qu'il y a de Muses. Neuvaines du désir. Chapelet de folies. Elle fut chaude, la nuit blanche que nous nous donnâmes, nu à nue, sur le tapis de notre bibliothèque, devant la cheminée où, comme pour Emma dans la cuisine de l'auberge de la mère Lefrançois le soir où elle débarque à Yonville, un grand feu éclairait en entier notre héroïne non fictive, « pénétrant d'une lumière crue les pores égaux de sa peau blanche et même les paupières de ses yeux qu'elle clignait de temps à autre ». Il n'eut pas la brièveté d'un sonnet, mais plutôt l'extension d'un chant d'Homère, le poème que nous nous composâmes avec ses plumes taillées et notre crayon à mine dure.

Cette nouba nous rafla l'énergie. Vers trois heures du matin fut débouchée, et bientôt bue, une bouteille de chablis que nous avions mise au frais. Car avec Bacchus notre rapport était celui des dames de l'aristocratie dont Emma s'étonne, à la Vaubyessard, qu'elles ne mettent pas leurs gants dans leur verre, signifiant ainsi une intention osée d'être servies comme les hommes, contrairement au précepte d'abstinence entendu chez les bonnes sœurs. Le Blanchots fit donc frissonner notre Éva « de toute sa peau », comme Emma quand on verse du vin de Champagne à la glace et qu'elle sent ce froid dans sa bouche, ou à l'*hôtel de Bourgogne* quand, après sa partie de passion avec Léon, elle rit d'un rire libertin à la mousse du vin – c'est aussi du champagne – qui « débord[e] du verre léger sur les bagues de ses doigts ». Au frigo nous tenions également un Vaudésir qui nous aurait plu beaucoup, en consonance avec ce que nous avions goûté à la fontaine de notre amie intime, un équilibre parfait entre la race et l'élégance, la vivacité et le moelleux, le milieu de bouche enrichi d'une structure forte, mûre, pleine et délicate, avec une finale longue, longue et soyeuse, soyeuse et harmonieuse, harmonieuse et déliée. Mais Éva préféra le Blanchots parce qu'alors elle relisait *L'Arrêt de mort* du grand écrivain homonyme. Ensuite, notre feu passa au rouge, et c'est elle-même que nous bûmes. Celui qui a jugé que tâter une Romanée-Conti vous alloue un orgasme à la fois sur la langue et dans le nez, jusqu'où pousse-rait-il la métaphore s'il devait traduire le bonheur tété sur l'uvette d'Éva au faîte de son délit ? Son goût était alcyonien, à peine salé, et aussi un peu cyanhydrique comme un lait d'amandes amères : l'un de l'autre nous nous régalâmes en toute bovialité, œuvrant chair à chair et conjouissant *vachement bien*, aussi divinement que Jupiter et Io au lac de Lerne. Après notre consommation nous aurions pu dire d'Éva *Putain de femme !* comme Sancho dit *Putain de vin !* quand, sifflant celui de l'écuyer des Bois, il le trouve si charpenté qu'il doit admettre que cette sale tournure est tolérable si elle traduit un compliment. Ainsi Flaubert lui-même, grandissime ami de Cervantès, ne semble avoir écrit nulle part *Putain d'Emma!*, mais sans doute a-t-il parfois pensé cela, élogieusement, de sa petite dame.

Les grandes pertes inclinent au silence. Ou aux redites. Nous, nous ressassons. Séparé d'Éva, nous travaillons des méninges comme le plat Léon qui, en l'absence d'Emma, «l'évoquait de toute la force de son désir et de ses souvenirs». Si vous étiez nous, pas plus que nous vous n'auriez la référence qui à elle seule eût donné l'idée la moins vague de notre *dilecta*. Nous voulons bien vous en souffler une qui conviendrait un peu: Éva dépassait celle dont vous ignorez peut-être que son vrai nom était Hedwig Eva Maria Kiesler, et que vous connaissez sous son pseudonyme hollywoodien: Hedy Lamarr, la plus belle femme du siècle d'après Louis B. Mayer. Et comme Hedy Lamarr – son corps faisait de l'ombre à son âme, a-t-on écrit –, Éva était aussi d'une rare intelligence. C'est elle qui nous apprit comment lire *Finnegans Wake*, qu'elle n'aimait pas. Qui nous pointa les bizarreries de Joyce, de son écriture babélique, puis de l'homme qu'il était, comme de gaver sa Nora de cacao pour qu'elle accrût son tour de poitrine, ou encore de laisser Roberto Preciozo, un ancien officier de marine, lui tourner autour, et réveiller ainsi sa jalousie, un truc érotrope déjà vérifié au sujet de Vincent Cosgrave.

Fatalement Éva nous hante… Aussi ne pouvons-nous faire bref pour nous la dire et la redire. Elle tenait qu'en art rien ne vient bien sans la rigueur du sarclage et du raccourci. Mais notre travail est une médication, un acte de contrition (elle est belle, belle, belle; c'est notre faute, faute, faute, si elle est partie). Si l'art doit advenir, c'est par-dessus la guérison. Guérir d'Éva: quelle pitié! Nous avons toujours en tête les notes presque gutturales que notre habile fée modulait au pic du plaisir, long trille rauque dont les graves nous allaient jusqu'à l'épigastre et guindaient le tempo de nos extases. Pour entendre le grain de cette voix, il faut vous rappeler Zarah Leander et la partie lente de la czardas qu'elle chante dans *La Belle Hongroise* de Tourjanski. Nous sommes juge et partie mais qu'importe : souvent nous avons dit à notre Éva qu'elle avait comme la Leander quelque chose tout à la fois de Garbo, de Dietrich et d'Edwige Feuillère. Nous aurions été mieux avisé de réfléchir au cas d'Ilona la belle Hongroise, une Mme Bovary délaissée par son docte mari, un botaniste si entiché de ses fleurs qu'il ne perçoit pas le marasme où s'étiole son épouse, plante officinale qu'il n'arrose plus guère, et qui retrouve les frissons de l'amour en l'air avec un pilote de chasse. Chez nous, dans la compagnie d'un bibliomane endurci, sur le plancher des vaches qu'était le socle de nos habitudes, notre belle Éva aussi s'est ennuyée. Tout autre que nous dirait qu'elle a bien fait de fuir. Que vaut, en effet, un mari qui sait pour l'avoir lu que Zarah Leander tourna son premier film allemand en 1936, *Première*, réalisé à Vienne par Geza-Maria von Bolvary, mais qui fut incapable de déchiffrer, exprimés pourtant par des signes qui n'étaient pas de l'algèbre, les besoins, les envies et les aspirations de celle qui était dans sa vie depuis plus de treize ans ?

*Notre* Éva : hélas, elle n'est plus nôtre. Nous ne caressons plus qu'en rêve ses « formes cacao ». La froide sensation qui au réveil nous amidonne le ventre est aussi moche que désagréable. Un matin, notre amertume fut telle que nous avons envié le sort des imbéciles ravis. Nous aurions accepté le quotient intellectuel de la boniche Cindy Bonnin qui est, dans *univers, univers*, l'une des potentialités endossées par l'héroïne de Régis Jauffret : une intelligence écourtée nous aurait permis d'« être heureux à jet continu ». Puis nous avons vomi d'avoir envisagé ce renoncement de notre condition humaine, de notre statut de roseau sentant né pour plier sous le vent des conscientes misères. Mais quoi, on ne perd pas sans lésion un amour qui fut à ce point fort que, chaque fois qu'ensemble nous touchions au port de la grâce, nous étions plus irradiés par l'être, et comprenions mieux l'être de l'étant, qu'avec les rayons obscurs du phare heideggerien. C'est ridicule de dire cela comme ça. Mais nous sommes ridicule. Totalement ridicule. Pas comme les personnages de roman analysés par Olivier Rolin. Rappelez-vous sa conférence sur *Le Génie subtil du roman* : le roman est l'ami des pensées hésitantes ; il n'arrête rien, ne décrète rien, ne décide de rien ; il n'est pas normatif. Comme Dostoïevski, Rolin jugeait que Don Quichotte est beau parce qu'il est en même temps ridicule. Et pour insister sur l'art de l'ambiguïté romancière, il nous demandait si Emma Bovary est belle ou ridicule. Elle est les deux évidemment, et belle parce que aussi ridicule. Nous, nous sommes ridicule monolithiquement. C'est immédiat, clair, net, et atroce. Mais le plus noir est que jamais plus nous ne ferons des choses ensemble avec Éva, comme d'aller à Saint-Malo sur le Grand Bé pour tirer de Chateaubriand des bénédictions littéraires. Jamais plus : ce mot est vraiment cruel et *affreux quand on aime* encore.

Vous demandez-vous à présent si notre Éva est un *personnage de roman*, polychrome dérisoirement, mais homogène à l'envi ? Réponse différée. Réponse difficile. C'est qu'elle est bonne et belle de partout. Il se peut que pour elle la cristallisation opère toujours en nous, mais nous ne lui voyons aucun ridicule. Toutes ses qualités, intellectuelles et physiques, étaient à la hauteur de son corps et de son esprit spacieux. L'amour est thaumaturge quand un être humain chérit un autre être humain de constitution aigre ou malingre, ratée ici ou là. Mais pour nous, avec Éva, l'amour jouait sur du velours. Une phrase de Lévi-Strauss vous éclairerait sur elle : « Dans un tableau de Poussin aucune partie n'est inégale au tout. Chacune est un chef-d'œuvre de même rang qui, considéré seul, offre autant d'intérêt. » Quand nous l'aimions, c'était comme si, peintre, nous avions été au

Louvre à copier *Et in Arcadia ego*. Aurions-nous fait cela, nous n'aurions pas prévu qu'en Arcadie la mort menace l'amour dans le temps même où on le fait. Nous ne savions pas encore cette loi scélérate. Mais maintenant le destin nous l'a enfoncée dans le crâne. Le destin, aidé par nos insuffisances. La phrase de Lévi-Strauss vient de *REGARDER, ÉCOUTER, LIRE*. Si nous avions moins lu, si nous avions écouté Éva aussi bien que nous la regardions, elle ne se serait peut-être pas carapatée.

### 6. **Demain nous dirons peut-être le contraire,**

mais aujourd'hui nous voyons nos torts et nous n'imputerions pas à la fatalité les causes de notre avanie conjugale. De même Éva a su ce qu'elle faisait, et a fait ce qu'elle voulait faire, quand elle nous a quitté. Elle non plus ne mettrait pas son départ sur le compte d'un destin programmé par une Parque omnipotente. Ce genre d'excuse est bon pour des êtres comme Maria Monforte qui, dans *Les Maia* d'Eça de Queiroz, explique son décampement adultère par des notions irrecevables, soulignées par Éva dans son exemplaire de ce livre (nous la pourchassons dans sa bibliothèque) : « C'est la fatalité ; je pars pour toujours ; je ne suis pas digne de toi. » Avec Maria Monforte notre Éva n'a rien en commun, sauf la luxuriance de la beauté physique, la majesté de tulipe royale, opulente et ardente, que la femme du pauvre Pedro da Maia se flattait d'avoir comme une dame de la Renaissance : le corps d'Éva était, et sans aucun doute l'est-il toujours, si bien fait qu'il monopolisait les grâces des trois rivales pârisiennes ; en le touchant seulement des yeux nous sentions le satin de sa peau, et nos lèvres tremblaient de fièvre, et la fièvre n'était pas quarte, mais quotidienne, chronique, sans intermittence entre les heures, et chaque heure battait son plein.

Puisque nous citons *Les Maia*, nous préciserions davantage le genre de son charme en la comparant aussi à une autre femme du roman, la Gouvarinho que Carlos da Maia regarde sans déplaisir : lorsqu'il la déshabille en imagination, il « s'enveloppe dans le satin de ses formes, où il sent quelque chose de mûr et en même temps de virginal ». Telle nous semblait Éva quand, avant ou après l'amour, elle s'attardait sur la chaise proche de notre lit, les épaules nues, la poitrine nue, les seins nus, les bras nus, sa main gauche reproduisant sur le ventre le geste de la Fornarina de Raphaël, vu que le médius, séparé des autres doigts, signifiait loyalement que le cas échéant il rendrait service. Mais faire en sorte qu'elle n'en eût pas besoin était notre plus ardente obligation.

Éva n'est plus avec nous : c'est notre faute, c'est notre très grande faute. Notre amour a craqué. Nul autre que nous n'en a filé le coton imparfait. Nous n'en avons pas fait assez pour lui être agréable, ou pour le rester. Outre l'amour, nous avons fait souvent les courses, passé l'aspirateur, et même imité quelquefois son écriture pour corriger ses copies, en meublant les marges d'annotations abondantes et polies à hauteur des approximations ou des bévues de ses élèves (nous avions souri sur le devoir d'une jeune Vietnamienne qui, admise depuis peu dans la classe selon des accords diplomatiques, maîtrisait déjà le français assez bien : « Madame Bovary est un livre qui nous fait découvrire nos défaux. En effet, on trouve dans ce livre tous les maux qui existe dans ce siécle, malgré qu'il a été écrit au 19éme siècle, et engoissent nos ésprit. L'adultaire, l'hipocrisie de la bourgeoisie, l'angoisse de la recherche du bonheur, la reussite sociale, le malentendu dans la famille, tous sont des problèmes qui nous touchent. Et en un mot Flaubert, ce grand écrivain, a su comment nous mettre devant le miroire. »

Ainsi l'entraide et la complicité semblaient être entre nous des liens solides. Quelque chose pourtant clochait. Et nous n'en avons pas pris conscience. Aurions dû nous mieux examiner. L'amour-propre : miroir qui ferait bien de réfléchir, au lieu de flagorner le narcissot qui s'y reluque. Petit bateau inclus dans une bouteille, bien muni de son mât et de ses agrès, mais calé à l'étroit, n'avons pas découvert qu'il fallait à Éva un étonnant voyageur de la vie large.

**7. La « petite femme » de Flaubert : nous sommes passionné par elle, en elle tout nous plaît, même ce qui ne nous plaît pas.**

Nous savons bien qu'un grand romancier la jugea de trop courte envergure pour être le soleil d'un livre monumental. « *Our complaint is that she is really too small an affair.* » Après avoir déploré que la fille du père Rouault, épouse d'un Charles et maîtresse d'un Rodolphe puis d'un Léon, constitue un sujet vraiment trop limité, il s'étonna que son créateur eût souvent jeté son dévolu sur des types humains trop peu racés : « *Why Flaubert choose such inferior human specimens ?* » Malgré la perfection qu'on lui reconnaît, Emma Bovary serait un personnage décidément réduit dans sa catégorie même.

Eh, qu'il aille au diable, ce Henry James ! Il existe heureusement des opinions contraires. Faut-il nommer quelques-uns de ceux qui brillent dans la légion lyrique des admirateurs et des fervents défenseurs d'Emma ? Baudelaire, Thibaudet, Gracq, Vargas Llosa, par exemple ? Emma Bovary n'est pas une âme solaire, mais elle est digne d'habiter le livre que son rayonnement – acceptons de le dire lunaire ou lunatique – éclaire d'un jour inextinguible. Écoutons tout de suite le bien qu'Albert Thibaudet pense d'elle :

> Emma passe avec raison pour un des plus beaux caractères de femme du roman, et le plus vivant et le plus vrai. […] Les femmes ne s'y trompent pas, elles reconnaissent en elle leur misère et leur beauté intérieures, comme un

homme d'imagination noble se reconnaît dans Don Quichotte. […] Emma est une véritable «héroïne» de roman
pour cette seule raison qu'elle a des sens.

Thibaudet cite alors Brunetière qui admirait «dans cette nature
de femme, à tous autres égards commune», quelque chose d'ex-
trême, et de rare par conséquent, qui est «la finesse des sens».

Bien dit, messieurs! La sensualité est son génie, son démon, son
horizon indépassable peut-être. Telle qu'elle est en l'espèce, cousine
de Manon Lescaut, elle donne au texte de son histoire les calories
et la température de la vraie vie (les livres où frétillent, léchées et
bien balancées, de longues scènes de sexe, nous les aimons mille
fois plus que les romans où la chair a cédé sa place aux théories et
aux concepts; comme Jean Starobinski, nous voulons que le corps
soit partie prenante d'une œuvre d'art, car la littérature désin-
carnée est une chose «cendreuse»; en jouant au portrait chinois,
nous dirions qu'à nos yeux serait bel et bon un roman semblable
à la princesse Betsy Tverskoï qui, dans *Anna Karénine*, à l'opéra
de Pétersbourg, empêche d'un geste des épaules son corsage de
remonter afin de se présenter à toute la salle dans l'éclat de sa
nudité; nous ne dévorons pas les récits secs d'étoffe, ceinturés
de chasteté, minimalistes comme le corps plat d'Oona Kilbride,
dont vous vous rappelez ce qu'en dit Timothy Findley dans *Le
Chasseur de têtes*: «Elle s'était faite à son infortune à l'instant où
elle comprit, à l'âge de quinze ans, qu'elle n'aurait jamais de poitrine et, par conséquent, de petit ami pour l'apprécier»; or un
roman doit avoir des petits amis nommés lecteurs, et s'il doit
recourir à la chirurgie de l'érotisme esthète pour s'en attirer, qu'il
n'hésite pas: ces lisards-là sont des plus exigeants.

Mais, messieurs, messieurs qui parlez intelligemment de
la sensualité d'Emma, nous ne vous suivons plus quand vous la
jugez commune pour le reste, quand vous estimez qu'en dehors

de son désir et de ses sens, tout en elle est médiocre. Vous avez peut-être oublié l'appréciation de Gracq :

> En relisant le roman, ce qui m'a frappé, ce n'est pas le ratage misérable des amours et des fantasmes d'Emma, sur lequel Flaubert s'appesantit, c'est l'intensité de flamme vive qui plante son héroïne, au milieu du sommeil épais d'un trou de Normandie, comme une torche allumée.

Ce qui est sûr c'est que le corps d'Emma, ses *appas*, ses charmes et sa beauté fatale agissent en nous comme des dictames saints qui calment nos souffrances. Nous ne comprenons pas bien ceux qui voient en Emma comme en Phèdre une janséniste. Mais Thibaudet nous semble clair quand il écrit que Mme Bovary est Vénus tout entière attachée à une proie de village normand. Comme il vaut mieux présenter un être humain à la lumière de sa plus forte qualité, nous lui offrirons souvent des colliers de mots tirés du grimoire et du bestiaire de sa sensualité qui était, hélas qui est toujours, et majeure et magique.

*Hélas qui est toujours…* Viennent vite l'aurore où le fantôme d'Éva cessera de vampiriser nos pensées, et nos phrases sur Emma ; le matin où, écartant au lever la tenture de notre portière, nous n'aurons plus la gorge prise par son parfum encore imprégné aux chaînes du velours qu'elle avait levé elle-même, sur une pièce héritée de sa grand-mère et fabriquée à Elbeuf, peut-être dans l'une de ces filatures de coton où la petite Berthe fut placée par sa tante après la mort de Charles Bovary ; le midi où nous boirons un gewurztraminer sans que les épices de ses cheveux défaits nous envahissent la mémoire ; et le minuit où nous aurons le cœur à rire parce que de nouveau ce sera pour nous nuit de lumière dans toute la maison… Berthe : le nom de cette enfant, la mention d'un enfant ne contribuent pas à notre apaisement.

Dans *Madame Bovary*, a dit Régis Jauffret, le personnage de la gamine, on n'en parle pas en tant qu'obstacle pour les coucheries d'Emma ; aujourd'hui c'est différent, on est capable de tout sacrifier pour un enfant. S'il y avait eu un enfant chez nous, Éva aurait peut-être saigné sa passion pour le capitaine sur l'autel de nos responsabilités. Et elle ne se serait pas enfuie. Nous fûmes sot de rire quand, voyant *Une femme est une femme* avec Éva, Anna Karina et Brialy se disputent parce que la femme désire un enfant de son ami qui n'est pas prêt à le lui faire : ils se disputent en s'envoyant à la figure des titres de polars ; l'homme prend *Éva* de James Hadley Chase et sur la couverture du livre, au crayon feutre, ajoute à ce nom trois mots qui donnent la réplique « *Éva* te faire foutre ». Et dire que nous avions ri de cette potachie. Nous sommes à gifler, comme le sont les cancres du sentiment.

## 8. **Jalousie.**

Un domaine où nous ne sommes pas un apôtre exemplaire : celui des bons sentiments. Nous serions capable de prêcher que la jalousie est un sentiment veule. Mais que vaut un prêcheur qui ne pratique pas ce qu'il dit ? La jalousie corrompt notre âme et tout notre être en profondeur. Exactement dans les termes du philosophe qui a vu la chose dans sa crudité primaire : «Celui qui imagine la femme qu'il aime se prostituant à un autre sera attristé non seulement parce que son propre désir est contrarié, mais encore parce qu'il est contraint d'unir l'image de l'être aimé aux parties honteuses et aux excrétions de l'autre, et cet être aimé lui fait alors horreur.»

Éva, vilaine hase, t'es-tu lassée de nos baisers ? Nos manières de t'aimer, de te caresser, de te prendre, s'étaient-elles éculées, usées comme une pantoufle qu'on chausse par habitude pour se la couler douce dans les soirs plats des vies bourgeoises ? Pantoufler, c'est connu, ça vous émousse l'homme le plus affûté. Avec l'autre as-tu trouvé le piquant de l'inédit ? Un capitaine de vaisseau, ça en sait long sur les mœurs et techniques sexuelles de l'Afrique noire ou de l'Asie brûlante. On apprend beaucoup à voyager, et déjà en faisant des lectures pour préparer son voyage, sans compter les livres qui, lus dans l'enfance ou l'adolescence, déterminèrent la vocation et l'envie de voir ces autres pays d'où l'on revient plein d'usage, sinon plus solide en raison.

Éva, vilaine hase qui n'est ni hase ni vilaine – nous savons bien que tu es taillée comme Rosanette jeune, mais fais attention, Rosanette à la fin n'est plus que graisse et bourrelets de partout, et nous savons non moins bien que l'amour ne se commande pas, de sorte que c'était ton droit de nous préférer un loup de mer bronzé aux soleils des Mariannes ou des Marquises –, Éva, ô belle-de-partout, ô *fire girl*, nous diras-tu si ton marin a ramené de Cythère des tours de main et des pastilles qui rendent ses coïts plus tenaces, plus orgasmotropes que nos bandaisons domestiques, nos bistouqueries surannées et ternies ? Ce n'est pas un hasard si Flaubert, quand Rodolphe s'appelait encore Léopold, envisageait d'en faire un « officier des spahis brun » ou un capitaine (« recoup avec le capitaine »). D'ailleurs cette idée du premier scénario émerge quand Emma dit à Léon, « pour expérimenter sa jalousie ou cédant peut-être à un besoin d'épanchement », qu'« autrefois, avant lui, elle avait aimé quelqu'un », il est vrai en tout bien tout honneur : « Il était capitaine de vaisseau, mon ami » – et Léon gobe ce beau mensonge qui accuse en lui le basochien sans héroïsme.

Éva, il doit t'en faire, des choses, ton Sinbad. Vos nuits en valent peut-être mille et une, alors qu'il œuvre sur ta chair avec les talents d'un équipage aux cent têtes diverses. *Sinbad the Sailor and Tinbad the Tailor and Jinbad the Jailer and Whinbad the Whaler and Ninbad the Nailer and Finbad the Failer and Binbad the Bailer and Pinbad the Pailer and Minbad the Mailer and Hinbad the Hailer and Rinbad the Railer and Dinbad the Kailer and Vinbad the Quailer and Linbad the Yailer and Xinbad the Phtailer.* Au juste, que te fait-il aux heures exquises, qui te grise d'originalité ? Peut-être s'inspire-t-il d'un procédé mis à profit par les Javanais, et que Pigafetta en bon secrétaire nota dans le journal de Magellan : épris d'une gentille dame, les jeunes hommes se liaient certaines petites sonnettes avec du fil « soubz la peau de la teste du bit », puis faisaient semblant d'uriner sous sa fenêtre et, afin d'être entendus, se secouaient le membre ; la belle enchantée descendait, et ils prenaient leur plaisir ensemble toujours «avecques celles sonnettes, pource que les femmes ont grande délectation a sentir dedans leur nature sonner celles sonnettes». Pas impossible, ô délicieuse Éva, que ton capitaine gagnant se sonorise le bit, nous voulons dire son mât de beaupré royal, son mât de coquin chauve, pour te charmer nu autant que dans son uniforme à épaulettes, et que ses grelots enrichissent vos étreintes d'un exotisme contre lequel ton serviteur légal – et qui fut honorable, mais devenu casse-pieds avec les clochettes feutrées de sa routine – ne peut rivaliser. En larmes nous avons vu, brouillé de jalousie, le bélier de ton malabar combler ton puits d'amour, et le charmer de ses cliquailles, l'une campane, l'autre clarine, et peut-être en avait-il trois comme le fameux condottiere triorchide. Charles Bovary n'est pas d'un naturel jaloux. Il n'a pas vu, lui, le fétiche de Rodolphe frétiller dans la nature d'Emma, comme un de ces maousses capitaines qui habitent le Niger, et que les pêcheurs débitent sur les étals du marché de Mopti.

Charles avec son naturel a eu dans son malheur une certaine chance. Il continuait à dormir sur ses deux oreilles si Emma, au clair de la lune, fuyait leur lit pour aller s'extasier chez Rodolphe dont la chandelle n'était pas morte et qui, plein de feu au foyer de sa pipe, savait préparer le plaisir comme le boulanger taillade les miches crues pour y frayer des grignes. Nous serions bien avisé de casser ou de dépasser les idées de Spinoza sur la jalousie. Joyce les met en cause dans une note préparatoire des *Exilés*: pour étudier la jalousie, l'*Othello* de Shakespeare lui semble incomplet, trop conduit comme l'analyse de Spinoza du point de vue sensualiste. En revanche Berthe, son personnage, le satisfait davantage en envisageant la passion en tant que telle, «indépendamment de la concupiscence frustrée». Berthe? Joyce s'est-il souvenu de *Madame Bovary* pour choisir ce prénom? C'est possible. Il possédait le livre dans l'édition de Conard auquel, eu égard à Flaubert, il proposa son *Portrait de l'artiste en jeune homme*.

## 9. **Aimer Emma.**

Si nous étions un alchimiste, un alchimiste des sentiments, si nous savions faire le miracle de convertir notre amour en l'enfermant dans un athanor pour l'altérer complètement, oui nous tenterions l'expérience. Par l'athanor donc (nous haïssons le mot cornue et encore plus ses homonymes), notre amour pour Éva se transmuerait en une passion pour Emma, qui nous guérirait. L'amour d'Éva nous a apporté de la poisse, il nous pèse, nous empoisonne l'existence. Au plomb d'une femme réelle et désormais absente serait substitué l'or d'un être fictif, qui certes n'existe pas, mais qui nous hante à présent. L'amour est mort, vive l'amour. Éva, fous le camp. Venez, Emma. Emma, venez peupler nos heures du jour et de la nuit. Tant pis si épouser un idéal est une forme de déraison.

On peut n'être pas fou en étant déraisonnable.

Essayez, tentez le coup, nous crie une voix intérieure ; vous verrez, cette manipulation vous remettra d'aplomb.

L'œil du Dr Johnson nous regarde comme un chien qui se met debout sur ses pattes arrière : ce n'est pas bien fait, dit-il, mais on est surpris de voir que c'est fait tout de même. Ce commentaire n'est qu'à moitié encourageant. Nous attacher à Emma pour oublier Éva. Qui ne risque rien n'a rien. Nous voulons changer de constitution. Nous aurons Emma, nous l'aimerons et ferons son apologie. Nous abolirons Éva qui nous crève le cœur décade après décade. Basta !

Tout nous serait plus facile si d'Emma nous possédions un

objet personnel, un ruban ou un bas, un peigne électrisé. Sur sa table de nuit Éva nous a laissé, sans doute sans le faire exprès, son démêloir doré. Il crépite quand nous le frôlons, et chaque fois ses étincelles nous calcinent le cœur. Éva : près de cette tablette, assis par terre, l'avons-nous assez regardée alors qu'elle dormait encore, avec aux lèvres un sourire délié qui semblait de bonheur !

### 10. *Signora Bovary, corragio pure.*

Si nous étions bon écrivain, écrivain d'imagination ou de morgue, bien sûr que nous ne montrerions pas notre vie au peuple : elle n'en vaut pas la peine, elle n'est pas bonne à voir. Il faut dire ce qui est. Notre vie est pauvrette de prouesses. Elle se résume à sa régularité, ornée de quelques vices dont le plus gros est la lecture. Et nous avons tendance à la mythomanie.

Pourtant nous présentons au peuple notre tête à claques. Un homme qui pleure sur lui au-delà d'une semaine n'est-il pas à gifler ? Qui nous applaudira ? Notre dessein n'est pas de composer une œuvre d'art. Le *To make a chef-d'œuvre* du jeune Beyle n'est pas notre ambition. Nous écrivons, comme nous lisons, dans l'espérance de nous *divertir* de celle qui était notre *Unique nécessaire*. Plaire, instruire et toucher n'est ni notre visée, ni à notre portée.

Qui nous choisirait pour modèle tournerait mal. Nous ne conseillerions à personne de suivre l'extravagant qui, pour effacer son mariage avec une femme réelle, lévite au ciel des idées creuses afin d'y vivre en concubinage avec un personnage de roman. Nous sommes marteau. Nous nous sommes mis martel en tête. Emma Bovary doit nous obséder et déjà nous obsède. Nous sommes probablement un cas pathologique. Comment ? En quoi ? – Par la manière d'aimer l'objet que nous aimons ! Nous n'en écrivons que pour notre gouverne. Nous écrivons pour nous. Écrire notre affaire avec Emma ne changera pas le monde, mais cet acte, au fil des jours repris et prolongé, nous pensionnera, nous câlinera comme une robe de chambre, comme une fourrure d'ours. Emma, *te voglio bene*. Emma, nous voudrions bien aller avec vous. Nous écrirons notre aventure, et notre mosaïque hissera nos journées au-dessus de leur assiette, dont le fond est fade autant que bas. Le chagrin nous diminue. L'envol d'Éva, ou son enlèvement, nous a blessé, abaissé. Notre vie ordinaire est plate, privée de style, c'est-à-dire sans ragoût. Si nous aimons Emma et si nous écrivons cet amour sans insipidité, elle retrouvera une espèce de style.

Or le style, Flaubert nous a mis ça dans le citron, c'est l'oméga en toute chose. Mais, pour s'en faire un, il faut oser souffrir. La préface d'une édition récente de *Madame Bovary* se termine ainsi : « Dans son corset de style, cette œuvre est la plus libre de celles qu'a écrites Flaubert. » Nous devinons quel carcan peut être un corset pour la personne qu'il mord. Il arrive qu'Emma, embricolée par le sien, s'en libère elle-même avec maestria ; parfois – « Mère Rolet, j'étouffe, délacez-moi » – l'oppression est telle que le pire est à craindre. Mais le pire n'est pas toujours sûr. Pour respirer mieux, nous choisissons le risque d'être asservi par le culte d'Emma.

Déjà nous apprenons par cœur des chansons où son prénom clignote, où son nom vient à la clausule comme un rubis au val d'un collier d'or. Par exemple *Emma et moi* de Julien Moroni : « Vanessa est vannée / Éva évanescente / Sophie sophistiquée / Mais Emma est aimante (*bis*) », etc. etc. Ou bien, par amour de l'Italie chère à notre égérie, *Signora Bovary* de Francesco Guccini :

> *Ma che cosa c'è in fondo a quest'oggi / di mezza festa e di quasi male, / di coppie che passano sfilacciate* – des couples qui se sont effilochés / … *Ma cosa c'è, cosa c'è / … / clown della notte, / valigie vuote, / piene di trucchi per tragedie immaginarie* – pleines de trucs pour tragédies imaginaires. / … / *Ma che cosa c'è proprio in fondo in fondo*

– Mais qu'y a-t-il vraiment au fond du fond, / … / *signora Bovary, coraggio pure* – Madame Bovary, courage pourtant / *tra gli assassini e gli avventurieri… / in fondo a quest'oggi c'è ancora la notte, / in fondo alla notte c'è ancora, c'è ancora…*

Comme Emma aime la mer, nous l'imaginons se promenant sur une plage de Rimini et fredonnant cette chanson, seule au bord des flots agités qui mouillent sa tenue choisie pour ses couleurs locales, nous voulons dire celles du drapeau italien, le caraco monté avec le vert sur le sein droit, le rouge sur le gauche, le blanc sur le sternum, le slip de bain vert du côté de l'aine droite, rouge à gauche, et blanc pour le milieu. Elle aurait dans la voix le grain timbré de *Sehnsucht* que Hanna Schygulla – qui fut l'Effi Briest de Rainer Werner Fassbinder – nous fait entendre dans ses récitals de Paris, de Rome ou de Berlin. Schygulla dont la carrière commença dans *L'amour est plus froid que la mort* – premier long métrage fassbindérien où, comme il fut dit, l'amour et la mort sont des concepts très idéalisés.

Ici à notre main nous adressons une supplique : Sois sage, ô ma main, et tiens-toi plus tranquille. C'est qu'elle n'a pas rompu, notre main maligne, avec les ficelles de notre job industriel où toute occasion est bonne pour tirer à la ligne et remplir au plus vite le volume du polar qu'attend notre éditeur, calibré selon les normes de la collection où il publie nos produits noirs. Ça la démange, notre main nourricière, de placer un développement sur l'Effi Briest de Fontane, qui est l'une des jolies cousines de notre Emma. Bien que tout ce qui touche Emma nous débride la langue, nous ne céderons pas au plaisir d'attacher en queue de ce chapitre un topoguide sur Effi la Prussienne.

## 11. Disons-le à plus haute voix encore :

celle que nous contre-aimons, celle que nous aimons d'amour, celle que nous aimons à la folie, maintenant c'est Emma. Emma Bovary : figure scintillante dont les éclats intermittents sont si vifs que nous ne voyons plus les phases de nuit sale qu'elle traverse en victime, ou fomente sans gloire, et parfois comme une folle. Emma Bovary : il faut l'ouvrir comme on ouvre un retable qui, fermé, ne jette rien de brillant, mais diffuse une fois ouvert une cantate de couleurs attirant l'attention et fixant notre écoute.

Emma est deux fois, vingt fois plus belle qu'Éva, cette traîtresse d'Éva qui nous a quitté, nous qui savons des lais pour les reines et des chansons pour les sirènes, qui nous a quitté ignominieusement. Et pour qui ? Hélas, hélas, pour un faquin dont nous parions qu'il ne lui citerait pas par cœur un seul quintil d'Apollinaire. Emma est à Éva ce qu'à la Galleria Borghese la Vénus de *Vénus et Cupidon* de Cranach le vieux est à sa voisine, la Vénus de *Vénus et deux Cupidons* d'Andrea del Brescianino : celle-ci n'est pas mal, mais la première a du génie. De même Emma est une *Venus victrix* par rapport à Éva qui n'est pas mal faite. Nous voulons signifier qu'elle est belle *quand même*, comme Chateaubriand disait Vive le Roi quand même, alors qu'en privé il appelait la monarchie *cette charogne*. Mais non, Éva, tu n'es pas une pourrie. Nous divaguons à cause du Boylan illettré qui t'a enlevée en méprisant les liens sacrés du mariage, d'un mariage qui fut d'amour, on doit nous croire, même si nous en surcotons le physique et les pluviers sur canapé qui nous prodiguaient leur opulence appétissante. Mais il t'a prise parce que tu y as mis du tien, en l'occurrence ton envie d'un malabar. Est-ce que par hasard tu aimerais les hommes comme Son Altesse Pauline Bonaparte dont le Dr Hallé nous a dit à demi-mot pourquoi son intérieur était si mal en point quand il l'examina le 15 avril 1807 ? Oublions notre cruelle. Ne pensons plus qu'à la sublime Emma.

Comme le chameau, pour traverser les déserts, a sur l'échine ses bosses perpendiculaires, Emma debout porte en triomphe ses seins sustentateurs, chacun tendu à l'horizontale comme une flèche dans son arc avant le tir. Quand elle est couchée sur le dos, Emma peut se flatter que vers le firmament ondulent à la perfection les dunes de sa poitrine. Dunes immobiles d'Emma, vous ne vous éboulez ni ne vous déplacez ; vous n'avez pas besoin d'être fixées par du lycra comme les sables mouvants par des élymes, qui les empêchent de crouler.

Comme les nomades sahariens possèdent soixante mots désignant le chameau, nous trouvons et savons ou inventons vingt et cent termes et métaphores pour dire les seins d'Emma, *infelix* Emma, mais *pulcherrima* Emma à l'instar de Didon qui fut reine de Carthage où Flaubert fit un tour en vue de *Salammbô*.

Et comme les gauchos argentins ont deux cents vocables ou images pour le cheval, nous réciterons qui nous plaisent, communs ou hermétiques, hapax ou repris des oubliettes lexicales, des noms délicieux. À ce délice nous nous adonnerons chaque fois qu'en rêverie nous ascensionnerons les sept collines d'Emma, son Aventin, son Esquilin, son Quirinal, son Viminal, son Capitole, son Janicule, enfin le Palatin qui suscite le plus d'émotion chez le visiteur d'une beauté éternelle, et le nombre de nos appellatifs passera les deux cents dont usent dans la morne pampa les cavaliers lyriques.

Très belle Emma, donc. À la différence du peintre qui, dans son carnet, croque en quatre griffures un objet qui le frappe, n'ayant pas loisir de le figurer entièrement et en détail, nous dépenserons l'espace et le temps qu'il faut pour, de nos cinq sens, lécher la beauté d'Emma, dont chaque note charnelle égale la symphonie parfaitement achevée de son corps écrit.

Si vous êtes normalement constitué, si vous êtes comme Levine qui, à la patinoire, s'émerveille des épaules magnifiques de Kitty et du contraste qu'il voit entre la grâce juvénile de son visage et la beauté féminine de son buste, ou comme Vronski dont grande est la joie qu'il a de contempler au bal la robe noire que porte Anna Karénine, très décolletée et découvrant son cœur cambré, ses épaules sculpturales aux teintes de vieil ivoire et ses beaux bras ronds terminés par des mains exquises (lors de leur première rencontre à la gare de Moscou Vronski avait aimé le contraste entre le pas rapide d'Anna et l'ampleur marquée de ses formes), si vos neurones fonctionnent ainsi, jamais, non jamais vous ne nous reprocherez d'être de la chair d'Emma un thuriféraire infatigable doublé d'un apologiste plus heureux que Sisyphe. Jamais vous ne nous déclarerez fou à lier et dangereux, car nous aimons Emma comme un barde pris de boisson, comme une amante prise de croyance, comme la petite fleur Thérèse aimait Jésus, et Thérèse à Lisieux se moquait d'elle-même car elle voyait la folie que c'est de vivre en ne pensant plus qu'à un type mort deux mille ans plus tôt, sur le mont du Crâne, un jour d'orage et de séisme.

## 12. Un seul trait, peut-être, nous rapproche de Flaubert.

Si nous n'avons pas ce qui le fait géant, l'art du style et de la composition, en revanche comme lui nous aimons prendre des notes. Comme lui nous mangerions des rayons de bibliothèque pour produire le miel d'un paragraphe de dix lignes. Comme lui nous aimons copier. Comment nommer celui qui jouit de capter les écrits d'un auteur en les transcrivant lettre à lettre, d'une écriture soignée, dans des cahiers et des calepins ? Un copiste ? un copieur ? un cop*ier*, comme on dit un menuisier ou un luthier ? Recopions par exemple deux phrases que nous avons, jadis ou naguère, serrées dans tel ou tel de nos herbiers-keepsakes :

1) « Quand je commence un roman, je n'ai aucun plan ; ça s'arrange tout seul pendant que je griffonne » (confidence de George Sand, rapportée par Maxime Du Camp dans ses *Souvenirs littéraires*) ;

2) sainte Thérèse de l'Enfant Jésus : « Pour écrire ma petite vie, je ne me casse pas la tête ; c'est comme si je pêchais à la ligne, j'écris ce qui vient au bout » (*Derniers entretiens*, 11 juin 1897).

Mais lui aussi, Flaubert, il était plus heureux quand il écrivait comme ça. Disciplinée par la règle et le compas, sa plume est devenue une poire à chagrin. Lettre adressée à Bouilhet, de Constantinople le 14 novembre 1850, sur le dommage des plans préétablis et des analyses probatoires : « Hélas, il me semble que lorsqu'on dissèque si bien les enfants à naître, on n'est pas assez bandant pour les créer. »

Ici nous frissonnons. Nous savons bien ce qu'Éva aurait objecté à ces vaticinations obliques : Mon pauvre ami, ne te sers pas de Flaubert pour préciser ton esthétique. Si tu écris, laisse ton lecteur s'en faire sa propre idée. C'est sans doute ce qu'Éva dirait si elle était présente pour nous lire. Si, si, si. Hypothèse absurde. Si Éva ne nous avait pas fui, nous ne ferions pas ce mémoire fou.

Chatte partie, danse le rat. Voici quand même quelque allusion à nos affinités ou influences choisies.

Nous admirons la fermière bourguignonne qui, invitée par Pierre Dumayet à dire sa lecture d'Emma devant la caméra de *Lire c'est vivre*, se crispa lorsqu'elle dut parler de la liaison avec Rodolphe, comme si ce sujet l'exposait à se découvrir. En disant notre passion pour Emma et pour le livre qui la raconte, nous aussi nous risquons de nous décrire en vérités malignes, ou en une vérité timbrée de taches laides. Nous acceptons ce péril, n'étant pas – malgré notre crâne rasé un jour de spleen – un bonze armé du poignard à tuer le moi. Mais l'important est ailleurs : nous tenterons de nous oublier en composant un *zibaldone* de fragments dont notre icône, Emma Bovary, sera l'ange unificateur.

Les brouillons, les notes giclées du cerveau de Flaubert, ses premières moutures sont prairies où cueillir des glaïeuls et des convolvulus, des liserons dont le calice s'épanouit dans la journée et se ferme au crépuscule, comme le sexe des femmes qui, appelées belles-de-jour, sont capables de tout, et en particulier de faire des heures supplémentaires dans un motel ouvert la nuit. Paul Morand écrivit ceci dans son *Journal inutile* : « Le Flaubert des scénarios et des chapitres correspondants de *Bovary*, descente de dix tons. Sentait-il que ça ne passerait pas, que l'époque n'était pas encore prête à recevoir ça ? » Mais nous, nous habitons l'époque où nous lisons *Extase* de Susan Minot, et vous savez ce qu'est le clou de l'histoire contée par cette fine romancière, l'époque où, côté cinéma, Cannes promeut *Batalla en el cielo*, et vous savez ce que la comédienne Anapola Mushkadiz fait, tout naturellement, à l'excellent Marcos Hernandez dès le début du film de Reygadas. Nous boirons donc aux sources encore troubles des brouillons de Flaubert comme au hanap fourbi de la version définitive : celle-ci exhorte à n'écrire qu'après avoir passé des manchettes de dentelle pour célébrer l'office d'un *grapheur* digne de ce nom, autrement dit d'un phrasiste-paragraphiste-chapitriste plus brièvement nommé *poète*. D'ores et déjà, avec notre expérience paralittéraire du polar vite et plus ou moins bien fait, nous savons que si dans son duel contre la Beauté l'écrivain a le choix des armes, il peut se tromper lourdement en appelant frippe-lippe ou trou mignon ce qui pourrait être traduit par baie molle, encore que le style châtié gagne à ne pas s'ensabler dans des périphrases tournant par trop autour du pot.

En revanche, sur Emma, pour les beaux yeux d'Emma qui aimait tant les livres, nous voudrions écrire avec un peu de distinction.

### 13. **Qu'Emma soit belle, il n'est personne qui ne le sente.**

Sa beauté fait son destin pour une large part. Destin dur pour une beauté sensible, une balancelle haubanée de fragilité. Intraduisible, un mot italien – *vezzoso* – cerne son type. Les dictionnaires multiplient les synonymes dont la somme suggère le sens de *vezzoso* : charmant, libertin, mignard, étourdi, fantasque, allègre, gaillard, enjoué, charmeur, mignon, coquet, mutin, maniéré, délicat. Lorsque Emma repose sur son lit de mort, Mme Lefrançois, l'aubergiste qui a aidé Félicité et la mère Bovary à l'habiller, dit : « Regardez-la, comme elle est mignonne encore ! »

Emma morte. Emma sur son lit de mort. Quelle horreur ! Quelle désolation ! Emma morte à la fleur forte de son bel âge de femme qui avait, comme on dit, l'avenir devant soi. Cette vie si tôt finie, si lamentablement arrêtée, nous saisit de pitié. Immonde décision de la Parque. Une fleur ne vaut rien, mais rien ne vaut une fleur. La vieillesse, même avec ses maux, sa canitie, ses flétrissures, aurait pu avoir du bon pour Emma. La vieillesse malgré les taches sur la peau, les rides verticales sur les lèvres grises et velues, la *baubo* schlass et violacée devenue filandreuse, l'arthrite un peu partout, la pisse quelquefois, ou pire que ça. La mort est plus féroce quand elle foudroie un être plein de beauté. Emma aurait été belle dans les infirmités comme Mme Récamier le resta dans la cécité au temps ultime où elle vivait à la Bibliothèque nationale. Beauté, pourquoi n'êtes-vous pas un paramort ?

Vive Emma Bovary ! Pour nous elle n'est pas morte. Pour nous, mieux que dans l'ouate et le phénol des thanatopracteurs, elle se conserve intacte grâce au sel, tantôt gros tantôt fin, de notre fanatisme amoureux. Impérissable amie! Son odeur est une panthère. *Magnificat nostra anima ejus vulvam jucundissimam.* Oui, nous nous perdons et nous nous retrouvons dans la selve de son être-femme (*tota Emma in utero et vagina*), forêt noire appelant notre cerveau et le sexe sanglier de notre cerveau à s'enfouir là, dans la bauge de la luxure littéraire. Pour la santé de notre prose, nous limiterons les euphémismes et désignerons les fleurs d'Emma sans commettre le péché de «scandaleuse décence» que Borges reprochait aux *Mille et Une Nuits* traduites par Lane et par Galland. La vulve d'Emma ne cesse de remuer nos eaux comme une coque bivalve avec vue sur sa perle : méléagrine qui se défend bien, elle se fend parfois de rires fous, mériterait vos ovations et obtient nos osculations verbalement ferventes, sinon nos salives savantes.

Éva nous avait dit, au cœur d'une nuit agitée : La pudeur est comme la modestie, parfois il faut l'enlever. Ensemble, aussitôt, nous enlevâmes cette chemise. Inoubliable nuit. Nous fîmes aussi litière de la mesure pour que nos râles et nos ahans s'enracinassent jusqu'à l'empire de la témérité. La nuit fut blanche, profonde, crevante en orages levés, en orgies désirées, noire par son romantisme naturaliste, quasi divine, longue comme le jour où Josué arrêta le soleil, grande comme l'échelle de Jacob, vraiment inoubliable. Bandons nos forces vertueuses pour ne pas vous diffuser ces béatitudes. C'est que d'Éva nous n'avons rien à dire en un mot. Parler d'elle, et un peu de nous, les mots polissonnent, et surtout ils buissonnent. C'est ainsi. Parce que c'était elle. Parce que c'était *nous deux*.

## 14. **Les épaules d'Emma.**

Emma, nous l'aimons tout entière. Elle est belle de partout. Toutes les femmes ne le sont pas. Par exemple, Mme de Staël offrait sur ce qu'elle avait de mieux, ses bras et ses seins, des panoramas à outrance parce que, disait-elle, chacun montre son visage où il l'a. Dans l'*Art d'aimer*, Ovide conseille aux Romaines de mettre en valeur leur point fort pour se faire distinguer : « Si tu as un visage parfait, couche-toi sur le dos ; / Si c'est ton cul qui te plaît, fais admirer ton cul » (selon la traduction raidie de Danièle Robert pour *tergo* et *terga*).

La beauté d'Emma ne laisse rien à désirer. Son visage aurait charmé l'Angelico, et ses reins le marquis de Sade. Mais certains jours nous considérons ses épaules comme l'arme décisive d'une grâce que la discrétion n'empêche pas d'être agressive. Flaubert écrivit à Bouilhet qu'il comptait parmi les biens de ce monde « les épaules d'une femme de trente ans ». Dès qu'elle fut formée, tout ce qui d'une femme doit être rond fut chez Emma irréprochable. Et entre autres ses épaules que, si nous nous écoutions, nous célébrerions plus souvent que Tolstoï celles d'Anna Karénine. Nos paupières tremblent nerveusement lorsque nous relisons les lignes qui, dans l'édition Pommier-Leleu, disent comment le jeune Léon approchait ces trésors :

> Quand Emma tournait vers lui sa figure et qu'il voyait les lèvres humides qui parlaient, les dents blanches qui brillaient, c'était un désir âcre, précis, immédiat, quelque

chose d'aigu qui le traversait et il avait envie de la palper sur les épaules, afin de la connaître du moins par un autre sens que par les yeux.

Nous nous plaisons à croire qu'à sa place nous aurions eu l'audace que Félix de Vandenesse ne refréna pas quand il aperçut les épaules d'Henriette de Mortsauf.

Et, toujours à plaisir, nous imaginant à la place du vicomte qui à la Vaubyessard valse avec Emma, nous stimulons notre fantaisie par les indications biffées du texte final, mais toujours lisibles parmi les tournures de chauffe : « il mit la main d'Emma sur son épaule, posa la sienne sur sa ceinture ~~la prit par la taille~~, et partit avec elle » [déf. 109] ; et aussi : « elle sentait à travers son gilet & sa chemise de batiste, la chair de sa poitrine, la robe ~~aux coins des portes se repliait sur ses cuisses~~ », « le cœur battant » [216] ; et encore, si on regarde le brouillon 217 : « sur son front descendait l'haleine de ses narines – il y eut un moment où elle sentit sur son épaule le bout de sa barbe par le bout frôler son épaule nue » (*sic*). Qui n'absoudrait notre envie de nous laisser pousser la barbe pour de sa pointe caresser, au carrousel de notre rêve, dans une valse vertigineuse qu'Emma danserait avec nous seul, ses épaules indéfendues, tendres comme du pain viennois, indiffamables et affamantes ?

Et du val voluptueux creusé entre les épaules d'Emma, nous avons la faiblesse de penser que nous l'aurions baisoté decrescendo jusqu'à la taille, voire outre-taille peut-être. Comme des épaules aux bras d'Emma il n'y a guère qu'une coudée, épions et louons aussi les membres *supérieurs* de la rêveuse qui se désennuie en jouant à la déesse Flore. Lorsque Léon retrouve Emma, il lui dit : « Ah ! que j'ai pensé à nos cactus, savez-vous ? Souvent je les revoyais comme autrefois, quand, par les matins d'été, le soleil frappait sur les jalousies... et j'apercevais vos deux bras nus qui passaient entre les fleurs. » Pour être près de ces bras bouleversants, nous souffririons d'être métamorphosé en clématite, plutôt qu'en cactus, il est vrai. Frôlé par la peau blanche de la belle jardinière, nous nous entêterions de ses phéromones, et serions tellement heureux que nous nous trouverions mal.

## 15. **Un être qui est là.**

Nous n'avons pas choisi d'être rendu au célibat. Les câlins, c'est ce qui nous manque le plus. L'atonie et la solitude sont les mamelles sèches de notre existence. Pourtant nous n'avons pas envie d'aimer une autre femme. Vers nos vingt ans, avant de rencontrer Éva, nous avons quelque temps bamboché avec de joyeux camarades – futurs artistes, intellectuels, archivistes – qui peut-être aimaient se divertir de nos fusantes anecdotes. Dans leur compagnie nous avons jeté notre gourme en chassant de belles émancipées, mais la chasse plus ou moins chanceuse à ces petits bonheurs cessa quand nos yeux rencontrèrent les yeux de la belle garce qui nous fixa, qui nous aima, et qui maintenant nous a jeté comme on fourgue au rayon des tocards un livre dont on n'a pas envie de lire les derniers chapitres. Éva : ce nom *essentiel* nous met encore les larmes aux yeux. C'est le nom de la première femme. De notre première femme. Elle nous hante, telle qu'elle était quand elle nous abandonna. Et même telle qu'elle était avant que nous nous soyons connus, telle qu'elle était à treize ou quatorze ans, car un jour de narcissisme exceptionnel, tandis que nous étions ensemble dans la salle de bains et qu'elle se mettait du noir aux cils devant la glace, elle nous confia comme elle s'admirait en sa prime adolescence, quand elle se trouvait belle comme Sue Lyons dans *Lolita* ou deux ans plus tard dans *Seven Women* de John Ford, où elle est Emma Clark, l'institutrice nymphoïde qui trouble Miss Andrews, la chef puritaine de la mission menacée sur la frontière chinoise.

Reprenons-nous. Au paragraphe précédent, deux fois le verbe jeter dans la même phrase : c'est embêtant. Même pour Flaubert la traque aux répétitions fut la croix du métier d'écrire. Vous nous en voyez navré.

Forme et fond, vous jugerez si c'est folie d'aimer cette Emma qui désormais nous tient le cœur, et les sens et l'esprit. Vous déciderez si chérir réellement cette amante irréelle est une perversion pire que de se purger le ventre sur le vent d'un simulacre, ou de se prendre pour Hitler dans un hospice d'aliénés. Mais, Emma *querida*, êtes-vous irréelle ? L'êtes-vous plus que Dulcinée pour Don Quichotte, ou moins, ou tout autant ? Chez nous, sans plaisanterie et sans bizarrerie, Emma est en train de prendre sur Éva l'avantage décisif d'une chose qui est là. Éva, ô belle absente, inoubliable Éva, nous voudrions que s'oblitèrent, sur la dalle qui nous couvre depuis que tu t'es taillée vers la mer haute et profonde de tes nouvelles amours, le *É* captivant, le *V* captivant, le *A* captivant de ton nom qui ne veut pas devenir innommable.

## 16. *Bookoholic.*

Vous nous plaindrez sans doute. Peut-être nous admirerez-vous un peu. Comme on plaint, comme on admire les complexés, les fadas, les copistes, les obsédés, les fétichistes, les ratés hémisphériques, les érudits globalement idiots.

Nous en prenons notre parti. Que faire d'autre ? Si nous comparons notre vie à une automobile, le constat s'impose : nous n'avons pas eu le surcroît de liberté que donne à la conduite le bonus d'une direction assistée.

Notre naissance, notre caractère, notre famille et les circonstances nous ont déterminé, façonnant notre moi avec ses ombres, ses brumes et ses petits soleils (notre grand soleil s'est éclipsé).

Collé à l'agrégation, pour ajouter du beurre aux épinards que nous procurait le marché du polar, nous avons travailloté par intérim et à mi-temps dans les assurances, à un poste subalterne, c'est-à-dire agréable. Nous tapions des lettres, les chefs nous fichaient une paix appréciable. Après midi, nous étions libre de nos heures. Souvent nous employions notre loisir à faire les librairies, à éplucher les journaux auxquels nous étions abonné, à regarder au magnétoscope des films. Et bien sûr il y avait le pensum de notre paralittérature, alimentaire, mais parfois dans la laine naissait un flocon presque digne d'être relu. À côté de nous notre belle agrégée préparait ses leçons, ou corrigeait les dissertations de ses hypokhâgneux (certaines étaient comme eux, au-dessous du bancal). Quand elle nous entendait rire tout seul, elle devinait que nous expédiions une page où l'éros d'une petite maîtresse damait le pion au thanatos du tueur à gages (si nous prétendions avoir réussi plus de six pages honorables dans chacun de nos produits, nous forfanterions, comme eût dit Jean Amila qui fut, lui, un pilier réellement talentueux de la Série noire).

Heureusement, l'absence du grand diplôme ne nous gêne pas pour lire. Nous sommes du type que les ironistes nomment éternel étudiant. Plus que boire et manger, nous aimons lire. Des livres nous avons une sorte de potomanie. Nous nommeriez-vous *bookoholic* d'après *workoholic*, le mot-valise forgé par David Foster Wallace contre les intoxiqués du travail, que vous ne nous blesseriez pas. Des bouquins, nous en possédons une tapée pareille à la colonie de fourmis qui envahit tout dans *La Marabounta gronde*. Leur consommation ne nous fait ni grossir ni avoir la grosse tête. Quand nous mesurons ce que nous n'avons pas lu, nous nous frottons les mains comme Colbert quand il voyait tout le pain qui se massait sur sa planche ; et bien sûr notre cœur s'attriste à cause de ce que nous ne lirons pas. Comportement d'autodidacte ? Pourquoi pas ? On lit pour se lire, et ce n'est pas l'université qui enseigne à le faire. À des journalistes qui l'interrogeaient sur son rapport à l'*érudition* l'écrivain Gérard Macé répondit :

> C'est un mot que je n'aime pas beaucoup, non pour la chose (j'ai du respect pour les érudits), mais à mon propos. Je n'ai pas l'impression de verser dans l'érudition. J'ai un souci de l'exactitude, de la chose attestée, j'ai besoin que l'imagination ait une assise, un sol solide. Quelque chose de sec et d'aride est ressenti comme tel à l'écoute de ce mot, c'est peut-être pour cela qu'il me gêne. Mais c'est aussi, il me semble, parce que j'ai une démarche d'autodidacte. Pas au sens de l'illettré qui empoignerait des choses qui le dépassent. Dans la démarche de l'autodidacte,

quelque chose le rend assez libre de butiner, d'aller vers ce qui à un moment donné excite son désir.

Au miroir de cette déclaration, nous reconnaissons notre propre image, compte non tenu d'une manie qui nous est propre : dans les livres nous flashons sur les détails. Or il paraît que lire en s'intéressant surtout aux menus plaisirs liés aux détails d'une histoire, c'est lire mal. Nous avons vu ce jugement dans un livre. Il y était lâché incidemment. Mais de ce livre c'est tout ce que nous avons retenu. Ni son titre ni sa question de fond n'ont imprégné notre mémoire.

## 17. **Loi, destin, fatalité.**

Nous aimons, que disons-nous *aimer*, nous idolâtrons la lecture. Nous sommes né pour lire. Nous consentons à cette loi.

Et le même naturel, nous l'avons dit et voulons le redire car c'est le fond de notre caractère comme l'effet de notre mélancolie, nous détermine à copier la fleur des livres que nous lisons. À la main, sans griffonnage, sans abréviations, sans aucune hâte, alors qu'existent des instruments pour enregistrer vite les pages qu'on veut garder. Copier nous est un agrément physique. Et n'est pas moindre le plaisir que nous tirons de relire nos cahiers de notes, souvent à haute voix, pour nous remettre en bouche les expressions heureuses, les formules et les phrases mémorables que nous avions avalées. Plaisir bovin peut-être. De ces exercices, nous nous régalons copieusement, et vachement.

Récidive, direz-vous, de deux adverbes pansus ou mal pensés ? Notre instituteur nous conseillait d'éviter les adverbes en -ment, lourds, indigestes ; mais Flaubert a le tic, le truc et le chic, de placer un adverbe en -ment à la fin d'une phrase, comme pour y mettre un plomb, ou une ancre, ou un coup de poinçon. Ainsi, la clausule d'*Hérodias*, pour clore les *Trois contes* : « Comme la tête était lourde, ils la portèrent alternativement » ; ou, dans *Madame Bovary*, quand il décrit une scène de *Lucie de Lamermoor* : « Les voix de femmes, reprenant les paroles du ministre, reprenaient en chœur, délicieusement. » Et les deux *continuellement*, eux aussi hexasyllabiques, dans les derniers ressacs du roman : « On se rangea tout autour [de la fosse] ; et, tandis que le prêtre parlait, la terre rouge, rejetée sur les bords, coulait par les coins sans bruit, continuellement. » Puis, un peu plus loin : « À chaque dette qu'il payait, Charles croyait en avoir fini. Il en survenait d'autres, continuellement. » Nous estimons que pour le style Flaubert est meilleur menuisier, et plombier, et bijoutier, que notre maître de l'école primaire.

18. **Même si elle lisait mal, Emma lisait beaucoup.**

Emma lisait beaucoup, et souvent de bons livres. Une femme qui trompe son mari, délaisse son enfant, mais prend des livres avec une hystérique libricité, ne peut pas être complètement mauvaise.

C'est une chose délicieuse que de lire.

Notre modèle pour cette phrase, vous l'avez reconnu. Flaubert s'est plaint d'avoir connu les affres du style, mais parfois la création l'a régalé : « C'est une délicieuse chose que d'écrire ! » La lettre du 23 décembre 1853 ne fit entendre à Louise Colet aucune jérémiade : « Aujourd'hui, homme et femme tout ensemble, amant et maîtresse à la fois, je me suis promené à cheval dans une forêt, et j'étais les chevaux, les feuilles, le vent, les paroles qu'ils se disaient et le soleil rouge qui faisait s'entre-fermer leurs paupières noyées d'amour. » Et quand il évoque son récit de leur *baisade* : « Voilà une des rares journées de ma vie que j'ai passée dans l'Illusion, complètement ! » Dans *Paris, capitale du XIX^e siècle*, son grand livre farci de citations, Walter Benjamin engrangea ce passage « magnifique », et s'en serait servi pour le thème de « l'ivresse de l'identification chez le flâneur ». Flâner à temps perdu parmi les paragraphes familiers de *Madame Bovary* est toujours une douce heure de notre gagnage.

Pour nous, elles ont été fréquentes, les bonnes journées vécues dans l'illusion suave que nous étions l'amant d'Emma. Et nous la connaissions sur le bout des doigts. Parfois nous la tenions en grand émoi sur le bout de la langue. Nous avons si souvent lu le texte de Flaubert. Lorsqu'en paraissait une nouvelle édition, annotée par un agrégé ou un docteur ès lettres, nous relisions le livre le crayon à la main, ne sautant aucune ligne, ne négligeant pas les notes de l'appareil critique, qu'elles fussent infrapaginales ou remisées dans un cahier après le point final (nous lisons à toute berzingue, si cette locution signifie, non à toute vitesse, mais à fond).

Ainsi nous sommes-nous constitué comme une chrestomathie du corps d'Emma, des anas de sa personne physique. Peut-être voudrez-vous feuilleter avec nous l'album étoffé de cette jeune femme en fleur. Vous vous rappelez qu'après leur première rencontre Rodolphe réagit en hobereau maquignon apparié à un béotien aiguillonneur de cavales : « Il revoyait Emma dans la salle, habillée comme il l'avait vue, et il la déshabillait. » Souvent, nous ne vaudrons pas mieux que M. Boulanger chez qui, disons-le sans pétrarquiser, seul le phallus est grand seigneur. Nous dévêtirons Emma. Emma Bovary et ses sœurs en littérature sont condamnées à être déshabillées par le regard des libriques égrillards : à Comarquinal, qui est l'Yonville du roman de Miquel Llor, Laura ne peut aller en ville sans que les mâles mateurs la lorgnent dans les rues, déboutonnent de leurs yeux torves ses robes élégantes achetées à Barcelone, et fassent les pronostics les plus lestes sur ses parures intimes. L'oncle de son mari, le chafouin Llibori, se la détaille avec une gloutonnerie que ne masquent ni ses lunettes vertes ni la bonhomie des compliments qu'il lui adresse quand il la croise. On entend même une demi-dame de sa nouvelle et sinistre famille grommeler cet avertissement : « Regardez la couture du corsage sous le sein ; elle ne laisse rien voir, mais c'est pire. » Il est vrai que Laura est « de celles qui savent mettre leurs jambes en valeur, et oser des décolletés propres à indexer en profondeur la fermeté de leur buste ; aussi n'est-il pas étonnant que de retour chez eux certains maris, encore noyés dans la transparition de ses bas soyeux et de ses turgescences, contemplent d'une âme nostalgique la chair endormissante de leur épouse».

À cause du décalage chronologique, Emma n'a pas pu lire *Laura*. Mais elle a lu de bons romans. Première partie, chapitre IX : «Elle lut Balzac et George Sand, y cherchant des assouvissements imaginaires pour ses convoitises personnelles. À table même, elle apportait son livre, et elle tournait les feuillets, pendant que Charles mangeait en lui parlant.» Écoutait-elle ce que Charles lui racontait de sa pratique? Assise près de lui, elle était probablement ailleurs, dans les bras de De Marsay à la place de Paquita, offrant au noble ribaud «le galbe gras et comme ondoyant» de ses chairs acquiesçantes. Ou bien recevait-elle, pour sa santé normande qui par son incarnat pouvait aussi se comparer «aux appétissants glacis des mottes de beurre d'Isigny», les compliments qu'adresse à la belle écaillère du *Cousin Pons* un amoureux primaire et simple d'imagination : «Oh! les beaux bras que vous avez!... mâme Cibot ; je rêvais cette nuit que c'était du pain, et que j'étais du beurre, et que je m'étendais là-dessus.»

Mais, avant de prolonger nos incartades, admirons les yeux d'Emma, qu'aucune voilette ne dissimule.

### 19. *Ochi tchornya*, les yeux d'Emma.

Les yeux d'Emma nous regardent, nous suivent, nous parlent. Elle est notre Joconde et nous fait chaud au cœur. *Look at her, camrad*, elle n'a pas froid aux yeux.

Quand, au château de la Vaubyessard, les dames montent dans leur chambre s'apprêter pour le bal, Charles trottine après sa femme. Bientôt vêtu d'un pantalon à sous-pieds qui lui serre le ventre, il marche de long en large, attendant qu'Emma finisse de s'habiller : « Il la voyait par-derrière, dans la glace, entre deux flambeaux. Ses yeux noirs semblaient plus noirs. » Mais Flaubert avait déjà décrit les yeux d'Emma. Première partie, chapitre II : « Ce qu'elle avait de beau, c'étaient les yeux ; quoiqu'ils fussent bruns, ils semblaient noirs à cause des cils, et son regard arrivait franchement à vous avec une hardiesse candide. » Lorsqu'il vient de s'affirmer qu'il l'aura, Rodolphe Boulanger se fait ce commentaire : « C'est qu'elle a des yeux qui vous entrent au cœur comme des vrilles. » Alors que d'une manière récurrente nous nous demandons quelle actrice conviendrait pour l'incarner le mieux, nous pensons à Gene Tierney lorsque Flaubert peint son visage : « Ses yeux aux longs cils courbes regardaient devant elle, et, quoique bien ouverts, ils semblaient un peu bridés par les pommettes, à cause du sang, qui battait doucement sous sa peau fine » (deuxième partie, chapitre VIII).

C'est d'elle-même, et non par le prénom de son enfant, qu'Emma nous fait rouvrir « Les yeux de Berthe », et répéter quelques vers du poème de Baudelaire : « … Yeux obscurs, profonds et vastes / Comme toi, Nuit immense, éclairés comme toi ! / Leurs feux sont ces pensers d'Amour, mêlés de Foi, / Qui pétillent au fond, voluptueux ou chastes. »

L'histoire du corps d'Emma est telle que dans ses yeux le taux de chasteté le cède au taux de volupté. Les yeux d'Emma sont beaux et profonds, avec des pupilles d'ange et du sexe à leurs cils. Quand, en ses jours de lubricité, nous regardons Emma au fond des yeux, nous entendons deux appels à peine maquillés pour nous mettre au défi de soutenir leur braise. Mais sans honte nous les fixons. Nous les voyons à la fois comme les yeux vitreux d'un modèle dont le regard fuit pour qu'on ne croise plus sa nudité, et comme les soupiraux de son cœur mis à nu. Emma, être double. Si Emma doit aller au ciel, c'est en chutant dans la boue d'une débauche aveugle.

Notre vision des yeux d'Emma n'est pas celle d'un objectif. Comme toujours notre imagination l'emporte sur la réalité. Car il y a bien une réalité d'Emma. Pour nous Emma est du réel, plus réelle que le Sphinx ou les pyramides. Nous ne sommes pas allé en Égypte, mais nous sommes allé en Emma, nous l'avons visitée, nous lui avons serré la main, la taille peut-être aussi. Emma existe. Nous l'avons rencontrée, et à la différence des pyramides ou de Dieu, nous la rencontrons comme nous voulons.

La rencontrant quand elle est triste, nous voudrions l'aider, au moins la consoler, mais nous ne savons comment faire, et la douceur de ses yeux noyés de larmes nous fait baisser les nôtres. Parce que nous avons honte de ne pouvoir soulager son chagrin, et parce qu'à notre tour nous pleurons.

Parfois, les yeux d'Emma brillent, brillent, d'intelligence. Et ils vous scrutent en vos tréfonds. Maurice Mourier les a même associés à ceux d'Henri Michaux : « Ah ! rivés sur moi, ses yeux noirs à force d'être bleus, comme ceux d'Emma Bovary ! »

Attention : nous ne nions pas notre propension à être curieux du troisième œil d'Emma. Si l'on nous en blâme, que ce ne soit pas avec l'esprit haineux qu'eut Maxime Du Camp lorsqu'il dégorgea son esprit pour vitupérer le nu le plus osé de son époque : Courbet aurait peint une femme vue de face, émue, convulsée, reproduite *con amore*, mais en négligeant par un inconcevable oubli de représenter les pieds, les jambes, les cuisses, le ventre, les hanches, la poitrine, les mains, les bras, les épaules, le cou et la tête. Nous sommes du parti de ceux qui aiment que Courbet se soit vanté que personne, ni Titien, ni *leur* Raphaël, eût jamais rien fait de plus beau. Comme l'a écrit Bernard Teyssèdre, c'était sa façon à lui de dire aux semblables de son contempteur : « Bougres de cons, vous prenez ça pour de la gaudriole, sachez que c'est de la peinture ! » Flaubert a dit sans iniquité, dans une lettre à Sand, comment Du Camp est à la littérature ce que Campistron fut à Racine : « On n'écrit pas ce qu'on veut. Et c'est vrai. Maxime écrit ce qu'il veut, lui, ou à peu près. Mais ce n'est pas écrire. »

Donc nous ajoutons Courbet aux phares de Baudelaire. Et ce n'est pas pour plaire aux mânes de Maxime que, outre l'œil noir d'Emma, nous croquons son cou, sa tête, ses pieds, ses cuisses, son ventre, ses épaules, etc. Notre tableau d'Emma fera le tour de ses *propriétés*. Mais il sera subjectif et fatalement c'est nous qu'il peindra, autant ou plus que son modèle. *L'Origine du monde*, c'est Courbet tout craché. Ce zinzin, comme elle disait, Éva ne l'aimait pas. En revanche elle allait voir les expositions de Michaux à la galerie du Dragon. Et elle lisait cet ironiste qui nous dit : Si vous avez du spleen, laissez infuser, ça passera.

20. **Notre libraire.**

Nous n'appelons pas encore notre libraire par son prénom. Hier, nous avons failli le faire. Appréciable pour nous, elle fait bien son métier. Nous procure vite les œuvres que nous cherchons, éditées en France, à l'île Maurice ou au Québec. Parfois elle nous met sur la piste d'un classique – Béroalde de Verville ou La Mothe Le Vayer – que nous n'avons pas encore lu.

Notre libraire est une femme que longtemps nous n'avons presque pas vue comme une femme. Elle est discrète, elle est légère. Sa tête lumineuse porte ombrage à son corps : on n'a d'yeux que pour ses yeux pervenche, pour le profil pur de son visage et son front haut comme celui de la princesse de Trébizonde peinte par Pisanello. Hier, allez savoir pourquoi, notre regard est descendu vers sa ceinture. Sans être des sarcolâtres qui pour une garce grasse donneraient tout Mozart et tout Wèbre, nous avons noté en bien sa qualité de fausse maigre. Un cinéphile penserait que de Jany Holt elle a les cheveux flamboyants, non la diaphanéité menue. Nusch Éluard serait une référence pour donner de ses formes une bonne idée.

Evelyn semble être une personne décidée. Certains de ses mouvements découvrent à l'intérieur de son col, au bas d'une chaînette, une petite croix couleur d'ambre. Pendant quelques secondes nous avons eu envie de toucher ses mains. Un jour que, la saluant, nous lui serrions la main, nous avons senti sa paume assez chaude et humide, *hot, hot and moist*, comme celle de Desdémone, qui est pure à la ville, et dans l'intimité une démone, bien en chair, bien dans sa chair. Question vraiment difficile que celle de l'élan, vital ou nocif, qui donne le courage de passer à l'acte (afin d'écrire, de prendre un amant ou une maîtresse).

Pour la volonté, Emma est typiquement une personne capable de suivre sa pente jusqu'au bout. D'abord elle freine et diffère l'action de ses désirs. Puis, en son for intérieur, elle entend une sorte de Lâchez-tout! aboyé par sa chair complice de son intellect, et à tombeau ouvert elle fonce en quête d'elle-même, plutôt que des hommes qu'elle laisse l'embrasser. Une louve sommeille en elle. Qu'un loup charmant éveille ses sangs rongés ou endormis, et veuille couvrir les besoins de sa part sensuelle, elle ne l'éconduit pas. *Quo non descendet?* Ses chutes sont parfois terribles. Ses blessures, mortelles. Elles lui sont infligées par des doryphores pour qui aimer s'arrête à *avoir eu*. Chez Rodolphe, l'amour est « une chose simple ». « Je la posséderai, se dit-il dès qu'il la voit. Ce serait tendre. Oui, mais comment s'en débarrasser *après*? Elle doit bien baiser pourtant! » (éd. Pommier, p. 335). Ruées d'Emma vers le bonheur brillant de l'adultère : tant pis si à la fin elle connaît que ce n'était pas de l'or, mais du toc. Emma perd avec panache. En fait elle gagne.

## 21. **Être le féal d'Emma.**

Est-ce une folie que d'épouser la cause, puis le corps et l'âme d'Emma Bovary? Oui, mais chacun a folie, d'un grain plus ou moins gros. Notre liaison a des précédents imaginaires. Par exemple la fiction en vers de Jean Pellerin, dans *La Romance du retour*:

> Chez l'infortuné libraire, ivres,
> Les personnages de roman
> Se promènent de livre en livre.
> La Bovary prend pour amant
> Julien Sorel. De Virginie
> Valmont est le mauvais génie.
> Paul chez Salammbô va pleurer:
> Que voulez-vous qu'elle lui dise?
> Le client rend la marchandise,
> Non cela ne peut pas durer.

Nous nous voyons sans peine en Julien Sorel faisant la cour à Emma dans un café de Rouen. Emma aurait la taille d'Amanda Binet, la demoiselle de Besançon, «fort bien faite, gaie, blonde et mise comme il faut», que Julien fascine par son autorité en lui déclarant: «Je sens que je vous aime de l'amour le plus violent», et en lui récitant les phrases enfiévrées que Saint-Preux aligne pour Julie. Emma ne repousserait pas nos compliments, ne gourmanderait notre désir que pour y céder bientôt avec emportement. Et dans notre affaire aucun père Binet ne serait sur notre chemin à épier nos rendez-vous. Comme avec Éva nous l'avons fait – ce n'était pas prémédité – du côté du Plessis-Robinson où nous étions allés souffler la veille d'un examen à la Sorbonne, nous folâtrerions à l'ombre des forêts, et même dans des clairières peu camouflantes, avec pour seul témoin de nos baisers une biche, ou une chèvre comme pour Bloom et Molly parmi les rhododendrons de Ben Howth. Ou bien, vindicatif du chagrin d'avoir perdu Éva, nous embarquerions au Havre avec Emma sur un bateau de la marine marchande, ainsi que fit Catherine Binet après la mort de Georges Perec sur le cargo *Le Morne Rouge*, expérience racontée dans *Les Fleurs de la Toussaint*, expérience dont la force de la vie induit un retour à la vie puisque, contre toute attente, sur *Le Morne Rouge*, Catherine Binet est aimantée par le chef mécanicien, si bien que son élégiaque récit devient épithalame.

Nous trouverons-nous de nouveau, nous aussi, dans un pareil état d'aventure et d'amour ? Si jamais revient non pas cette femme qui ne veut plus de nous, ah ! si jamais revient dans notre existence une femme aimable et troublante, belle et sensuelle, intelligente et cultivée, libre et encline à nous vouloir du bien, nous lui dirions non seulement : Nous sommes content, mais nous saurions délabyrinther nos sentiments pour les lui exprimer à profusion, intarissablement. Nous ne bâillonnerions pas la voix brouillonne et bouillonnante de notre joie. Le désordre de notre déclaration, le charivari de nos épanchements, qui sait si elle ne les entendrait pas comme les marqueurs de notre sincérité, comme les signes de l'exaltitude atteinte par notre bonheur ? À quand une croisière en mer vivante, avec une compagne vêtue d'une marinière comme Rita Hayworth dans *La Dame de Shanghai*, sur un bateau nommé *Vita Nuova* ? Nous concevons ce nom, comme nous imaginons que celui du capitaine d'Éva pourrait s'appeler *Le Vautour*, parce que ce ravisseur lettré – on connaît un lettré à la façon aisée dont il fait une référence, dit le Littré – l'aurait baptisé ainsi en hommage à Pierre Loti, et parce que ce nom de vautour définit son essence métonymiquement, du moins lorsque nous le voyons la prendre, elle l'Étoile de nos yeux, dans une posture lubrique pareille à la Charogne de Baudelaire. Étoile de nos yeux, pardon d'avoir cette infection dans les méninges. L'horreur en est si forte que notre raison s'éteint.

## 22. **Emma, Michon, Buffon et nous.**

*Bovary* : tel est le titre du livre de photographies de Magdi Senadji, publié aux éditions Marval avec une préface de Pierre Michon intitulée « Corps de bois ». Ces photos visent à illustrer, parfois de biais ou métaphoriquement, l'histoire d'Emma et le monde normand où Flaubert l'a inscrite.

Lisons le beau texte du préfacier.

Question lexicographique : Michon parle de vulve afin de dire son Emma :

> Madame Bovary est toutes les femmes. C'est ma mère. C'est les pleurs des femmes, la frustration terrible, qui toujours va déborder, déborde. Leroi-Gourhan écrit que, dans l'art des cavernes, signe féminin et blessure sont interchangeables : pour signifier la même idée, l'artiste, le penseur, *l'écrivain* paléolithique pouvait indifféremment figurer une vulve, une vache transpercée, une flèche dégouttante de sang. La vulve, le dol, la bête sous le merlin, le sang sont synonymes. Ce signe, on peut l'appeler Emma Bovary. C'est la fente du ventre compliquée de pleurs. *Mulier dolorosa.*

Ensuite de tous nos yeux nous regardons les photos retenues par Senadji. Nombreuses sont les vues de vulves. Vulve rouge, ébahie, sanguinolente, d'une vache qui sur un pré sec vient de mettre bas un veau encore enrésillé dans le placenta : plaie vive dolorose, évasée en sa partie basse comme une selle de vélo. Vulve noire d'une jument découverte sous la queue tressée en chignon de manière à tenter un mâle, renifleur à tout crin et notoirement entier (de fait nous sont données dans les parages deux photos d'un étalon dont le rut converge vaille que vaille sur l'échine d'un leurre). Vulve de *L'Origine du monde*, persillée de ses tifs piaffards par le camarade Courbet, etc. Et, de-ci de-là, plusieurs images de même connotation : le calice d'un arum ; une rose dans le cœur de laquelle joue de toutes ses pattes un hanneton scarabaiseur ; le sein droit et la fesse vérace d'une odalisque nue, recadrée en sorte qu'on ne voie pas sa tête, mais on reconnaît *L'Esclave blanche* peinte par Lecomte du Nouÿ, un pompier orientaliste cité peut-être pour rappeler le voyage qui mena Flaubert aux rives du Nil et au lit de Kuchiuk-Hânem, etc.

À croire que la campagne normande et le musée qui l'homologue accréditent l'idée de Buffon que, si l'amour fait l'état heureux de tous les êtres et le malheur des hommes, c'est qu'il n'y a que le physique de cette passion qui soit bon, et que le moral n'en vaut rien. Pas plus qu'Emma nous ne pouvons assimiler cette vérité. Certes nous désirons ce que dans *Abbés*, au sujet d'une autre Emma, Pierre Michon appelle la « plaie de feu mouillé » ouverte en son mitan. Mais l'idéal romantique a beau être, pour notre Emma et pour tant d'autres, une source de misères, nous aussi nous voulons inguérissablement que l'amour soit la plénitude des plénitudes, pour longtemps, pour toujours. Emma, nous, vous aussi peut-être, et celle qui est partie là-bas au bout du monde, nous sommes tous des sentimentaux. Nous espérons trouver aux bouches que nous baisons le miel d'une amaryllis.

## 23. Une Normande en Italie.

Pour Emma, la Normandie n'est pas la terre promise du bonheur. Ni de l'amour auquel il faut, «comme aux plantes indiennes, des terrains préparés, une température particulière». Le bonheur de l'amour doit mieux pousser tout autre part qu'à Yonville. À Paris peut-être. Et plus sûrement en Italie. Emma rêve de *s'y sauver* avec Rodolphe. Elle imagine le voyage d'Italie. Son amant libertin l'entraînerait-il à Pompéi ou à Naples vers des chambres et des cabinets fleuris d'images libres favorisant la *lussuria*?

À la liste des lieux qu'elle aimerait connaître nous ajoutons un village du Latium situé dans la vallée de l'Aniene, Anticoli Corrado, qui fut célèbre pour la beauté de ses filles. Anticoli fut longtemps le pays d'où venaient les femmes qui servaient de modèles aux peintres. Dès le début du XIXe siècle, des peintres français, nordiques, allemands, s'y rendaient pour les charmes de ces paysannes et la facilité avec laquelle elles acceptaient de poser comme ils le désiraient. Emma est issue de la campagne. Elle se met toute nue quand Flaubert le désire. Mais pour la tenue de son livre, il ne multiplie pas les scènes d'effeuillage. Aussi est-elle mémorable, la péripétie de l'hôtel de Boulogne où devant Léon Emma fait «d'un seul geste tomber ensemble tous ses vêtements; et, pâle, sans parler, sérieuse, s'aba[t] contre sa poitrine, avec un long frisson». Corot, qui prit pension à Anticoli, qui dessina le dos de femmes nues au cul prépondérant, aurait eu en Emma un modèle délectable, et se serait félicité du sérieux qu'elle aurait mis à l'art de poser, sûrement le même qu'elle engage au cérémonial de l'œuvre de chair. Sans difficulté nous mesurons l'émoi de Charles lors de son premier contact physique avec Emma, aux Bertaux, au moment où, s'étant penché en même temps qu'elle pour ramasser sa cravache, « il sentit sa poitrine [et son ventre – ajoutait le premier jet] effleurer le dos de la jeune fille courbée sous lui » : voluptueux instant de la position dite en levrette, dont rien ne dit qu'elle fut reprise entre eux dans la couche conjugale.

Tout nous fait croire – tout, c'est-à-dire notre imaginaire – qu'Emma doit être au lit, dès lors qu'elle est *innamorata*, une complice de rêve, bonne fellatrice comme sont réputées l'être les femmes de Bologne, disposée à la *pecorina* comme les Siciliennes dont on dit que sans cri d'horreur elles s'acculent à cette per-version d'arrière-garde, ou pratiquent de chic le *colpo di seno*, cette cravate du notaire vérifiée par Gérard de Cortanze à Crémone avec les Crémonaises. Et tout nous persuade – tout, c'est-à-dire le métier de clerc où Léon s'étiole à Rouen dans son étude nota-riale, et notre intuition nourrie de culture livrière – que son chant de volupté valait, quand elle était bien jouée, les cantilènes tirées d'un Amati par un virtuose possédé du Diable. Non, elle n'en ferait pas autant, cette femme qui, dans *La Désinence en A* de Carlo Dossi, court pencher au balcon sa poitrine de « vache à deux jambes », dès qu'un défilé de bersaglieri enfile son avenue.

La dernière fois que nous avons relu *Madame Bovary*, ce fut dans l'édition établie pour le Livre de Poche par Jacques Neefs. L'ouvrage est illustré, en première de couverture, par un *Portrait de femme*, peint en 1854 par Antonio Puccinelli.

Le texte de Flaubert légitime la référence à une œuvre ita-lienne. On se rappelle les retrouvailles d'Emma et de Léon. « Il y a sur le boulevard, dit celui-ci, chez un marchand d'estampes, une gravure italienne qui représente une Muse. Elle est drapée d'une tunique et elle regarde la lune, avec des myosotis sur sa chevelure dénouée. Quelque chose incessamment me poussait là ; j'y suis resté des heures entières. » Puis, d'une voix tremblante : « Elle vous ressemblait un peu. »

Le service de documentation des Classiques de poche de la Librairie générale française aurait pu identifier cette gravure et proposer à Neefs d'en illustrer son édition, mais le tableau de Puccinelli fut choisi. Il est censé représenter Emma. L'Italienne porte une robe noire, qui fait penser à celle que met Emma à Rouen les soirs où, prenant avec Léon une barque couverte, elle va dîner dans une île. Flaubert nous dit que cette robe noire, dont les draperies s'élargissaient en éventail quand dans la chaloupe elle s'appuyait contre la cloison, « l'amincissait, la rendait plus grande ». Mais il n'a pas laissé entendre que le corps heureux d'Emma eût forci depuis « l'assouvissance de ses désirs », ni que sa taille se fût invraisemblablement alourdie des beurres de la cuisine normande au point d'en faire une poupée caoutchoutée hyperboulotte comme une fornarina surnourrie de *pasta* et de *mortadella*.

Emma en dondon, Emma fessue et mamelue comme une Vénus stéatopyge de Savignano, c'est inimaginable. Mariée, ayant eu un enfant, Emma entrerait dans les vêtements qui lui allaient à l'avril de son âge. Lorsque, jeune fille, elle ouvre son ombrelle sur le seuil de sa maison, elle nous fait une vive impression, elle est de toute grâce, et un critique a pu écrire qu'elle aurait été un parfait modèle pour Auguste Renoir. On approuve cette idée, mais il va sans dire que les renoirités auxquelles on pense ne sont pas celles des dernières années, quand la pauvre main arthritique peignait des chairs plus redondantes en bourrelets que le Bibendum Michelin. Donc il convient qu'Emma, toute normande qu'elle soit, n'évoque en rien la Normande du *Ventre de Paris*, la poissonnière dont le corps tiède et colossal fait peur à Florent, le héros du roman naturaliste, un homme plutôt frêle : la Normande de Zola a un grand corps de déesse, la poitrine grasse, la gorge géante, et de son métier subsiste un relent de marée qui met un rude arôme dans son odeur de femme ; elle est comme un beau marbre ancien roulé par la mer, et ramené à la côte dans le filet d'un sardinier. Emma est comme Phryné quand, dans la baie d'Éleusis, elle sortit des flots et marcha sur la plage où elle vampa Apelle, qui bientôt l'immortalisa en Vénus anadyomène.

D'ailleurs, s'il est une note d'avant-texte que Flaubert eut raison d'abandonner, c'est bien l'évocation horrible du cadavre d'Emma, et de sa robe qui « n'était pas agrafée parce que le ventre était devenu trop gros ».

L'idée d'une Emma qui serait une grande femme, quoique moins insupportable que celle d'une Emma bouffie, ne correspond pas non plus à l'image que nous en avons. Il y a une description de Valentine Tessier dans la thèse d'Ariane Ryfer, soutenue à Rouen, sur *Les Jeux de l'amour et du théâtre* : « Elle est grande, et n'entend pas abdiquer dans son jeu un pouce de sa taille. Prenez dans le répertoire toutes les héroïnes grandes et vives, et vous aurez les rôles que Valentine Tessier joue mieux que personne. » On peut ne pas aimer trop l'Emma Bovary de Valentine Tessier ; sa taille justement, et son port, ne cadraient pas avec le corps d'Emma, avec la chair spirituelle d'Emma (en notre théâtre imaginaire, la comédienne qui serait bonne et belle et terrible dans le rôle d'Emma est Marie Champmeslé, la maîtresse de Racine née à Rouen comme Corneille, et que dans notre rêve nous entendons réciter comme aucune autre Phèdre : « Tout m'afflige et me nuit et conspire à me nuire » ; naquit aussi à Rouen David Trézéguet, le brillant footballeur que nous admirons à la télévision parce que, dans notre ennui d'avoir perdu Éva, nous l'allumons parfois pour regarder des matchs, ce que nous n'avions jamais envie de faire lorsqu'elle était notre compagne).

Mais revenons à l'Italie. La *signora* Bovary pourrait entendre de l'italien, langue musicale en elle-même, quand Charles, suivant le conseil d'Homais, la mène à Rouen voir l'illustre ténor Lagardy dans *Lucie de Lamermoor*. Or l'opéra de Donizetti, donné en province, est chanté dans la version française du *libretto*. Nous ne crions pas au scandale parce que nous avons la tête pleine des actes d'un autre opéra, l'opéra d'Emma Bovary. Maintenant ce n'est plus Charles qui guide Emma vers l'escalier des *premières*. C'est nous qui l'avons à notre bras, nous qui ne la quittons pas des yeux quand, assise dans sa loge, elle se cambre la taille avec une désinvolture de duchesse ; nous encore qui la sentons frémir au fil des scènes, sous les rafales de la musique, «comme si les archets des violons se promenaient sur ses nerfs» ; nous toujours qui sommes à l'unisson avec Emma quand Lucie entame la cavatine en *sol* majeur, se plaint d'amour, demande des ailes, de sorte que l'épouse du prosaïque Charles voudrait fuir la vie et «s'envoler dans une étreinte» ; nous, qui lisons dans les pensées d'Emma quand un air heureux de Lucie lui fait sentir l'échec de son histoire, «les souillures du mariage et la désillusion de l'adultère» ; nous, qui – Éva en fuite – sommes au plus près d'Emma quand elle rêve du mariage idéal que la vie lui a refusé, une union où se confondent «la vertu, la tendresse, les voluptés et le devoir» ; nous, qui déplorons l'inguérissable naïveté qui la porte à croire que le ténor Lagardy, si le hasard l'avait mis sur sa route, aurait été un amant fiable et irréprochable. Lagardy ! ce bellâtre doté d'«une admirable nature de charlatan, où il y a du coiffeur et du toréador». Vous êtes digne, Emma, d'un amant autrement charpenté, d'un amant héroïque et superbe, grand comme un Mario Cavaradossi, et juste dans la note la plus haute pour vous dire *colla più tenera commozione*, des choses comme : *O Emma, mia sirena, da te prende la vita ogni splendore ; all'esser mio la gioia ed il desire nascon di te, come di fiamma ardore.*

## 24. **Emma et Madeleine.**

Quand elle a, non sans être déçue, accouché d'une fille, Emma cherche un prénom. Elle énumère ceux qui ont une terminaison italienne, tels que Clara, Louisa, Amanda. Léon s'étonne qu'elle ne choisisse pas Madeleine, «qui est excessivement à la mode maintenant». Mais la mère de Charles se récrie «bien fort sur ce nom de pécheresse». Finalement Emma se décide pour Berthe en souvenir d'une noble invitée de la marquise d'Ambervilliers (peut-être y est-elle aussi déterminée par l'inconscient ou la science onomastique de Flaubert dont le nom viendrait du francique Hlod-Berht, «qui brille par l'éclat de ses victoires», mais pour elle qui voulait un garçon, avoir une fille n'est pas un jour de gloire).

Nous pensons qu'Emma aurait pu écouter Léon.

Nul ne blâmerait Bernard Frank d'avoir écrit que Léon est «un petit con» (pauvre Emma : un petit con, après «ce petit gommeux» qu'est Rodolphe, si l'on admet l'avis de Sartre recueilli par Michel Sicard). Non, Léon n'est pas un aigle, sa référence à la mode est, entre mille autres, un signe perceptible de ses limites. Mais nous lui savons gré d'avoir, même dans un rapport indirect avec Emma, prononcé le nom de Madeleine, qui s'accorde avec elle : Madeleine est la patronne des mal-mariées.

Et ses péchés de jeunesse se commettent par voie de chair. Voie déclive que ne dévalera pas la Prouhèze de Claudel. Voie où glisse Emma après qu'elle a dansé au château de la Vaubyessard, où «la cire du parquet colore en jaune la semelle de ses souliers de satin», ceux-là mêmes qui lui seront chaussés à sa dernière toilette et qu'on verra dépasser du drap raide abaissé sur son corps par Mme Lefrançois et la mère de Charles. Entre les innombrables images de *Madeleine*, laquelle choisir pour nous figurer la sensualité d'Emma ?

Nous optons pour le type reçu de Sigismond Coccapani. Fini le temps de la Madeleine vue comme une pénitente repentie, usée par ses égarements passés, ne montrant rien des endroits de sa chair qui furent séduisants, désormais tous cachés sous le rideau de ses cheveux incultes. Celle-ci ressortit à la tradition moins ancienne où la Madeleine est devenue pour l'art le prétexte d'exhiber les atouts du corps féminin dont les chrétiens, qui pour être bons n'en sont pas moins hommes, sentent que leurs gonades mâles joueraient sur eux une cantate probe, encore que profane. Federico Zeri juge que Coccapani a chargé sa toile de signes sexuels frisant l'indécence. Emma Bovary, qui eut la velléité d'apprendre l'italien, qui n'alla pas en Toscane avec Rodolphe (elle aurait vu le Coccapani au Palazzo Pitti), aurait pu être campée en Madeleine par un artiste assez aigu pour rendre sa force de transgression : n'est-elle pas sourde même au *Noli me tangere* de Jésus lorsque, avant d'expirer, elle s'empare du crucifix, colle ses lèvres « sur le corps de l'Homme-Dieu », et y dépose « le plus grand baiser d'amour qu'elle eût jamais donné » ?

Tellement folle est notre passion d'Emma que, sans nous rattraper, nous glissons de la croix à Delacroix. Est-ce à cause du passage où, Charles abhorré et relégué au second étage, Emma seule dans sa chambre lit la nuit « des livres extravagants où il y avait des tableaux orgiaques », si pénétrée de ses imaginations que, « brûlée par une flamme intime que l'adultère avivait, haletante, émue, tout en désir, elle ouvrait sa fenêtre, aspirait l'air froid, éparpillait au vent sa chevelure trop lourde, et, regardant les étoiles, souhaitait des amours de prince » ? Toujours est-il que, fort d'un syncrétisme critiquable, nous ne nous gênons pas pour nous projeter, avec nos propres chimères, le film d'une alchymique noce où Emma-Madeleine s'offre à un prince qui est Sardanapale.

Montant ce film, nous gardons le plan pris à juste distance sur notre favorite, puis sur le sceptre qui la cherche – objet plus imposant que le yatagan des sultans dont Emma se donnait le frisson lorsque, vierge encore, au couvent des Ursulines, elle feuilletait des keepsakes en se prenant pour une bayadère.

Certes nous avons lu le *Traité des saintes images* qui commandait que Marie de Magdala fût peinte avec des vêtements modestes. Mais nous ne nous faisons ni une fête ni une loi de tout ce que nous lisons. «Il n'échappe à personne, écrit Molanus, qu'est sans utilité un tableau qui exhibe Madeleine au temps où elle était l'esclave dévouée des sept démons. » Cet *Il n'échappe à personne* est un argument d'autorité. Il ne nous intimide pas. Et puis notre esthétique agrée des choses qui sont d'autant plus belles qu'elles sont inutiles et omniplaisantes. Parmi elles, les choses de la *bonne tempête* ne gisent pas muettes dans notre chambre abandonnée.

N'en pas déduire que nous ferions nôtre l'épitaphe composée pour lui-même par le roi de Ninive: «Passant, mange, bois et baise, tout le reste n'est rien. » Notre diète est de lire, encore de lire, et quelquefois d'écrire, car pour nous tout le reste c'est des nèfles. L'amour d'Éva, des nèfles. La crise d'Éva sous le presse-étoupe de son capitaine, des nèfles, ça durera ce que ça durera. Mais notre attachement à Emma ne finira qu'avec notre admiration pour Flaubert, c'est-à-dire à notre mort.

## 25. **Homais.**

Homais : ce scientiste a le cerveau qui nage dans le formol de ses certitudes positivistes ; ce baragouineur de latin qui dit : « *That is the question*, comme je l'ai lu ce matin dans le journal », est un gros malin. La finesse de ce climatologue est telle qu'il croit que Léon est assidu chez les Bovary parce qu'il en pince pour leur bonne. Dans le film de Pascal Thomas intitulé *Mon petit doigt m'a dit*, la détective nommée Prudence soupçonne Homais d'avoir empoisonné Emma. Foutue supposition ! Quel serait son mobile ? La jalousie ? Puisqu'elle se donne à un Boulanger ou à ce godelureau de Léon, elle peut bien aussi fricoter avec moi ! Non ? Elle ne veut pas ? Alors je la tue. Prudence se fourre son petit doigt dans l'œil. Homais n'est pas touché par les grâces d'Emma. Quand il affirme que « c'est une femme de grands moyens et qui ne serait pas déplacée dans une sous-préfecture », il s'imagine en chef de cabinet, et qu'une épouse comme Emma ferait une belle potiche pour décorer les salons de l'hôtel de fonction où il recevrait les notables du canton au nom du sous-préfet.

Homais n'est pas un nullard complet (« Il est intelligent. Parfaitement ! Et ce n'est pas une ironie », a écrit Thibaudet), mais nombreuses sont les raisons de le mépriser. La principale ? De tous les hommes importants du livre, il est le seul qui ne désire pas Emma. Par exemple elle « lui donnait le bras, s'appuyait un peu sur son épaule », lorsqu'ils visitèrent près d'Yonville une filature de lin : eh bien, même dans cette proximité, nous le croyons dur comme fer, le courtaud du potard ne dressa pas l'oreille, rien ne bougea sous ses bretelles, parce qu'il est homme, le sieur Homais, à garder son flegme malgré l'étroit contact. Plus tard, quand c'en est fini d'Emma et que Charles demande de ses cheveux, le pharmacien lui pique avec les ciseaux «la peau des tempes en plusieurs places», puis les coups qu'il donne au hasard font «des marques blanches dans la belle chevelure noire» : s'il touche Emma, c'est pour la saccager. A-t-il une montée d'adrénaline? Le texte ne le dit pas, mais c'est peut-être la première fois qu'Emma fait trembler et raidir cet emplâtre. Et alors elle est morte.

Après l'enterrement d'Emma il a peut-être appelé sa femme, «la meilleure épouse de Normandie, douce comme un mouton, chérissant ses enfants, son père, sa mère, ses cousins, pleurant aux maux d'autrui, laissant tout aller dans son ménage et détestant les corsets ; – mais si lente à se mouvoir, si ennuyeuse à écouter, d'un aspect si commun et d'une conversation si restreinte» que Léon, son locataire, n'avait jamais songé, quoiqu'ils couchassent porte à porte, «qu'elle pût être une femme pour quelqu'un, ni qu'elle possédât de son sexe autre chose que la robe». Seul Homais savait ce qui, de génital quand même, l'attendait sous cette robe lymphatique. Peu probable qu'il ait un jour prescrit à son ample moitié de ces injections astringentes qui étaient censées «rétrécir l'antre sexuel» par l'effet, plus ou moins long, de la noix de galle et de l'alun utilisés, à l'époque, pour leur stypicité. Nous jurerions qu'au retour du cimetière, content de n'être pas mort, il la fric-fraqua subito, sans ôter son bonnet grec à gland d'or ni se mettre au lit, de manière à prendre la bienheureuse contre un mur, dans la position des charrettes qui, les jours de marché à Yonville, encombraient la place, «toutes à cul et les brancards en l'air», et d'un assaut assez frénétique pour qu'elle risquât de se faire entiroirer, après Athalie, Napoléon et Irma, d'un divin polichinelle qui s'appellerait Jésus, César ou Jézabel, et qui comme ses aînés serait élevé prudemment sous des bourrelets matelassés.

D'ailleurs cette position aurait évité à notre concupiscent pressé le désagrément qu'à la missionnaire il devait subir près de «la détestable dentition» qu'avait Mme Homais, gâtée à force de manger les *cheminots* qu'il lui achetait à Rouen «toujours chez le grand faiseur, rue Massacre».

À propos de Napoléon (un jour qu'il est assis près d'Emma dans la patache qui les ramène de Rouen, Homais reste immobile, «les bras croisés, dans une attitude pensive et napoléonienne»), le seul point commun imaginable avec l'empereur serait que le bonhommet souffrît également d'une nature microgénitomorphe. Environ dix centimètres à l'état de grâce, la taille d'un ouistiti pygmée. Homais, grand abatteur de bois? P'têt' ben qu'oui, p'têt' ben qu'non. Et plutôt non que oui. Ce n'est pas lui qu'il faudrait saigner chaque mois comme il le préconise pour Bournisien, au prétexte que le prêtre est un gaillard athlétique auquel les paroissiennes se confessent à l'étourdie. Il se vante, le tisanier, quand avec Léon à Rouen il fait celui qui s'y connaît en femmes et prétend que, «quant aux qualités corporelles, [il] ne déteste pas le *morceau*». Au dictionnaire, *morceau* s'accepte pour femme bien en chair et désirable. Mais, autrement bien en chair que sa femme diffluente, l'apothicaire à courte trique avait Emma à portée de la main, vrai morceau de roi pour le coup, plus atti-rante, nous le gageons, que la Lavallière dont elle vit l'histoire peinte sur des assiettes quand, à treize ans, elle soupa à Rouen dans une auberge du quartier Saint-Gervais, avec son père qui l'amenait à la ville pour la mettre au couvent. La duchesse n'était pas mal, mais elle boitait un peu, et surtout elle était presque maigre, si mince que, pour paraître plus grasse, elle s'avanta-geait le corsage par la cravate qui sous son nom devint célèbre. Moins squelettique qu'Henriette d'Angleterre, dont Louis XIV avait dit qu'il manquait d'appétit pour les os des saints Inno-cents, Louise de Lavallière n'emplissait pas sa culotte de cheval dans les bois de Fontainebleau comme Emma dans la sapinière d'Yonville où elle s'abandonna au désir de Rodolphe. La Lavallière : même cuit sous le Soleil *nec pluribus impar*, son cul restait un opuscule. Emma : sous la main d'un nobliau, ou même d'un roturier actif, son derrière a le format festif des pains au levain qui ne retombent pas quand ils sortent du four. Si Homais avait eu l'audace et le bonheur de toucher la chair d'Emma, l'emploi du substantif *morceau* aurait été dans sa bouche autre chose qu'une hâblerie.

Arrêtons ce chapitre sur Emma et Homais. Il n'est pas digne d'elle, pas digne de l'effleurer, encore moins de la toucher. Il y a dans *Femmes* de Philippe Sollers trois pages bizarres dont l'incipit est : « Supposons Emma Bovary de retour parmi nous. » C'est le synopsis d'un remake du roman de Flaubert. Nos héros d'Yonville se sont installés à Paris. Homais est devenu un gynécologue à la mode. Dans les beaux quartiers, il possède une clinique où, « tous les mois, il donne une consultation gratuite à Emma, l'examine longuement, lui prescrit un cycle de piqûres au cas où elle voudrait disposer librement d'elle-même ». Tous les fantasmes s'inventent *ad libitum*. On voit comme les nôtres courent la poste vers le gouffre de nos propres bizarreries. Mais jamais, au grand jamais, nous n'oserions permettre à M. Homais d'introduire un spéculum, ou ses doigts, même gantés de latex, dans le secret d'Emma. Ni les dieux ni les hommes ne souffriraient un acte aussi néfaste.

Car enfin ce fantoche – fantoche puisqu'il est incapable d'aimer – n'a pas de commotion en sympathie, n'a pas de compassion quand il est près d'Emma qui est morte. Nous comme vous, nous sommes tous malades et malheureux, pour elle et avec elle, lorsque Mme Bovary *se meurt*. « Et elle se coucha tout du long sur son lit. » Flaubert détache bien cette phrase sur sa page. Il la renforce en la taillant comme un alexandrin. Notre estomac se noue quand dans la bouche Emma sent le goût âcre, le goût d'encre du poison bleu. *Sitio*, dit-elle. Elle ne dit pas *sitio* exactement. Elle dit : « J'ai soif », mais on pense à *sitio*. Elle vomit. Elle vomit du sang. Elle crie comme une perdue. Elle est perdue. Larivière arrive. Il dit qu'il n'y a plus rien à faire. Quand Bournisien lui tend le crucifix, elle allonge le cou « comme quelqu'un qui a soif » et, démantelée par la mort qui est à l'œuvre, elle embrasse Jésus religieusement, délictueusement, comme une mante, comme une amante démente. Elle demande un miroir, s'y regarde et pleure. À quoi avez-vous pensé, Emma, en voyant dans la glace votre dernière image ? À votre mère défunte, absente au temps de votre adolescence ? À votre condition d'enfant unique ? Aux bourgeons roses d'un pommier où, comme un garçon manqué, vous grimpiez après l'école ? Terrible est notre difficulté de vivre la mort d'Emma. Sa peine et les pincements de son cœur, de son âme, de son esprit, nous déchirent pendant les heures où elle s'abolit, *tandis qu'elle agonise*. Jennifer Jones, qui fut Emma au cinéma, a plusieurs fois tenté de se suicider. Pendant cinquante ans elle fut en analyse. Emma, elle, ne rate pas son suicide. La psychanalyse, qui n'a pas sauvé Marilyn (si Marilyn s'est vraiment suicidée), la psychanalyse n'aurait peut-être pas fourni à Emma la chaîne d'images et le schéma de mots grâce auxquels elle eût compris son caractère, et mieux porté sa destinée. Quand Éva est partie, nous aussi nous avons été traqué par l'envie de nous en aller d'un coup. La curiosité des jours qui nous restaient alloués nous retint d'avaler des capsules, ou de nous couper les veines dans la baignoire où, avec elle, parfois nous nous glissions ensemble.

## 26. **Les seins d'Emma.**

Si, pour dire le corps d'Emma, nous pensons à la fameuse pièce montée de son non moins fameux repas de noce, c'est le troisième degré du gâteau qui nous stimulera pour peindre ses seins :

> À la base, d'abord, c'était […] ; puis se tenait au second étage […] ; et enfin, sur la plate-forme supérieure […] des rochers avec […] deux boutons de rose naturels, en guise de boules, au sommet.

Donc, les tétins d'Emma. Ils sont r**OO**nds, écririons-nous en bonne et française picto-orthographie. Ils importent à sa fable. Emma à peine bombée de deux seins secs comme pois cassés, la face de son mythe en serait changée.

Nous ne concevons pas une Emma émaciée. Certes elle n'est pas une grosse mangeuse : elle détesta sa noce « où l'on resta seize heures à table, qui recommença le lendemain et quelque peu les jours suivants ». Certes elle a des accès de spleen durant lesquels elle avale du vinaigre pour maigrir. Mais sa ligne n'est pas d'une évaporée aux contours freluquets. La chair d'Emma, ce n'est pas du vent. Avant qu'elle ne retourne à la poussière, elle se tient là, île, île, vers quoi tend l'esquif de son frêle serviteur. Même si elle pesait quarante kilos, Emma nous aurait à ses pieds, et nous embrasserions ses genoux. Mais nous supputons qu'elle en fait cinquante-huit, et sa prépondérance sur notre esprit – sans nous écraser – nous fixe à elle comme un croyant s'aliène à une église et cependant éprouve qu'étant ainsi lié il est quand même libre. Étudier sur elle est un bon exercice pour notre esprit convalescent. Définitif rêveur de collines, nous observons ses seins.

Heureusement nous ne façonnons pas une thèse universitaire. Quelle place les seins d'Emma pourraient-ils occuper dans l'étude d'un doctorant ? Quel ton, quel langage faudrait-il adopter pour les faire voir en bonne et due forme comme en toute justice ? Nous pensons à M. Jean-Marie Grassin dont le site « Thèses en cours sur Flaubert » (fichier central des thèses, Nanterre-Paris X, février 2001) nous apprit qu'il préparait un « doctorat nouveau régime » sur *La Femme adultère dans les littératures chinoise (Pan Jin-Lian) et occidentale (Emma Bovary, Anna Karénine, Effi Briest et Edna Pontellier)*. Avec ce nouveau régime, M. Grassin eut-il la licence poétique de divaguer à sa guise sur les seins d'Emma, de la belle aube au triste soir comme nous l'allons faire, nous qui sommes le second du seul capitaine que nous admirons, Gustave Flaubert ?

Le pacha Flaubert. Son cerveau turbinait joliment quand il pensait aux femmes et à leurs seins consubstantiels. Dans *Novembre* la prostituée qui fixe le désir du héros – « à travers son vêtement mince, je voyais la forme de ses seins aller et venir au mouvement de sa respiration ; [...] c'était une gorge dure et toujours gonflée comme d'un murmure orageux, une de ces gorges splendides où l'on voudrait mourir étouffé dans l'amour... » – a des avantages pareils à ceux que les yeux du jeune Gustave devinèrent sous le fichu d'Élisa Foucault-Schlesinger, ou plutôt à ces deux-là que ses mains pétrirent à Marseille dans la chambre d'Eulalie Foucaud de Langlade, qui fut son premier amour complet, et qu'il appelle l'« excellente tétonnière » dans la lettre à Le Poittevin du 15 avril 1845. Au cerveau nous remonte aussi l'hymne aux tétons improvisé à Patras pour Bouilhet le 10 février 1851 (des roberts, Gustave faisait grand cas, quoiqu'il ne leur donnât pas encore ce nom qu'ils n'auront qu'en 1928 par analogie avec le biberon Robert précisément, mais nous nous plaisons à dire ici roberts plutôt que seins pour attraper une rime avec Flaubert, une rime plus riche qu'il n'y paraît puisque, comme nous savons, ce patronyme s'écrivit Fl*o*bert jusqu'au début du XIX<sup>e</sup> siècle).

Parfois, le cerveau de notre écrivain en avait par-dessus la tête des écritures, et nous n'ignorons pas où l'artiste fourbu rêvait alors de musser son front lourd. Lettre adressée à Louise, citée dans *Le Perroquet de Flaubert*, sans que sa date soit mentionnée par Julian Barnes qui note seulement que son auteur est âgé de trente et un ans : « Sais-tu où m'a mené la mélancolie [de ma diète littéraire], et quelle envie elle m'a donnée ? Celle de foutre là, à tout jamais, la littérature, de ne plus rien faire du tout, et d'aller vivre avec toi, en toi, et de reposer ma tête entre tes seins » (il nous faudrait deux minutes pour trouver l'exacte référence de cette lettre, mais là, nous n'avons pas deux minutes, nous devons descendre acheter du café ; même quand Éva était à part entière dans notre vie – maintenant nous coexistons avec son souvenir noir et brûlant – c'est nous qui veillions à ce qu'il y eût toujours du robusta ou de l'arabica dans le placard aux provisions. Éva. Nous pensons à elle tout le temps, comme Emma à Léon, quand Léon est parti habiter Rouen. Nous lisons et relisons ce moment dans le texte préoriginal de la *Revue de Paris*, ou celui de l'édition originale de 1857, pour un passage supprimé dans l'édition de 1858. Emma souffre comme elle avait souffert d'ennui après le bal de la Vaubyessard. Et ses seins se soulèvent : les souvenirs des cheveux de Léon et de sa douce haleine lui « font se gonfler la poitrine ». Cette poitrine gonflée appelle nos caresses les plus compréhensives).

Adorable Emma, que le pouce de Flaubert a modelée avec ses déliés et ses pleins, surtout ses pleins. La Normandie a beau être un pays laitier, il serait burlesque d'appliquer à Emma l'idée qu'Apollinaire avait d'Hélène la grecque («ses beaux seins étaient mous ainsi que du fromage»). Si les formes d'Emma étaient des fourmes, leur pâte jusqu'aux aréoles et jusqu'à leurs bouts sombres évoquerait plutôt des meules de marbre – d'un marbre pygmalionien qui respire, non d'un marbre de tombeau.

Son image sur son lit de mort: «Le drap se creusait depuis ses seins jusqu'à ses genoux.» Cette courbe concave est si nettement visible parce que les seins d'Emma font monter haut le drap, conformément à leur belle pointure. Le réaliste Flaubert ne nomme proprement les seins d'Emma, ses deux seins ensemble avec l's du pluriel indispensable à l'effet de réel, qu'en nous la peignant morte. Emma serait en droit de se réveiller pour protester: Gustave, vous auriez pu décrire plus tôt la bonne bouille de mes seins; vous auriez dû les bien montrer au peuple souverain de vos lecteurs; ils en valaient la peine, tous les deux.

Relaterons-nous l'un de nos rêves? Avec Éva, nous suivons dans un fiacre le corbillard d'Emma. Une petite bibliothèque occupe le fond de cette voiture sans fenêtre. Éva porte une robe blanche, offensive comme celle de Claudia Cardinale quand, dans *Le Guépard*, Angelica danse la valse avec le prince. Nous-même, beau comme Tancrède, nous avons sur chaque œil un bandeau de taffetas noir. Éva lit *Couvre feu* d'Éluard. Et après le dernier vers, après «Que voulez-vous nous nous sommes aimés», nous nous aimons cahin-caha mais follement, puis nous mangeons un sandwich au foie gras, puis Éva se rhabille et des sons de frôlement, ~~un allaitement~~ un halètement, disent qu'elle se pelote les seins, puis elle lit le récit de l'enterrement de Paddy Dignam dans *Ulysse*, et ensemble nous rions comme à un pléonasme quand Bloom et ses amis découvrent les miettes d'un pique-nique sur la banquette de leur guimbarde, rions plus fort encore lorsque Simon Dedalus demande aux autres si, comme lui, ils ne sentent pas aussi un effluve qui n'est pas une odeur de jambon ou de beurre, mais plutôt de foutre, et quand Dedalus opine qu'après tout rien n'est au monde plus naturel que cette chose-là, Éva se met à crier qu'elle veut faire un enfant, à crier ça si fort que nous nous sommes éveillé, *nous* c'est-à-dire nous tout seul, sans Éva l'envolée, sans Éva qui nous a largué. La suite de la nuit fut blanche ; incapable de nous rendormir, nous avons tourné et retourné notre corps froid dans nos draps bleus trempés de sueurs froides (Éva aimait le bleu), ressassant toutes sortes d'images et de mots plus ou moins bons.

Et maintenant nous annonçons que nous ne laisserons pas tomber de sitôt les seins d'Emma, car il leur faut un polyptyque. Cette annonce-là sera suivie d'effet. Lorsque, dans *L'Idiot de la famille*, Sartre en vient – tome 1, p. 174 – à commenter le « Madame Bovary, c'est moi », il note aussitôt que la formule n'équivaut pas à *Je suis madame Bovary* ; et sur cette étrange liaison de l'auteur à soi-même, il fait une promesse : « Nous y reviendrons. » Promesse non tenue, nous semble-t-il. Promesse de Gascon ? Nous ne l'affirmons pas, même si Annie Cohen-Solal a découvert que, par la branche paternelle, Poulou avait des attaches avec le Sud-Ouest. Mais *L'Idiot* est un océan. Il se peut que notre attention ait flotté quand Sartre y remmaille le thème du romancier et de son personnage. Dommage qu'il n'ait plus eu les yeux pour écrire tout ce qui peut être dit sur Emma, comme son projet était d'« écrire tout ce qu'il y a à dire sur Flaubert ». Tout dire sur Emma : quel rêve ! Et entre autres les choses, deux ou trois, trois plutôt que deux, que l'on sait, que l'on invente, de ses seins aux mires mirobolantes. L'imaginer, se les admirant dans un miroir italien comme la jeune Paulina de Jouve, et disant : « Ils sont deux ! » Quelle violente volupté dans cette simple arithmétique ! C'est pourquoi nous voulons en doubler la célébration.

Ce deuxième chapitre sur les seins d'Emma, vous l'allez voir. Nous l'avons coupé, puis recollé, puis recoupé, et encore collé. Nous l'avons supprimé parce que Éva nous aurait dit de le faire, elle qui nous objectait l'exemple des Welles ou des Fellini qui étaient sévères au montage, et sacrifiaient impitoyablement des séquences pourtant enthousiasmantes : telle, pour *Casanova*, la scène avec Sutherland poursuivant autour d'une table la servante incarnée par Chesty Morgan dont la poitrine est sur la pellicule d'un fantastique développement. Mais jusqu'à quand Éva pourra-t-elle nous commander ? Nous devons quelquefois agir à notre guise, non ? Flaubert lui-même a dans un premier temps l'héroïsme du sabreur (« J'ai supprimé trois grandes tartines d'Homais, un paysage entier, etc. »), puis il doute du bienfait de ces corrections-là, consenties pour satisfaire Du Camp. Un passage qu'il aurait pu garder tant il est juste et fort : celui où Charles, désespéré à la vue du corps d'Emma qui vient de mourir, « baisait ses seins nus » « dans un transport de tendresse exaspéré, qui l'aurait dû ressusciter » [f° 251].

## 27. **Donc les seins d'Emma, suite.**

Certes nous nous doutions que les seins d'Emma n'étaient pas des pois chiches, mais il est vrai que Flaubert a pris acte de leur beauté sur le mode allusif, ou bien – nous l'avons dit – en n'employant le mot sein qu'au singulier, nombre qui jette sur eux le voile de l'abstraction.

Le mode allusif sert pour la première rencontre d'Emma et de Rodolphe, lequel est venu chez les Bovary pour que Charles administre une saignée à son valet de ferme : « Madame Bovary prit la cuvette, pour la mettre sous la table ; dans le mouvement qu'elle fit en s'inclinant, sa robe s'évasa autour d'elle sur les carreaux de la salle ; – et, comme Emma, baissée, chancelait un peu en écartant les bras, le gonflement de l'étoffe se crevait de place en place, selon les inflexions du corsage. » La litote classique ne nous empêche pas de comprendre que les sinusoïdes du corsage habité par la bénévole assistante devaient être houleuses et que, si l'on avait mis des électrodes au cerveau du spectateur qu'elles frappèrent, l'encéphalogramme n'aurait pas été plat.

L'emploi du mot sein au singulier intervient dans l'épisode crucial où Emma, dont le mobilier doit être saisi, tente de corrompre Binet : « Le percepteur avait l'air d'écouter, tout en écarquillant les yeux, comme s'il ne comprenait pas. Elle continuait d'une manière tendre, suppliante. Elle se rapprocha ; son sein haletait. » Il est bon pour le corps des fonctionnaires français que Binet ait résisté aux blandices d'une oblation si offensive. À sa place nous aurions succombé à la tentation de connaître *de tactu* la blanche poitrine mise en jeu dans ces heures troubles. Cette carnation laiteuse n'est pas une lubie de nos fantasmes. Flaubert la désigne dans un des rares passages où d'Emma vibrent sensiblement les fibres maternelles, non pour Berthe il est vrai, mais pour Léon qu'elle appelle « enfant ! », et qui croit sentir que « son âme, s'échappant vers elle, se répandait et descendait, entraînée dans la blancheur de sa poitrine ».

Affreux de se dire que l'arsenic tue cette beauté, salit et dissout cette neige ardente. Flaubert ne décrit pas de sang froid la fin d'Emma. Quand il représente le rituel de l'extrême-onction, il oublie l'onction des reins et des seins. Ni Bournisien ni la mort ne sont dignes d'entrer en contact avec ces coussins de félicité entre lesquels furent « tirés » des coups tordus et des « coups sains », comme nous osons le dire puisque Flaubert l'a fait : « sur le port. chaleur. tentes de coutil. – coup sain – Léon plus ému qu'elle ».

Ressuscitons le temps où fleurissait la jeunesse d'Emma, le temps où « ses pommettes étaient roses », où Charles commence de l'aimer. Comme un homme, elle porte alors, « passé entre deux boutons de son corsage, un lorgnon d'écaille ». Nous ne voulons à Emma rien qui soit d'un homme. Si nous étions anglais, nous ne la dirions pas *female*, parce qu'il y a *male* dans *female*. Confisquons ce lorgnon viril. Il nous est utile pour mieux regarder les seins sous lesquels palpite le cœur vivant de l'immortelle Emma. D'Emma qui, déterrée, apparaîtrait plus intacte que la reine Marie-Antoinette quand elle fut exhumée : à cette vue de notre esprit nous tenons comme à la prunelle des yeux de notre imagination, oubliant exprès que sa chair montrait déjà des signes de pourriture sur son lit d'agonie.

Les seins blancs d'Emma. Comme Flaubert met du bleu partout dans son roman, nous cédons à la poésie d'adoucir leurs notes aiguës en considérant, sous leur peau opaline, fine comme les ailes nacrées d'une libellule, le réseau presque imperceptible, visible néanmoins, des veines disposées comme des chemins d'amour sur une carte du Tendre, ou comme les rivières dessinées sur un plan de votre pays natal. S'il fallait commenter davantage cet incarnat, nous pourrions évoquer le corps blanc des amoureuses dit par Apollinaire – un mal-aimé est un frère pour nous ; sur les épaules de ce corps blanc, laissant à nu la gorge, nous jetterions l'une des « trois écharpes algériennes » délicatement exhibées devant Emma par un Lheureux attentif au vent du modernisme, puisque l'orientalisme est en vogue avec le gouvernorat de Bugeaud et la prise d'Abd el-Kader (à cette mode fait écho l'épisode où Emma, affectée par ses ennuis d'argent, garde la chambre, « engourdie, à peine vêtue, et, de temps à autre, faisant fumer des pastilles du sérail qu'elle avait achetées à Rouen, dans la boutique d'un Algérien »). Et nous tomberions en rêverie, en tendres souvenirs. Notre Emma Bovary n'aurait qu'à laisser bâiller un peu le col de sa robe pour qu'immédiatement nous désirassions lui donner l'accolade, ou plus qu'un baiser craintif, avec sa permission… Tout ça pour dire que c'est aux seins d'Éva que nous avons pensé en écrivant d'Emma. Chacun d'eux méritait des hymnes, le droit beau parleur charismatique, l'autre éloquent, disert, et charmeur tout pareil. À présent nous leur écrivons des élégies, puisque pour nous ils sont perdus. Le captateur, beau mâle hétéro, ne doit pas les effleurer timidement comme Mastroianni ceux de Sophia Loren dans *Une journée particulière*. Avec ses rouflaquettes – ce lion des mers doit avoir des rouflaquettes –, il les caresse une seconde, puis s'en saisit et les pille. Qui sait s'il n'a pas sur son navire un orgue à la Nemo, et s'il n'y improvise pas d'inqualifiables fugues pour Éva qui, d'un canapé où gisent ses nippes sang de bœuf (couleur que nous boudions au contraire du bleu nuit), s'étale à ses regards comme une muse fraîche, dispose, et comblée ? Il a dû lui faire l'amour, et maintenant sa musique orguiaque…

Imaginer sa main sur Éva posée comme la patte d'un fauve sur un morceau de viande – ô poitrine que nous aimions, d'autant plus tendre qu'elle était dure – nous met dans un état lugubre. Que la lionne reçoive le lion au pénis épineux de quarante à cent fois le jour lorsqu'elle veut avoir des petits, ce point de physiologie nous mortifie. Nous tue. Nous donne envie de tuer. Mais pourquoi qu't'as occis le mataf? Cette phrase de Genet heureusement nous calme.

### 28. **Emma, *la mie* de Rodolphe Boulanger.**

Quand il voit Emma, Rodolphe Boulanger flaire une bonne aventure, en trois mots énoncée : « Je l'aurai ! » Il faut dire ce qu'il a, quand il possède Emma, qui elle-même possédait cette part de plénitude qui ne nuit pas à la beauté : comme l'héroïne du *Château de Cène*, qui s'appelle aussi Emma, ses seins donnent l'intelligence du cœur aux mains de tous les hommes. Ou devraient la donner, car il y a des exceptions.

Emma n'est pas une planche à pain azyme. Celle qui en était une, c'était la première femme de Charles, Héloïse, veuve d'un sieur Dubuc, huissier à Dieppe qui ne devait pas mettre sa clé dans un huis lubrifié : Flaubert la décrit « sèche comme un cotret » (c'est-à-dire très maigre), avec des pieds « froids dans le lit comme des glaçons ». En revanche, à Emma nous prêtons l'embonpoint bien tempéré – un climat tempéré n'exclut pas les jours de canicule –, et le tempérament que, dans *Éloge des femmes mûres*, Stephen Vizinczey donne à Zsuzsa (« Zsuzsa était plutôt grasse, mais ces rondeurs étaient de feu »). Emma n'a donc pas connu ce que Nathalie Heinich appelle « le complexe de la seconde », ce drame des femmes qui, liées à un veuf ou à un divorcé, entrent dans une maison hantée par le spectre de la première épouse. La Dubuc n'avait pas été une brillante protagoniste. Emma parut, l'éclipsa, et Charles vécut dans sa seule lumière. En comparaison d'Héloïse, pomme tapée, Emma joua sur du velours, pêche à peau lisse de princesse baignée au lait d'ânesse, royale aux heures où elle se serrait dans une liseuse de couleur tendre, bleu doux d'agapanthe ou blanc de soie ancienne. Son corsage contenait deux fruits de paradis. Ç'eût été un péché de ne pas les croquer. Et c'en serait un autre d'en faire un croquis riquiqui.

Quand le marquis d'Andervilliers aperçoit Mme Bovary, il trouve qu'elle a «une jolie taille». Le corps d'Emma s'affine sous les côtes comme un violon qui attend son Paganini. Le temps d'aimer Emma ne coule pas en pure perte. Il a les systoles d'une fugue toujours recommençable. Image aussi du sablier. Bulbe supérieur de la poitrine épanouie. Bulbe des hanches féminines, sur lesquelles nous rêvons, et rêverons encore : «Elle se déshabillait brutalement, arrachant le lacet mince de son corset, qui sifflait autour de ses hanches comme une couleuvre qui glisse» (troisième partie, chapitre VI ; lisant ce passage, on donnerait à ce serpent glissant le nom d'Emma, comme s'appelle Emma la couleuvre apprivoisée par Henry Fonda dans *The Lady Eve*, le film de Sturges où Barbara Stanwyck dit qu'elle a besoin du riche herpétologue comme la hache a besoin du dindon).

Emma, Éva, Ève éternelle. Quoique la lubricité soit compatible avec la maigreur, forte est la plus-value d'allégresse que des hanches évasées comme le galbe des lyres et les rondeurs en liesse d'une chair déliée ajoutent à la luxure. Saint Antoine résiste à la reine de Saba, mais s'il posait la paume de sa main sur la hanche d'Emma, c'en serait fait de sa constance.

Donc dans le corsage d'Emma Rodolphe trouve matière à pétrir. Son histoire éditée chez Garnier par Claudine Gothot-Mersch est illustrée de seize reproductions. La treizième illustration, une eau-forte gravée par Boilvin pour l'édition Lemerre, ne fut pas utilisée : Emma se déshabille, elle a défait son corset, on voit ses seins, l'un complètement déniché ; cette poitrine n'est pas menue. Non, non, trois fois non, ces boules de pain frais ne sont pas des miettes, mais des chanteaux appétissants, hosties d'épice à toute outrance, sémaphores de miches croustilleuses, gages de bénédictions.

La prime estimation de Rodolphe lorsqu'il voit Emma se formule ainsi : « Pauvre petite femme ! Ça bâille après l'amour, comme une carpe après l'eau sur une table de cuisine. » Soif aisément comparable à celle d'Aurélie, la femme du boulanger de *Jean le bleu*, qui se désaltère avec le berger des Conches parce que son mari est bon comme du bon pain, et rien de plus.

Rodolphe Boulanger, *il pistor fido* ? Que nenni ! Quand à la fin le danger bouillira pour Emma, quand elle sera dans le pétrin, il la laissera tomber au lieu de resoulever sa pâte et de la feuilleter comme aux belles heures de leur liaison. Lamentable péripétie où l'affliction d'Emma s'éclaire d'une intuition tardive : « Moi, je t'aurais tout donné… Sans toi, sais-tu bien, j'aurais pu vivre heureuse ! Qui t'y forçait ? Était-ce une gageure ? » Oui, amie Emma, c'était une gageure. Une histoire de mort qui pour lui ne fut pas d'amour. Une histoire close par un suicide, l'histoire de la petite folle de Flaubert que parfois nous voyons belle, ô Boulanger, comme celle de Norma Jeane Baker, la petite fée de Los Angeles qui mesurait 1,61 m, chercha l'homme idéal jusqu'au sommet de la pyramide américaine, et ne le trouva pas.

## 29. **Quand on voudrait attendrir les étoiles.**

Après *Éloge des femmes mûres* nous avions lu *Vérités et mensonges en littérature*, un recueil d'essais littéraires. Flaubert y est étudié incidemment, avec les écrivains du XIX$^e$ siècle que leur talent n'affranchit pas toujours des conventions de leur époque :

> En ces temps, les désirs humains qui transcendaient le *statu quo* – les plus vivantes, les meilleures inspirations de notre nature – étaient tenus pour mauvais, car ils outrepassaient les limites de ce qui était possible et concevable. […] Flaubert conçoit Mme Bovary, qui aspire à s'échapper d'un mariage morne et sans amour, comme une femme vulgaire dont l'ambition affective ne peut être que stupide et destructrice.

Sur ce jugement, Vizinczey n'est pas inattaquable. Flaubert a plus d'estime pour Emma que pour les bourgeoises d'Yonville qui épient sa démarche chez le notaire et ne voient en elle qu'une sulfureuse dévoyée. Si la sympathie qu'Emma le force à avoir pour elle n'était pas si perceptible malgré son parti pris d'impassibilité, Pinard ne se serait pas gendarmé contre lui pour défendre la morale et l'ordre établis. *Aude sapere* : grande devise des Lumières. *Aude vivere* est une injonction pareillement recommandable. Emma ose. Elle s'essaie, vaille que vaille, à faire de son existence une vie. Elle se risque à ouvrir pour son état de femme un chemin de liberté. Elle a ses armes et ses bagages. Elle n'a pas choisi d'avoir le corps qu'elle a, la sensibilité et l'imagination qu'elle a, l'éducation qui lui fut donnée. Avec ce qu'elle a, elle se débrouille, elle se défend, elle se débat. Elle croit au grand amour, telle qu'elle se l'est mis en tête et dans le ventre au fil de ses lectures ou de ses rêveries. Ses erreurs et ses égarements la tuent. Mais elle aura tenté de vivre, de mordre dans les viandes parfois juteuses d'un romantisme fallacieux. Lui préfère qui voudra les vaches de Normandie et de Navarre qui se résignent à ruminer leurs insatisfactions en attendant la mailloche de l'abattoir.

Emma a aimé. Cela du moins est à elle. Flaubert ne méprise pas son désir d'aimer et d'être aimée. Tout homme a besoin de trouver un jour son lyrisme. Emma se bat contre le prosaïsme de sa condition. Ses aventures avec Rodolphe et Léon sont des émeutes, des coups fourrés, des coups de chant poussés pour que son corps exulte et que son âme se dilate. *Lyrique* est l'adjectif le plus intéressant de la célèbre phrase qui dit son bonheur d'avoir pris un amant :

> Alors elle se rappela les héroïnes des livres qu'elle avait lus, et la légion lyrique de ces femmes adultères se mit à chanter dans sa mémoire avec des voix de sœurs qui la charmaient. Elle devenait elle-même comme une véritable partie de ces imaginations.

Sur cette étape de sa route, Emma se meut dans la joie, corps et âme. Elle s'est élevée par-delà le bien et le mal. Elle s'immerge dans le bonheur. S'y abîme. Ricaneront ceux pour qui le bonheur est la visée des imbéciles. Emma est lucide quand elle voit que six mois seulement ont enlevé à la liaison avec Rodolphe le sens et les saveurs de son exorde : «Quel bonheur dans ce temps-là ! quelle liberté ! quel espoir ! quelle abondance d'illusions ! » En cet examen de conscience, Emma est le porte-morale de Flaubert. Vivre, c'est travailler à son éducation sentimentale. Illusion des illusions, et tout n'est qu'illusion : «Elle en avait dépensé à toutes les aventures de son âme, par toutes les conditions successives, dans la virginité, dans le mariage et dans l'amour ; – les perdant ainsi continuellement le long de sa vie, comme un voyageur qui laisse quelque chose de sa richesse à toutes les auberges de la route.»

Non, Vizinczey, Flaubert ne déprise pas le désir qu'a Emma de transcender le statut domestique où elle est vissée de par la loi, condamnée à ne pas avoir de destin. Pour supporter les travaux ennuyeux du foyer conjugal – avec Éva nous en prenions notre part –, pour persister dans l'abnégation, il faudrait à Emma la trempe d'une sainte (mais sont-elles nombreuses, les saintes qui aient été en puissance de mari ?). Flaubert ne se moque pas de ce que la passion l'amène à croire, à faire ou à dire dans ses profanations. Loin d'être un ennemi d'Emma, toute mièvre qu'elle ait pu se montrer en se donnant à ses amants, astres empaillés d'un feu vite appâli et donc impropre à cuire les émaux de son idéal, il entend dans ses pauvres mots d'amour «la parole humaine [qui] est comme un chaudron fêlé où nous battons des mélodies à faire danser les ours, quand on voudrait attendrir les étoiles». Où *nous* battons des mélodies… Dans ce pronom pluriel et collectif, nous nous comptons. Nous aussi, nous avons une inaccessible étoile qui n'a pas la charité de nous laisser téter sa lumière.

### 30. **La langue longue d'Emma, ou *rien de plus qu'une langue*.**

On ne peut ni ne doit tout lire. Ainsi avons-nous négligé, du professeur Évrard, *De la fellation dans la littérature*. Un critique reprochait à l'ouvrage de batifoler parfois hors du sujet, ou de pousser loin le bouchon, comme lorsque Mme Bovary est présente au bataillon de cet essai pour ses états de service dans la scène de la calèche.

Cependant, nous avons relu le chapitre du fiacre, et relevé un toponyme peut-être malicieux : le cocher fait passer sa lourde machine aux Trois-Pipes. D'autres lectures aideraient-elles à deviner comment Emma, impétueuse, traite Léon dans le fiacre trottinant ? Le *Journal* des Goncourt, par exemple ? Le 20 février 1860, Flaubert révéla certains détails, d'un style pimenteur comme du poivre de Cayenne, sur sa relation unique avec Eulalie Foucaud, et d'abord de leur nuit marseillaise, passée blanche et fumante grâce au talent d'un buccinateur rompu au jeu de garder une pipe allumée : « Flaubert nous raconte son premier amour [...] la femme vient le soir dans sa chambre et commence par le sucer ; ce furent une fouterie de délices, puis des larmes, puis des lettres, puis plus rien. »

L'acte d'Eulalie nous oriente vers un passage de l'édition Leleu-Pommier que nous aimons, qui figure dans une page totalement réussie, et que nous avons déjà vu sous une forme autrement esquissée. On est à l'époque où Emma file le fauve amour avec un Léon subjugué mais presque effrayé, l'époque où elle se délecte de fortes saumures, de pâte incuite et de l'âcre odeur de la corne qui brûle :

> Un jour, en caressant son corsage, Léon se blessa le doigt à une agrafe. Elle se jeta dessus avec un cri, et se l'enfonça dans la bouche pour sucer le sang. […] Elle semblait boire d'une aspiration longue et voluptueuse, tout en renversant sa jolie tête brune, avec des inflexions de taille comme un serpent tordu qui se régale en silence.

Restons-en là. Ou plutôt non. Comme l'esthétique du ressassement a ses adeptes, ne quittons pas cette question délicate. La difficulté nous excite à l'approfondir, d'autant que la langue est une cause naturellement cruciale pour la santé et la longévité des Lettres : que la langue soit mauvaise, les Lettres ne sont plus belles. Allons-y *piano*, puis *forte*.

Veuf de sa première femme, Charles revient aux Bertaux. Un jour, Emma lui propose de prendre quelque chose. Quand son verre de curaçao est presque vide, elle se renverse pour le finir : « Et la tête en arrière, les lèvres avancées, le cou tendu, elle riait de ne rien sentir, tandis que le bout de sa langue, passant entre ses dents fines, léchait à petits coups le fond du verre. »

Les dents d'Emma. Elles sont belles. Rodolphe les remarque d'abord, avant ses yeux, la première fois qu'il la voit dans la maison des Bovary. Et comment ne les admirerait-il pas encore lorsque, cette fois-ci chez lui, Emma se regarde dans son miroir à barbe ou joue avec ses affaires : « Souvent même, elle mettait entre ses dents le tuyau d'une grosse pipe. »

La langue d'Emma. Une langue si méticuleuse nous prédit l'intempérie thermogène où l'aventurière d'Yonville s'échappe à Rouen pour enlacer Léon, et lui soustraire son lait (nous hasardons l'idée en pensant au rayonnement d'Emma après sa baisade avec

Rodolphe, accomplie en forêt comme en pays de Canaan : « elle sentait le sang circuler dans sa chair comme un fleuve de lait »). Cas typique où la langue est la meilleure des choses plutôt que la pire ? Fellini – nous aimons ses rhapsodies – en serait convenu, qui nous montre, dans nous ne savons plus quel film, *Roma* peut-être, une prostituée alléchant le client d'une langue aux va-et-vient si crus que l'équivoque est impossible. Là-dessus, comme les extrêmes se touchent, nous songeons que cette langue, naguère vivante et paroxystique, est tirée par Emma sur son lit de mort dans d'atroces douleurs : « Sa langue tout entière lui sortit hors de la bouche » ; Thanatos, dieu vulgaire, s'apprête à bâillonner pour toujours la folle enfant qui, hier blessée d'Éros, « criait dans la luxure ».

Les spécialités de plaisir dont Emma gratifie Léon avec une faim de louve, les offrit-elle jamais à Charles en s'appliquant comme lorsque, à la Vaubyessard, elle mangea une glace au marasquin, « fermant à demi les yeux, une cuiller entre les dents » ?

Au début de leur mariage, Charles est comblé par sa jeune épouse qui le laisse faire ses quatre volontés, et sans doute moins de quatre. Au reste, il ne doit rien vouloir de pervers, vu qu'il « n'est pas d'une complexion facétieuse ». Il part au travail « le cœur plein des félicités de la nuit, l'esprit tranquille, la chair contente, […] ruminant son bonheur, comme ceux qui mâchent encore, après dîner, le goût des truffes qu'ils digèrent ». Bête de brave labour, Charles est homme à se satisfaire d'enfouir sa semence au sillon orthodoxe. Les truffes d'Emma, c'étaient au mieux les aréoles de ses seins chauds comme le museau de Djali sa levrette, ou de la chèvre d'Esméralda qui avait le même nom (peu avant sa fin, Emma verra Esméralda et Djali sur une gravure de Steuben ornant la salle à manger du notaire Guillaumin). Entre M. et Mme Bovary, la routine joua, puis une certaine satiété. Rentré tard de ses tournées, souvent très fatigué, le *docteur* ne gagnait plus son lit que pour s'y endormir sur le dos, et ronfler – mais la fatigue a bon dos ; en fait, le mari croit absurdement que sa femme ne laisse plus rien à désirer. Nous imaginons Emma. Nous pensons à « ses lèvres charnues, qu'elle avait coutume de mordillonner à ses moments de silence ». Ces lèvres-là aspireront bientôt à un emploi de plein exercice, au service d'un homme convenant à son épiderme.

Charles, elle ne l'a pas dans la peau. S'il a tenté sur elle d'ajouter à Cythère pour diversifier « les félicités de la nuit », il est probable qu'il ait reçu des rebuffades. Nous nous fions à cette phrase, relative aux caresses diurnes de Charles : « Elle le repoussait, à demi-souriante et ennuyée, comme on fait à un enfant qui se pend après vous. » En la circonstance il s'agit de baisers que Charles pose sur ses bras nus selon une ligne ascendante qui n'a rien d'hérétique. Lecteur, nous avons peu de rêves à oser sur les anastrophes de Charles. Même dans le noir, Emma doit consentir le minimum d'énormité aux métathèses de son homme. Peut-être le gâte-t-elle un peu plus quand elle a besoin de l'entortiller en lui expliquant pourquoi elle a signé à Lheureux des reconnaissances de dettes : « Elle s'assit sur ses genoux, le caressa, roucoula. » Nous pensons à l'abricot que l'officier de santé tend à Emma qui n'est pas au mieux (Rodolphe vient de fiche le camp) : « Sens donc : quelle odeur ! » fait-il en le lui passant sous le nez à plusieurs reprises. Mais a-t-il jamais mordu au fruit et au noyau de cette femme sensuelle ? Ce soir-là, s'il en eut l'idée et l'audace, il se peut qu'Emma le laissa faire. Ce soir-là, tandis qu'elle s'ingénie à l'embobiner, Charles a peut-être droit, ajouté aux caresses dolosives, à un baiser psychopompe qui le fait glouglouter sans qu'il se doute de la farce.

Plus tard, ailleurs, et sans se faire prier, Emma agence ces « variétés de volupté ». Instruite par Rodolphe, elle est pour Léon une éducatrice « gourmande et voluptueuse », et ce petit monsieur

– Flaubert l'appelle « couillon » dans ses écritures privées –
s'enchante béatement, puis s'effraie, devant tant d'expérience.

C'est que Rodolphe avait beaucoup appris à sa bonne et belle
élève. Il l'avait mise au monde physique et panique de l'amour,
en une maïeutique et un dialogue des corps où, probablement,
son appétit dut être grand ouvert, tel celui d'une jeune fille
accoutumée par l'école religieuse à sucer au coucher le bâton
d'angélique qui parfume la bouche et fortifie l'estomac. Mais
nous confessons ignorer comment Flaubert, qui trouva le nom
de *Bovary* non loin des pyramides, s'imaginait l'obélisque de
Rodolphe. Rien ne dit qu'il ne s'en faisait pas une idée précise,
même s'il n'en est pas trace parmi les brouillonnages qui lançaient
son invention sans aboutir toujours à des phrases conservées au
final. Peut-être s'inspirait-il des colonnes salomoniques du bal-
daquin de Bernini (à Saint-Pierre elles ne purent pas ne pas le
fasciner), ou plus modestement des stèles aniconiques en albâtre,
dites *stèles sucettes* d'après leur forme longue et leur évasement :
qui sait s'il n'en vit pas des exemplaires dans un livre forcené de
sa documentation, sinon dans un cimetière sur un champ de
fouilles sud-arabique ?

Aimant et suivant Emma comme nous le faisons, nous ne
pouvons passer vite sur ses habitudes de succion. Nous l'avons
vue se mordillonnant les lèvres ; elle se les mord encore lorsqu'elle
déplore le manque d'ambition de son médicastre. Et cette oralité
s'était vue à sa toute première rencontre avec Charles venu aux
Bertaux pour réduire la fracture de Rouault ; comme il fabriquait
des attelles, elle tâchait à coudre des coussinets : « Tout en cousant,
elle se piquait les doigts, qu'elle portait ensuite à sa bouche pour
les sucer. » Un bon critique a commenté cette péripétie : « Quant
au geste de succion des doigts, il connote, au passage, la sensualité
buccale d'Emma, désignant une zone érogène dont on verra plus

d'une fois la récurrence. » Et encore Bernard Masson laisse-t-il de côté, qui tambourine à nos fidèles oreilles, cette addition marginale d'un brouillon : « Rouen, noyée de foutre, sang au doigt de Léon qu'elle suce, amour féroce. » Il est donc bien collant, ce verbe sucer, dont la version définitive du roman ne s'est pas dépêtrée. Fille qui suce son doigt tétera bien son homme. Flaubert n'ignorait pas ce vieil adage normand.

Emma. L'aimer sans réserves. L'accompagner en ses évolutions. Quand elle se lance dans l'adultère physique, « ses sens ne sont pas encore nés ». Homme savant, sinon sage, Rodolphe l'aide à accoucher de sa part d'ombre en lui remuant « furieusement le tempérament » : nous entendons cette ligne d'un manuscrit préparatoire comme on tient compte d'une hérédité expliquant de loin le caractère de quelqu'un ; Rodolphe ne dénature pas sa maîtresse, mais l'amène à devenir qui elle est. Emma suit sa nature quand elle glisse dans la mer du libertinage, traitée par son amant comme une pierreuse stipendiée avec laquelle toute pudeur est incommode : « Il en fit quelque chose de souple et de corrompu. » Emma ne hait point cet assouplissement scortatoire de son échine et de son cuir : Boulanger l'a fait reluire « tant il possède d'emportement dans le désir » (à cette phrase Flaubert en substituera une autre, moins explicite). Ensuite avec Léon elle égalera les filles « du dernier rang » qu'elle côtoie au bal masqué. Tel est le tonneau de malvoisie où Emma plonge pour noyer un temps son ennui d'être femme, et de surcroît la femme de Charles Bovary.

Flaubert nous dit que « Charles aimait infiniment sa femme ». L'infini, c'est vague. Aimer infiniment, c'est aimer dans le vague. Emma veut plus de précision, car le plaisir charnel est comme le bon Dieu : il gît dans les détails. Ce n'est pas avec son mol époux que l'esprit vient à l'adolescente confiée à des religieuses lorsque, dans sa treizième année, son capital de chair déjà s'arrondissait.

Chez les bonnes sœurs de Rouen, qu'apprit-elle, Emma, sur l'art d'aimer un homme corps à corps et, langue de feu à l'appui, de fêter chaque soir Pentecôte avec lui? Le livre le plus scabreux qu'elle lut en cachette contait l'histoire de la belle Ferronnière, et peut-être dans une version expurgée qui ne racontait pas que le mari de cette épouse adultère se sacrifia à la contagion pour atteindre François I^er, le roi suborneur, «dans la source même de ses plaisirs», comme le rapporte une note qui éclaire un vers des «Gracieux adieux aux dames de Paris», et que nous avons lue naguère dans le tome I des œuvres de Marot commentées par Guiffrey, Éva n'ayant pas emporté cet ouvrage quand elle quitta notre maison désaimantée. Éva, l'inamovible Éva loin de qui nous languissons de toute notre chair et de tout notre esprit.

### 31. **Une jeune femme sérieuse.**

Nous lui donnons vingt-cinq ans. Ou à peine plus. Beau brin de fille. Jeune fille ? Jeune femme rangée, *sage*. C'est ce que nous pensons de notre libraire quand nous passons, rue Hautefeuille, à la boutique qu'elle tient avec un talent sans cesse avéré. Nous avions récemment besoin d'un livre épuisé, la *Phraséologie* de Meissner, qui nous permettrait d'aider trois étudiants du XVI<sup>e</sup> arrondissement à progresser en thème latin (leurs parents ont des sous ; ils nous paient le taxi pour que nos leçons aient lieu à leurs domiciles, rue de la Faisanderie et rue de la Pompe). Cours particuliers, bons pour mettre un peu de beurre dans notre ordinaire, qui est de plus en plus fruste depuis l'escampative de notre folle épouse. Le bouquin de Meissner épargne aux latinistes de longues recherches dans les dictionnaires ; nous-même, nous l'avions utilisé à la Sorbonne au temps lointain où nos yeux et ceux d'Éva se rencontrèrent. L'exemplaire trouvé par Evelyn est quasiment à l'*état neuf*.

Notre libraire est vraiment sérieuse. Difficile de la croire femme avec qui s'amuser, ou qu'on abuserait avec des sentiments feints. Nous est passée par la tête l'idée d'approfondir, de cultiver notre relation avec elle : la clé du *En tout bien tout honneur* colorerait nos entretiens, et progressivement la nature de son sérieux se découvrirait. Si le sérieux se garde autant qu'il peut se perdre, si le sérieux est bien comme un manteau susceptible d'être enlevé, Evelyn devrait être capable de délier sa ceinture et de s'offrir, amoureuse et docile, à un amant sincère. Des yeux fertiles et des mains franches feraient merveille, en tout cas bon effet, sur les cordes et sur l'âme de sa sensibilité. Peut-être a-t-elle été fiancée, liée, ou mariée à un officier de marine disparu en mer avec son bâtiment. Cette libraire qui est la nôtre met des choses romanesques dans notre imagination. Elle est une personne intéressante. Les larmes de ravissement qu'elle contient à peine en parlant des chants du *Paradisio* qui, du premier au trente-troisième, s'élèvent de splendeur en splendeur à souffle continu, nous sont un chiffre d'excellence. Tel qu'on le devine, son corps, tout lumière, a cette classe, Éva nous eût soufflé le mot nitescence, dont se protège, à l'Ägyptisches Museum de Berlin, la Néfertiti debout et marchant à grands pas, nue sous sa robe transparente. Vérifier si Néfertiti signifie bien *la belle est arrivée*.

### 32. **Nous ne sommes pas sûr d'avoir bien jugé Charles**.

Avons-nous bien parlé de ses relations sexuelles avec Emma, et de sa passion pour elle? Une phrase de *La Muse du département* serait un bon exergue pour revenir sur ce sujet : « Si j'étais écrivain ou romancier, dit un personnage de Balzac, je prendrais le parti des maris malheureux… Dans le nombre des maris trompés il s'en trouve dont l'attitude ne manque point d'énergie, et qui, dans la crise, sont très-dramatiques. »

Charles Bovary n'est pas méprisé par tout le monde. Marc Girard, l'un de ses avocats, réfute « l'interprétation réifiante déplacée, selon laquelle le lecteur n'aurait aucune raison d'imaginer Bovary assez habile pour faire jouir sa jeune épouse. Lorsque Emma sort extasiée des bras de Rodolphe, son émerveillement vise l'accession à un nouvel ordre de convenances, et non l'intensité du senti : *J'ai un amant! un amant!* et non pas *Qu'est-ce que c'était bon!* ».

Sur les secrets d'alcôve, Charles trouve en Jean Améry un autre défenseur, encore plus opiniâtre que Girard. Peut-être parce qu'on ne les attendait pas de l'auteur de *Par-delà le crime et le châtiment*, surprenantes sont les pages de *Charles Bovary médecin de campagne* lourdement appuyées à ce thème pour critiquer le réalisme insuffisant de Flaubert. Un réalisme plus rigoureux aurait contraint l'artiste grand bourgeois à ne pas escamoter la réalité intérieure et extérieure du médecin petit-bourgeois, étiqueté plat, nigaud et balourd au prix d'une simplification insupportable : parce qu'il s'est assimilé à elle, Flaubert a bien vu la réalité d'Emma ; Charles méritait une attention égale (« Je vous accuse, monsieur Flaubert ! Je vous accuse parce que… parce que… parce que, etc. »). C'est ainsi que Jean Améry hasarde un dialogue de Charles avec son sexe, que le souvenir d'Emma empêche de reposer en paix. Le veuf émoustillé s'adresse à cet énergumène en l'appelant « brave petit gars ». Éva aurait hué les triviales élucubrations du Charles qui, ainsi modifié, regrette par exemple d'avoir pris le corps d'Emma « non pas comme un gourmet, mais comme un simple officier de santé qui bouffe son omelette au lard ».

Nos réserves à l'endroit de Marc Girard ? Elles existent : il déteste Emma, « championne des "convenances" – l'homologue féminine d'Homais » ; il est hanté par sa « puissance putréfiante ».

Au contraire nous l'approuvons d'admirer le Charles dont la passion fut au début « un ineffable désir charnel », mais tendit « à s'épurer de ses déterminants les plus instinctuels » pour tourner « au Rêve exclusif ». Girard sent et dit avec bonheur que « Charles apprend, dans sa chair d'abord, puis dans son cœur et dans son âme, qu'on ne jouit pas de la Beauté, mais qu'on l'adore ». Médecin, il estime que Bovary ne fut pas en médecine aussi mauvais qu'on le répète (Allan Bloom le traita naguère d'« incompétent bousilleur »).

Il faut pourtant récuser ce discours. C'est contre la vérité des textes de Flaubert que nous ferions de Charles un amant honorable. Quand Bardèche écrit que Charles ne savait pas mieux son métier de mari que son art de médecin, il parle en connaissance des formules allusives du roman et des indications crues fournies par les canevas. Charles, c'est la triste *réalité*, fait l'amour à l'égoïste, à la pépère mamamouchi dirions-nous, et Flaubert l'orientaliste comprendrait notre dire : un mamamouchi est un fonctionnaire propre à rien, de l'arabe *ma menou chi* (non chose bonne), comme nous le savons pour avoir lu l'édition du *Voyage en Égypte* annotée par Pierre-Marc de Biasi. Charles est tout entier dans ce verre d'orgeat qu'il va chercher à la buvette du théâtre de Rouen pour Emma, dont le corps tient bien l'aquavit réclamé par son quotient hormonal. Ses « caresses matrimoniales » sont insuffisantes, qui poussent sa femme frustrée « en des désirs adultères ». Charles n'est pas le mari dont Emma rêve qu'il lui ferait des fêtes « où le cœur se dilate, où les sens s'épanouissent ». Le plus brave gars du monde ne peut donner que ce qu'il a. Selon Thibaudet, Charles est l'une des malchances d'Emma : « À voir comme elle est durablement séduite par ses amants, il semble bien qu'un mari comme il y en a tout de même eût donné satisfaction à ses sens et à son cœur ; Charles, dirait-on, a été construit exprès contre elle. » Thibaudet n'aurait pas fermé l'école de sexologie dont l'enseigne est un corps féminin tatoué du slogan *Love a person, non an organ.* Mais la personne aimée aime que l'organe arrosé ne reste pas sur sa soif. On imagine que ce bon prince de la critique conciliante n'eût pas détesté *Loin de Chandigarh*, ce long roman moderne où Tarun J. Tejpal écrit que le naufrage du désir emporte à peu près tout avec lui, la conversation, les rires, la complicité, la sollicitude, les rêves, et – le plus important – l'affection.

Sur Charles, nous lirons peut-être un jour le texte de Gérard Genette intitulé *Le Secret de Charles Bovary.* Pierre-Marc de Biasi s'y réfère au cours d'un entretien qu'il eut avec Claude Chabrol. Il le résume ainsi :

> Derrière ses airs stupides, Charles n'arrête pas de tromper sa femme avec la solide paysanne un peu nymphomane de la ferme de Geffosses, tous les matins, avant ses tournées médicales. En réalité c'est Charles qui a poussé Emma à reprendre le piano, en se doutant bien qu'il la jetait dans les amours clandestines : un peu parce que cette

idée aiguisait son propre désir pendant ses parties fines avec la nymphomane de Geffosses, et beaucoup pour être tranquille chaque matin, et libre de se consacrer à ses propres aventures érotiques (in *Autour d'Emma*, Hatier, 1991, coll. «Brèves / Cinéma», p. 37-38).

Il est sûr qu'il y a du bizarre dans l'aveuglement de Charles, tel que Flaubert le lui inflige. Nabokov met sa quiétude matrimoniale en tête des invraisemblances dont il dresse la liste pour démontrer que le registre du scénario n'est pas le réalisme :

> Un roman dans lequel, nuit après nuit, un jeune mari en pleine santé ne se réveille jamais pour s'apercevoir que la meilleure moitié de son lit est vide, n'entend jamais les petits cailloux qu'un amant jette contre les persiennes, ne reçoit jamais une seule lettre anonyme d'une bonne âme locale, […] [un tel roman ne saurait être] présenté comme le parangon de ce que l'on appelle le réalisme.

Dans *Val Abraham*, il n'échappe pas à Carlos Païva que son Ema ne se comporte pas en épouse fidèle aux obligations du foyer conjugal. Il se console par des escapades forestières où l'accompagne telle ou telle de ses infirmières – et nous qui suivons le film, nous qui sommes allé à l'hôpital après le départ d'Éva, nous pouvons admettre cette différence avec la constance de Charles le Vrai, car bien des infirmières ratifieraient par leur sein de neige dure ce que, dans *La Régente*, Clarín écrit de Petra, la servante d'Ana Ozores : qui leur ôterait leur blouse découvrirait des charmes effectivement charmants.

Criante est la fiabilité de ce théorème si l'infirmière en est à son premier stage, jeune débutante tournée comme une nymphette, comme Lolita elle-même, avec ce rien de vulgarité essentiel dans la nymphette, ce zeste de vulgarité kitschéenne visible par exemple aux pantoufles d'Emma dont Maurice Couturier montra que Nabokov les a en perspective dans la scène du dimanche matin sur le canapé : « lorsque Humbert évoque la gestuelle érotique de Lolita avec sa pantoufle, gestuelle qui l'excite intensément, on pense bien sûr à ces fameuses pantoufles qu'Emma conserve dans la chambre de Rouen où elle rencontre Léon chaque semaine »… *Lolita* : nous aimons tant ce nom, ce roman, et Nabokov, qu'il nous advint de fabriquer le mot Lolittérature pour en résumer notre culte. Mais nous n'envalisons le nom d'Emma avec nul autre pour entériner, sous l'espèce de l'éternité, qu'Emma est de la littérature comme on est d'un pays. Et mieux encore : comme Burton écrit qu'avec la mélancolie, sous quelque synonyme qu'on l'approche, on a affaire à une entité unique (« *So take Melancholy in what sense you will, t'is all one* »), de même avec Emma, en Emma, tout est littérature. Emma et la littérature, c'est tout un. Parce que Emma, notre Emma, est tout uniment l'amour de la littérature à sa proie attachée. Emma c'est la LITTÉRATURE.

### 33. **Ouvrir Emma.**

Nos références aux avant-textes ne sont pas rares. Elles ne nous seront pas reprochées, pour peu qu'on aime la fabrique des œuvres d'art. Nous admirons l'Angélique de *Roger délivrant Angélique* telle qu'elle est au Louvre avec son ventre honnête. Mais nous sommes plein d'égards pour la même Angélique, étudiée pour le même sujet, par le même M. Ingres : sur cette étude préparatoire, la main naturaliste du créateur, comme le voient à Harvard University les amis du Fogg Art Museum, n'a pas fait comme si le bas-ventre des filles, pures ou pécheresses, n'avait pas autant de poil que la chapka dont la casquette de « Charbovari » est une vague imitation. Et dommage qu'ait disparu l'ébauche de *La Source* qui, parce que « les détails les plus intimes n'avaient pas été omis » par son bon maître, plut beaucoup à Amaury-Duval lorsqu'il la découvrit dans l'atelier de la rue des Beaux-Arts.

Nous sommes curieux de ce qu'un livre a sous la peau qu'il nous présente, épilée, poncée, propre, sans la moindre sueur. Curieux de ce qu'il a dans le ventre. Un texte n'est pas une tunique inconsutile qu'il ne faut pas trousser.

Image totémique de notre curiosité : la caricature de Remot représentant Flaubert disséquant le corps d'Emma.

Gustave, fils de médecin, élevé dans un hôpital, près des salles d'opération, n'a pas détruit ses manuscrits. On peut aller y voir l'artiste en liberté, sinon en transe, dans son laboratoire.

Fabrique, laboratoire, atelier, forge : espaces érotiques comme une chambre d'amour où les amants, avant de *conclure* (provisoirement, car la sottise serait de ne pas revérifier leur système d'équations), se sont déshabillés en laissant par terre les pièces des vêtements qu'ils ont ôtés au hasard de leur fièvre, et le hasard crée au sol des précipités d'étoffes, des sortes de tableaux d'un désordre éloquent, instructif, et parfois très beau. Si Léon avait pratiqué la photographie, il aurait immortalisé à l'hôtel de Boulogne le foutoir de la chambre où Emma, dévêtue à la hâte, le travaillait au corps, impérieuse de ses caresses, peut-être comme à la Malmaison Joséphine capturait la meilleure part de Napoléon. Impérieuse Emma. Impériale peut-être : Mario Praz a relevé que le lit de cette chambre était un lit Empire ; les lits Empire, dit-il dans *Goût néoclassique*, ne sont pas faits pour le sommeil des justes ; et cet aphorisme est suivi par les lignes où Flaubert décrit le lit d'acajou en forme de nacelle, puis les rideaux de levantine rouge sur lesquels se détachent, plus belles que tout au monde, la tête brune d'Emma et sa peau blanche luttant avec « cette couleur pourpre, quand, par un geste de pudeur, elle fermait ses deux bras nus, en se cachant la figure dans les mains ».

Fabrique, laboratoire, clinique, forgeries, où toujours *il faut que ça saute* : ainsi le bureau d'un écrivain est-il un sanctuaire salace, surtout la table où les feuilles couvertes d'écritures, de café, de sueurs tachantes, s'accumulent et s'empilent comme les corps d'une orgie dans un boudoir sadien, comme les assiettes sur un dressoir d'auberge, comme les larges rubans d'un gratin de lasagnes, car la faim, la soif et le rut chahutent dans la cervelle du locataire, si harpieusement que son officine devient le bouvril d'un abattoir en comparaison duquel le capharnaüm d'Homais paraîtrait une sacristie.

Magnifique bordel qu'un brouillon de Flaubert (« Tantôt, à 6 heures, je sentais si profondément ce que ma petite femme éprouvait que la tête me tournait. Je suis comme un homme qui a trop foutu », écrit-il à Louise, le 23 décembre 1853). La bouteille d'encre est décalottée. La plume plonge et se retrempe dans la bouche de l'encrier-crapaud. Ça part dans tous les sens, charge et surcharge, ça jaillit, le papier crisse, un mot en monte un autre, une parenthèse s'ouvre et oublie qu'elle s'est ouverte, et il y a des fourbis en réseau, des fibrilles, des biffures, des biffures innombrables, des biffures violentes, cruelles, regrettables, héroïques, car c'est ici le combat du beau contre le plat, le gris, le banal, le puritain et l'académique, et aussi contre les impromptus triviaux. Aller à ce bordel-là, c'est permis, c'est vertueux, c'est exaltant. Comme de connaître le dessous des cartes. Comme de savoir ce qui vit, ce qui bat, ce qui coule, ce qui brille, sous la peau d'un beau corps vivant. Dans *Ouvrir Vénus* de Georges Didi-Huberman, plusieurs citations outillent notre curiosité des organes cachés qui participent de la vie, de l'anatomie d'un organisme, de sa physiologie et de son élan vital. Retenons, pour ne pas l'écouter, pour la transgresser, cette prescription d'Odon de Cluny :

> La beauté du corps est tout entière dans la peau. En effet, si les hommes voyaient ce qui est sous la peau, doués comme les lynx de Boétie d'intérieure pénétration visuelle, la vue seule des femmes leur serait nauséabonde : cette féminine grâce n'est que saburre, sang, humeur, fiel. Considérez ce qui se cache dans les narines, dans la gorge, dans le ventre : saletés, partout. […] Comment donc pouvons-nous désirer de serrer dans nos bras un simple sac d'excréments !

Odon se bouche le nez s'il sent l'odeur de femme. Odon est odieux. On se fout de ce qu'il crache. Il crache des savonarolades, des calomnies. Si la peau d'une femme est si douce, si ses blandices sont si fortes, c'est parce qu'au-dessous le sang et les humeurs, le foie, les poumons, les reins, le gros intestin plein de matière brune, existent et fonctionnent, poètes mineurs de la vie si on les compare à ce qu'on appelle l'âme, mais mineurs de fond, soutiers indispensables. La peau n'est ce que nous avons de plus profond que par le substratum des entrailles qui l'informe. Pour un livre c'est pareil. Les attirails invisibles sont à un corps ce que sont les avant-textes, garçonnailles comprises, pour la dernière version d'un texte. Quand nous y regardons, les découvertes nous plaisent autant que les organes de la *Vénus des médecins* modelés dans la cire par Clemente Susini, ou même que l'exorbitante « population viscérale » de sa *Vénus éventrée*. Les étudiants apprivoisent l'*adyton* de la vie avec ce déballage carabiné. De même nous comprenons mieux le mystère de l'écriture en allant sur les sentiers de la création, c'est-à-dire, dans les circonstances où nous sommes, en *ouvrant Emma*.

Un corpus de brouillons, de pages où a giclé le sang d'un poète en veine d'inspiration, nous donne la chair de poule, nous fait chaud au cœur, nous paralyse, nous attire, nous électrise et nous secoue de palpitations comme le fait une femme que nous aimons, qui nous laisse la prendre dans nos bras, dégrafer les boutons de son chemisier, lui enlever sa jupe, puis ausculter contre son sein l'émotion qu'elle éprouve elle-même, et grâce à laquelle elle s'offre à nous, s'entrebâille, écarte enfin les rideaux de son être intime pour être sue dans ses replis, dans l'enfer béni de son ventre, en toute indiscrétion, sans que souffre la pudeur. L'amour stimule le besoin de savoir, de tout connaître, de respirer les coins obscurs, de toucher l'intouchable. Un corps ouvert sur une *table d'op* n'est pas répugnant, n'est pas dégoûtant, le poète Lorand Gaspar, chirurgien par ailleurs, l'a dit de belle manière.

Un exemple. Comment ne pas, grâce à Jean Pommier et quelques autres maréchaux de l'Empire flaubertien, replacer dans le roman un passage du manuscrit finalement exclu, mais que nous aimons tant, celui où Emma, lors d'une promenade matinale, entre dans une maison inhabitée dont une fenêtre possède un vitrage de losanges multicolores : « Elle regarda la campagne par les verres de couleur. À travers les bleus… Puis par les carrés jaunes… Elle mit son œil au carreau vert… Mais elle resta plus longtemps devant la vitre rouge… » Cette page supprimée n'est heureusement pas détruite. N'est-ce pas ainsi que nous regardons Emma ? Chaque rencontre nous la montre sous une lumière différente. Elle est vraiment insaisissable. Aucune étude ne fait le tour de ses propriétés. Conclure serait à son sujet une sombre bêtise.

## 34. Physiologie de l'amour.

Il serait bon que jamais on ne puisse dire de nous, comme Emma de son Charlot : «Il n'avait point d'ambition!... Quel pauvre homme! quel pauvre homme!» Flaubert était-il sincère quand, dans sa lettre à Bouilhet du 2 juin 1850, il écrivit : «Je vais rêvassant à l'avenir. Je suis sans plan, sans idée, sans projet et, ce qu'il y a de pire, sans ambition» ?

Prenons-en de la graine. Nous serions le pire des tristes sires, si de notre tristesse d'homme abandonné nous ne faisions pas un poème ; si pour oublier nous nous soûlions de livres sur Emma sans en faire un sur elle. Nous nous voulons son soldat lige. Donc nous nous obligeons à la servir en chevalier. La plume est notre arme d'hast. Ne pas être l'eunuque qui couche avec les livres et ne leur plante pas un seul enfant. Forcer le pucelage de Calliope et d'Érato. Dégainer. Défourailler. Imprégner, fertiliser la page blanche. N'oublie pas que le temps passe, et presse. Écris, ou crève. Nous avons de ces façons pour nous parler à nous-même. C'est que, voyez-vous, nous avons beau croire qu'il n'y a pas de honte à être un homme ordinaire, nous ne nous résignons pas à ne pas augmenter le tirant d'eau dont la nature nous a loti. Emma, notre muse, nous y aidera peut-être. Sans nous paralyser, puisqu'elle reste humaine malgré sa nationalité fictive. Humaine, nous la voudrions vivante avec sa chair, avec son sang, en dépit de Sainte-Beuve qui marmonna contre elle et contre Flaubert : «Anatomistes et physiologistes, je vous retrouve partout!» Mais où est donc le hic? Une muse est une femme. Partant elle a ses règles. Or Flaubert est si peu physiologiste qu'il a tu les cycles d'Emma.

Dans son essai sur Mme Bovary et Thérèse de Lisieux intitulé *Destins de femmes, désir d'absolu*, Micheline Hermine a relevé le silence de Flaubert sur ce sujet crural. « Flaubert, observe-t-elle, est secret sur l'intimité féminine d'Emma. Aucune allusion directe. […] Emma, toute piquée de sang lorsqu'elle coud, ne semble pas connaître la clepsydre de la féminité. » Ne soyons pas plus naturaliste que Flaubert et quittons le cercle où cette affaire de cycle mériterait que nous nous enfermions, ne serait-ce que pour regarder en face l'inconcevabilité d'une Emma prenant la cinquantaine et un jour ménopausée. Sur ce point, glissons, mortels, n'appuyons pas. Emma, *nostra carissima* Emma, ne vieillit pas. Elle ne prend pas une ride. Emmarilyn Emma. Emma est un mythe de l'amour. Aussi ne peut-elle remplir la vocation de la maternité ou celle de la longévité.

Mais caressons un instant la question de la sainteté, centrale pour sainte Thérèse, impertinente pour Emma, qui selon Micheline Hermine n'est pas devenue Thérèse peut-être à cause des romans, celle-ci n'étant peut-être pas devenue Emma grâce aux lectures qu'elle n'a pas faites. Nous osons en effet nous demander si Emma n'a vraiment rien d'une sainte. Du moins si elle ne l'a pas été dans les premiers espaces de son mariage. Après, les pièces à conviction pour instruire le procès de sa canonisation risquent en effet d'être très rares, le mensonge étant l'une de ses grosses fautes. C'est pourtant elle qui prononce contre le monde et les hommes le verdict terrible : *Tout mentait*. Le contexte de ce mot est un moment sinistre de son drame. Elle est à Rouen, sa liaison avec Léon n'est plus ce qu'elle fut, et c'est déjà comme la vision panoramique d'une mourante :

Un jour qu'ils s'étaient quittés de bonne heure, et qu'elle s'en revenait seule par le boulevard, elle aperçut les murs de son couvent ; alors elle s'assit sur un banc, à l'ombre des ormes. Quel calme dans ce temps-là ! Comme elle enviait les ineffables sentiments d'amour qu'elle tâchait, d'après des livres, de se figurer !

Les premiers mois de son mariage, ses promenades à cheval dans la forêt, le vicomte qui valsait, et Lagardy chantant, tout repassa devant ses yeux... Et Léon lui parut soudain dans le même éloignement que les autres.

– Je l'aime pourtant ! se disait-elle.

N'importe ! elle n'était pas heureuse, ne l'avait jamais été. D'où venait donc cette insuffisance de la vie, cette pourriture instantanée des choses où elle s'appuyait ?... Mais, s'il y avait quelque part un être fort et beau, une nature valeureuse, pleine à la fois d'exaltation et de raffinements, un cœur de poète sous une forme d'ange, lyre aux cordes d'airain, sonnant vers le ciel des épithalames élégiaques, pourquoi, par hasard, ne le trouverait-elle pas ? Oh ! Quelle impossibilité ! Rien, d'ailleurs, ne valait la peine d'une recherche ; **tout mentait !** Chaque sourire cachait un bâillement d'ennui, chaque joie une malédiction, tout plaisir son dégoût, et les meilleurs baisers ne vous laissaient sur la lèvre qu'une irréalisable envie d'une volupté plus haute.

Nous voudrions arrêter là ce chapitre, mais la vérité et sa servante l'honnêteté exigent un aveu de notre conscience. Nous avons dit qu'Éva ne pouvait pas avoir d'enfants, que cette donnée entre en ligne de compte lorsque nous cherchons les raisons de son départ, de sa sécession. Mensonge. Gros mensonge. Que ne nous sommes-nous avisé d'arrêter d'être un étudiant prolongé, de cesser d'être un enfant attardé en en faisant un. Avec Éva. À Éva. Pourquoi avoir semé cette fable qu'elle n'était pas féconde? C'est nous qui ne voulions pas d'enfants. Nous qui imposions les moyens et les techniques des diverses contraceptions. Or, comme pour Louise Colet, il y eut un mois où Éva eut un dérèglement affreux. Et ce retard dans *le débarquement des Anglais* nous fit descendre au bord du désespoir.

Vous avez reconnu ces mots imagés qui disent la couleur rouge. Ils sont de Flaubert, le 9 décembre 1852, quand il se ronge les sangs parce que son amie tarde, depuis trois semaines, à lui annoncer l'événement qui le soulagerait d'une angoisse atroce: «Tu ne sais pas l'état où tu me mets! Je ne comprends pas que je puisse travailler au milieu de ce souci.» Par bonheur pour lui, les choses de la physiologie reprennent enfin leur juste flux:

> Ta lettre de ce matin m'a enlevé de dessus le cœur un terrible poids. Il était temps. [...] Il faudrait tout un livre pour développer d'une manière compréhensible mon sentiment à cet égard. L'idée de donner le jour à quelqu'un *me fait horreur*. Je me maudirais si j'étais père. – Un fils de moi, oh non, non, non! que toute ma chair périsse, et que je ne transmette à personne l'embêtement et les ignominies de l'existence. – Toutes mes propretés d'âme se révoltaient à cette hypothèse et puis, et puis. Enfin, Dieu soit loué, il n'y a rien à craindre. Bénis soient donc les habits rouges (11 décembre).

Déjà, en avril de la même année, il avait prévenu Louise: «L'hypothèse de transmettre la vie à quelqu'un me fait rugir, au fond du cœur, avec des colères infernales.»

*Et puis, et puis.* Nous pouvons achever la phrase que Gustave laisse en suspens. Et puis, outre l'odieuse définition de l'existence, il y a l'ennui qu'est dans l'emploi du temps d'un écrivain la présence d'un chiard qui chiale et vous dérange, bref qui vous emmerde, qui nuit à votre travail. Eh bien, nous non plus nous ne voulions pas ce genre d'embrouilles et d'embarras. Car nous sommes égoïste. Car nous voulons apprendre à écrire. Car nous désirons un livre. Nous voulons devenir un bon artiste de la prose française. Nous voulons écrire un jour un bon livre. Nous avons toujours eu l'ambition d'un livre dur à porter, monopolisant notre attention pour être au bout de trois, quatre ou cinq fois neuf mois de lourdes tâches, bien constitué et viable. Éva dut en avoir assez de notre égoïsme à peine larvé. Elle dut se dire qu'elle n'était pour nous que le repos d'un fieffé lecteur aspirant à écrire, se préparant à entrer en écriture comme on se prépare aux batailles de la guerre. Un examen lucide nous interdit toute indulgence envers nous-même. Éva nous a trahi. Elle a bien fait. Aujourd'hui elle attend peut-être un enfant du capitaine. Si c'est une fille, elle ne s'évanouira pas comme Emma à la naissance de la petite Berthe. Elle n'enviait pas comme Emma la condition des hommes. Elle était contente d'être une femme. Et elle souhaitait l'être jusqu'à la maternité *inclusivement.*

Quand nous l'aurons fini, nous oserons adresser le livre que nous désirons à quelques écrivains vivants, et chers à notre esprit. Et nous imiterons la dédicace de l'exemplaire de *Madame Bovary* – l'un des trésors de la bibliothèque de Pierre Berès – envoyé par l'auteur à Alexandre Dumas : « Hommage d'un inconnu, G^{ve} Flaubert. »

## 35. L'impérial procureur.

De son nom propre, comme on sait, il s'appelait Pinard. *Gigantesquissime*, son réquisitoire. Au dos d'une lettre où Du Camp lui demandait diverses coupures sans lesquelles son texte serait impubliable dans la *Revue de Paris*, Flaubert a écrit un seul mot de commentaire : « Gigantesque ! » Ce que Pinard condamne, nous l'aimons sincèrement. Flaubert eût-il plus souvent encore désigné ou décrit les intimes *illécébrances* d'Emma, et les audaces qu'en bonne logique elle commet au culot dans les chambres où elle passe, nous ne nous en plaindrions pas. C'est que, ne l'oublions jamais, elle fait tout ce qu'elle fait selon le cœur qu'elle a au ventre, à la loyale, et en raison de sa tournure d'esprit : se donner à moitié à la passion d'amour est à ses yeux une infamie. À d'autres qu'elle, l'économie des bouts de chandelle.

Pinard purge en enfer son hypocrisie d'État. Comme la bibliothèque de ce quartier chaud doit posséder dans sa réserve l'édition Pommier-Leleu de *Madame Bovary*, il peut y découvrir, le cœur brûlant d'une feinte colère, les passages les plus verts que Flaubert, anticipant la censure, n'a pas publiés, mais que désormais nous connaissons, et qui nous inspirent en fils pieux d'un père hors-norme, hors pair et hors série :

> Rodolphe – manière dont elle l'aimait profondément cochonne – soigne cela comme une œuvre d'art – but de la vie, occupation exclusive… à propos des excitations de cul qu'elle prenait au coït journalier de Charles

son besoin d'aimer était comme un papillon qui tourne autour de la flamme et s'empêtre dans la chandelle… Emma est très savante en voluptés… L'habitude de baiser la rend sensuelle… elle recouche avec Charles et le caresse même… après les fouteries se fait recoiffer.

À cause de Pinard et des bien-pensants raides comme un manche de merlin, Flaubert est contraint d'imposer à son écriture une ascèse, une autocensure et des estompages sous lesquels, comme le dit Micheline Hermine en exagérant à peine, le corps d'Emma « abandonne sa substance charnelle et lourde, s'envole comme une âme ». Rendons à Flaubert et à Emma ce qui leur appartient en propre. Que Pinard se le tienne pour assuré : nous ne le blairons pas.

Emma ne peut pas être en enfer. Mais si par malheur et par iniquité elle s'y trouve, et si Pinard la rencontre au hasard d'une promenade circulaire, il ne pourra s'empêcher de la désirer, de lui sauter dessus comme fait le juge qui, dans *Le Rite* de Bergman, convoque la comédienne qu'il accuse de jouer dans une pièce immorale et prend les manières d'un bouc violeur dès qu'en chair et en personne elle se trouve à sa portée.

Il importe que nous soyons plus honnête que Pinard.

Il a pourfendu le roman de Flaubert parce qu'il était lascif. Et son héroïne parce qu'elle était lascive. « Couleur lascive » de l'histoire dans son ensemble. « Peinture lascive » de certains faits ou gestes, telle l'habitude qu'avait Emma, en son adolescence, d'aller à confesse et d'inventer de petits péchés afin de rester là plus longtemps, à genoux dans l'ombre.

Sur ce point le jugement du substitut impérial n'est pas inepte. Emma est lascive (Éva l'était aussi, à tête reposée). Pour abonder dans le sens de Pinard, mais sans diaboliser comme lui la lasciveté, amusons-nous encore au jeu du portrait chinois. Si Emma était un personnage figuré par un peintre ? – Pour nous ce serait la Roxane du Sodoma. Flaubert a fini le voyage en Orient. Il rentre chez lui en passant par l'Italie. Le voici à Rome :

> Farnésine. […] Jean Antoine dit Le Sodome. *Alexandre offrant la couronne à Roxane*, fresque. – Roxane est assise sous un lit à colonnes cannelées. […] Elle se déshabille, elle retrousse sa draperie jaune. Délicieuse tête blonde, pleine de luxure, rêveuse ; l'œil est noyé de langueur lascive, le ventre, vu sous la gaze, […] est tourné dans la torsion du torse. […] J'ai vu peu de choses plus excitantes et plus profondément cochonnes que la tête de Roxane.

Ayant lu ce passage touristique de Flaubert, ayant vu le tableau du Sodoma, nous pensons souvent à cette représentation de Roxane quand nous imaginons les traits d'Emma, luxurieuse dans l'émotion, ou émouvante dans la luxure, comme Flaubert la voulait. Pour faire plaisir aux mânes de Pinard, nous consentirions à reconnaître chez Emma de la lasciveté, de l'impudicité, de la lubricité, et même de la luxure, en admettant les nuances définies par Littré dans une annexe de lasciveté, dont il examine les synonymes : « Impudicité est le terme générique comprenant tout ce qui offense la pudeur ; la lasciveté joint à l'idée d'impudicité celle d'une excitation comparée à quelque chose de folâtre ; la lubricité y joint celle d'une incontinence sans mesure et sans frein ; on pourra dire que Cléopâtre était lascive, et Messaline lubrique. La luxure y joint l'idée d'une surabondance de force, de nourriture qui emporte le tempérament vers les excès de l'incontinence. »

### 36. *Madame Bovary* et la question de l'amour sublime.

Pourquoi certains voient-ils des précipités pornographiques dans l'encre de Flaubert? Nous butons de nouveau sur cette affaire après qu'incidemment nous avons dû consulter *Les Marginaux. Femmes, juifs et homosexuels dans la littérature européenne* de Hans Mayer. Un chapitre de ce grand livre s'intitule «Pornographie». L'essayiste cerne la difficulté qu'il y a à distinguer, dans ce genre, les brochures vulgaires des œuvres littéraires: «Face à cette production de masse et à cette consommation de masse, la critique littéraire et la sociologie de la littérature semblent désarmées. Les débats sur l'obscénité et la pornographie dans la politique culturelle internationale tournent autour de tel ou tel écrivain, le plus souvent célèbre, autour de telle ou telle œuvre. On est pour ou contre *Madame Bovary, L'Amant de lady Chatterley, Ulysse, Tropique du Cancer*, pour ou contre Genet ou William Burroughs.» On ne fait jamais le tour entier d'une question, mais Éva nous reste un modèle de ténacité dans le domaine des enquêtes. Essayons donc de mener la nôtre plus avant.

Comme à nous, il vous semble peut-être que *Madame Bovary* n'est en rien pornographique, et que même les notes libres des brouillons ne le sont guère. Son écriture, son cachet et son crible à mailles serrées écartent du maître moine de Croisset tout soupçon de ce genre. Revoyons la scène où Emma fait d'un seul geste tomber ensemble tous ses vêtements avant de s'abattre contre la poitrine de Léon. On devine ce qu'ensuite elle montre de son corps enflammé et avide. Une plume pornographe se serait focalisée

sur ses écartements, sur ses monstrations obscènes, noires et cra-
moisies. Flaubert les passe sous un silence des plus classiques.

Tant pis donc pour le journaliste catholico-belge qui signa
Z. Z. Z. le papier zozoïque, ziziïque, zéroïque où il alertait les
censeurs sur ce «hideux roman», et même pour Léautaud s'il
déprise son écriture trop léchée à laquelle il préfère l'*allegro*
spontané de Stendhal («ce pauvre Flaubert ne fut qu'un ouvrier
de style»). Que *Madame Bovary* ne taille pas à l'érotisme une
portion incongrue, faisons-le dire par Allan Bloom, qui ne le
dit pas mal dans *L'Amour et l'Amitié*. Sa perception d'Emma,
la parenté qu'il perçoit entre elle et Louise de Rênal devraient
aussi casser l'accusation de pornographie contre un personnage
si contrasté qu'il rend impossible toute *dernière analyse* :

> Dans tout ce qu'Emma fait ou dit, quelque chose se
> rapporte à l'idée d'un grand amour où l'on s'oublie
> soi-même. […]. Désespérant de rencontrer un tel amour,
> elle perd tout intérêt à ce qui l'entoure. […] Le désir
> sexuel d'Emma a besoin d'une adjonction d'idéal. Il ne
> s'éveille que si l'imagination lui présente de nobles objets
> – évidemment sous les formes puériles seules accessibles à
> cette fille sans éducation. Les héros et les héroïnes roman-
> tiques, et surtout ces dernières, sont indifférents à toute
> expérience sexuelle où le sublime n'a pas de part. […]
> L'acte sexuel n'est par lui-même rien pour Emma. En cela
> elle ressemble à Mme de Rênal. Plus tard, lorsqu'elle est
> en dépression nerveuse et souffre d'évanouissements, sa
> servante Félicité lui parle d'une femme qu'elle a connue
> et qui avait des symptômes semblables : ils s'étaient arrêtés
> après son mariage. «Mais moi, répond Emma, c'est après
> le mariage que ça m'est venu.»

Cette rencontre entre Emma et Louise nous met les larmes aux yeux. Emma et Mme de Rênal, nous les aimons totalement, sans mettre l'une plus haut que l'autre, différant en cela d'un homme que nous admirons aussi totalement, Pascal Pia. Selon Roger Grenier, l'immense et discret Pia répétait en effet un propos de Malraux qui trouvait que Stendhal a triché dans *Le Rouge et le Noir* puisqu'il ne dit pas comment s'y prennent Julien Sorel et Mme de Rênal quand ils font l'amour (bonne note en avons-nous pris, pour que le récit de notre union avec Éva esquive cette grosse lacune). Or l'étrange Pia, connaisseur incollable de l'Enfer national, mais auquel on n'associe aucune autre femme que la sienne, avait lui-même écrit : « Auprès de Mme de Rênal, il n'est point de Bovary qui tienne. » C'est son opinion. Nous autres, ami de Camille que Perdican ne sait pas retenir, et de Louise de Rênal, nous défendons Emma, Emma qui ne dut pas lire *Julien Morel*, le roman contrebeyliste que l'Église de France et son Archiconfrérie de l'œuvre des bons livres firent produire, par une certaine Camille Lebrun, pour que les épouses d'entre ses ouailles pussent paître de la sacro-sainte prose et abhorassent rien que l'idée d'embrasser un amant. Mais en taisant les baisers de Louise et de son Julien, Stendhal savait ce qu'il faisait. Au ventre de Julien l'âme est désirante comme le cœur est tendre. Stupide, vraiment, le XIX$^e$ siècle ? Si nous avions été romantique un peu plus, Éva ne serait pas partie en haute mer à la recherche de l'amour sublime. Nous ne serions pas devenu insuffisant. Nous lui serions resté nécessaire.

## 37. **Combinaison.**

Guido Ceronetti est un ami d'Emma, et les amis d'Emma sont nos amis. Nous avons lu plusieurs livres de ce moraliste pour qui les heures de bibliothèque sont aussi intenses que des heures d'amour ; qui n'aime pas Voltaire ; qui cessa d'aimer Spinoza parce qu'il a réponse à tout ; qui dit du bien de Zola et de *L'Assommoir*, de Kafka et de Leopardi, ces purs végétariens ; qui dans les musées s'arrête longtemps devant les nus peu idéalisés, etc., etc., et qui surtout ne hait point notre Emma Bovary. Dans *La Patience du grand brûlé* il dit qu'au musée de la Femme il faudrait afficher les quatre dernières lignes de la page 270 de *Madame Bovary* – édition Garnier, 1971. Nous sommes allé revoir ces lignes : « Léon savourait pour la première fois l'inexprimable délicatesse des élégances féminines. Jamais il n'avait rencontré cette grâce de langage, cette réserve du vêtement, ces poses de colombe assoupie. »

Plus tôt dans le même livre, cette confidence : « J'étais littéralement enivré par la lecture de *Maison de poupée*, car j'adore les femmes qui se rebellent contre la surdité, la cécité de la tyrannie maritale. Nora qui s'en va de chez elle était une sublime *catharsis*. »

Notre émotion est forte, fraternelle, quand Ceronetti dit, vers la fin de ce recueil, qu'il voudrait mourir avec l'orgueil d'avoir connu Emma et Anna Karénine.

Dérobons ici la place d'une paperolle sur l'Italien Ceronetti, afin que l'Italie rêvée d'Emma environne largement celle qui nous met plus de mots à la bouche que le mystère de la lactation à saint Bernard.

Dans *Le Lorgnon mélancolique*, Guido Ceronetti explique sa gratitude pour l'industrie appelée septième art par son compatriote Ricciotto Canudo : « La révélation des seins me vint de là. » Et sans doute ne vit-il pas sur les écrans des seins tout de suite exhibés nus, mais des seins sciemment dissimulés sous le satin d'une combinaison maligne. Louons la combinaison, l'érotique pelure que le cinéma, le grand comme le commercial, utilisa pour exploiter les fruits pommés, paradisiaques en diable, d'héroïnes pincées dans des histoires d'amour où le physique ne compte pas pour des pruneaux. Combinaison : sous-vêtement féminin d'une seule pièce, *combinant* un haut et une partie remplaçant le jupon ; il couvre la poitrine et les cuisses. Le haut est en effet un juste-au-torse moulé à mort sur la star qui dévoile tout de ses épaules seulement cachées à l'endroit des bretelles, et suggère – avec une fausse modestie évidente – la pleine forme de son buste, la profondeur de sa gorge, le *sex-appeal* de ses balconnets gonflés « *come colombe dal disio chiamate* – comme des colombes en désir » (*Enfer*, chant V, 82). Le bas, de ses points ajourés, agit à l'entière dévotion des hanches, des reins, du buisson de cuissage.

Et ce qui risquait d'arriver est arrivé. Éva est devant nos yeux comme si elle était revenue. Ah ! ses combinaisons dont elle avait le secret, et sa propension à nous mettre dans le secret ! Renaîtrez-vous jamais, moments forts où elle enlevait son chemisier et découvrait ses épaules, ses bras, ses aisselles (l'épilation nous aurait attristé car nous partageons le sentiment, exprimé par Ceronetti dans *Le Silence du corps*, que les parties du corps où il y a le plus d'odeur sont celles qui renferment le plus d'âme).

Éva. Sa combinaison Sulfuria, dont la publicité disait qu'elle séduit celles qui la portent et ceux qui l'admirent. Mais à quoi bon ressusciter cet emblème, et sa nitescence qui nous fait signe d'un lieu irrattrapable ? Adieu, soirées d'amour, adieu bonnes lectures qu'ensemble au lit nous faisions du même livre. Un jour, c'était *L'Éducation sentimentale*. Nous nous relayions à haute voix. Éva dessina dans l'air, d'un geste caricatural, les lignes de l'ouvrière, surnommée la Bordelaise, dont Arnoux a fait sa maîtresse (« Sa poitrine abondante saillissait sous sa chemise »). *Quel giorno più non vi leggemmo avante…* Tout cela est du passé. Nous ne croyons pas que nous écrivions ce mémoire d'Emma avec l'idée qu'Éva pourrait le lire et ne pas le juger tarte. Non, nous ne le croyons pas. *Eva bella* en combinaison blanche comme aube de communiante, *bellissima* dans le modèle de satin noirci au soleil de Satan, et chaque fois – enfer ou ciel, qu'importe ! – nous nous félicitons que la beauté s'incarne ainsi dans le monde sublunaire où les vallées drainent nos larmes et le vent emporte nos illusions.

Il va sans dire qu'Éva n'est pas un clone d'Emma Bovary. Dans les avatars d'un mythe on ne retrouve parfois qu'en partie ses données fondamentales, et certains exégètes sont peu regardants quand une histoire qui s'y apparente de loin semble introduire une variation sur le modèle archétypique. Pour le mythe de Mme Bovary paraissent inévitables, outre l'insatisfaction de l'épouse que son mari déçoit et qu'elle trompe, la modestie et l'ennui du train de vie provincial, la relation mauvaise avec l'enfant – une fille – né après quelques années de mariage, le conflit avec un aigrefin d'abord complice de l'infidélité conjugale (Lheureux chez Flaubert), le rêve d'une fuite à l'étranger en compagnie d'un amant parfait, la baisade dans le fiacre, la fin tragique, etc. Jugée sur ces critères, toute histoire d'amour et d'adultère qui a pour cadre une petite ville n'est pas un vrai provin du grand cep flaubertien.

Les critiques sont parfois trop prompts à recenser dans un film ou dans un roman une petite sœur d'Emma. Il est vrai que pour être bonne une variation doit être libre. Mais tous les écarts ne sont pas justes. Que si nous considérons notre histoire personnelle

et réelle, nous voyons bien que notre *femme adultère*, Éva la cava-
leuse, Éva l'avaleuse des sornettes d'un capitaine bachi-bouzouk,
n'est pas à tous égards une Mme Bovary. Nous-même, sommes-nous un Charles? Il ne faut pas exagérer tout de même…
Et le capitaine n'est peut-être pas indigne du bonheur où il
baigne. Nous avons envie de le mépriser, mais nous dominons
nos préventions et jugulons notre amour-propre. Comme
Ceronetti, comme nous, comme vous, il aime peut-être Flaubert
et le cinéma, et peut-être a-t-il souri lorsque James Stewart, qui
est Alfred Kralik dans *The Shop around the Corner* de Lubitsch,
teste Margaret Sullavan, qui joue Klara Novak, en se flattant
d'avoir lu *Madame Bovary* de Zola!

Du reste nous savons imaginer que ce marin de haute mer est
capable d'être ce que nous n'avons pas été – et que sans doute nous
ne serons jamais tant il y faut de *charité*: un amant assez grand,
assez héroïque pour vouloir d'Éva ce qu'elle met au centre de
l'amour, c'est-à-dire le don total de soi à celui qui le devine possible,
qui le demande, et qui est lui-même prêt à le recevoir dans une
conjonction que nous dirions mystique si ce mot n'égarait pas son
sens dans une éclipse perpétuelle. Peut-être que ce marin chante à
Éva, avec la gravité d'un batelier de la Volga, les paroles sombres
de *Ochi tchornya*: « Les yeux noirs, les yeux brûlants! / J'aperçois
votre regard en ce moment. / Hé, pas votre âme! / Ah, voir clair en
vous pour mon esprit obscur! » Et peut-être que, contre les mots
de la chanson, cet aiglefin surhomme, sous-marinier inventeur
de trésors, est descendu plus loin que nous dans l'âme d'Éva,
multipolaire mais accordée à la complexité du monde. En tout
cas maintenant, dans la source, dans le sein, dans le fond d'Éva
pleine de grâces, c'est lui qui peut vivre, s'il est athée, joyeux au
jour le jour sur le sable de soi-même. Éva \*\*\*: trois astérisques
pour le nom, notre nom, qu'elle prit en nous épousant, et que
nous ne sommes plus à même de lui adjoindre.

## 38. Noms, *calembourdes*, jeux avec les lettres.

Les Goncourt disent qu'en société Flaubert se signalait par ses gros calembours. Ceux qui l'ont commenté ont joué avec le nom de Bovary. Parce qu'Emma ne s'est pas contrainte à être sage, *univira* comme une matrone qui au temps de Caton ne connaissait dans sa vie qu'un seul homme, Christian Prigent aurait trafiqué sur son nom d'épouse l'anagramme Robe-à-vit (ce nom lui serait donné dans le livre de cet auteur intitulé *Peep-show*, publié aux éditions Cheval d'attaque, et recensé dans un numéro de *La Quinzaine littéraire* où nous apprîmes sa publication).

De Bovary d'autres ont tiré des mots branchés sur bœuf et sur ovaire. Emma travaillée par ses ovaires parce que Charles n'était pas un taureau de concours. Le Charlie Bovery de Posy Simmonds a la manie des anagrammes : il suggère que sa Gemma s'ennuie au lit avec lui, comme Emma avec Charles, en faisant de *boredom* l'anagramme de *bedroom*.

L'important nous semble être que le nom conjugal et français d'Emma commence par un B. Par l'explosive B. Car avec Benvéniste nous croyons à la vertu prégnante du signifiant et du signifié. L'animal qui se dit o-k-s (*ochs*) n'est pas tout à fait le même que son semblable qui se dit b-ö-f (bœuf). Entre le nom de Bovary et celle qui le porte il y a « une symbiose étroite ». Par le B initial de son nom, Emma connaît une vie qui, jusqu'à la catastrophe où elle rend l'âme et « n'exist[e] plus », a beaucoup de bas et quelques boom. Les bœufs qui dans la campagne normande ont vu passer le convoi funèbre d'Emma auraient pleuré autrement si elle avait eu la même histoire sous le nom de Lestiboudois. *Mugitusque boum.* Nous écrivons pour ajouter notre voix au thrène des bœufs marris de la mort bête qui conclut le roman d'Emma Bovary. L'histoire d'un Homais peut bien se terminer sur une phrase comme : «Il vient de recevoir la croix d'honneur. » L'histoire d'Emma est mythique. Elle est interminable. Jamais aucune dernière phrase ne la fixera. Mais il convient que toute variation tentée conduise aux explosives transes d'une âme condamnée. Et aux choses de l'amour ordonnées par l'Y de Bovary, dessiné comme le pairle au milieu d'un écu, ou comme deux cuisses jointes au barycentre où s'apaisent les mugissements de la chair. Demain se trouvera bien un poète délirant pour réécrire Emma sur un mode moderne. Et comme elle voit souvent des mirages, elle aurait pour amant un prince des émirats arabes. Elle vivrait avec lui une brève passion à Dubayy (les 2 *y* du nom de la cité doubleraient le remous lié à l'exotisme de l'hôtel où elle ferait des haltes exaltantes, le Burj Al Arab par exemple où le luxe des suites lui donnerait le vertige que sa pauvre âme espère). Le voyage en Orient aurait ses fables et ses fastes, comme ceux du restaurant Al Iwan situé dans l'eau et accessible en sous-marin, le dépaysement s'y augmentant des cloches d'or placées sur les plats apportés par six garçons chamarrés qui les retirent, les font tinter, puis dansent autour de votre table au son d'une fugue persane. L'aventure se terminerait mal parce que le prince, ami du cheikh Maktoum bin Rashid Al Maktoum, ne vaudrait pas plus cher que le Rodolphe et le Léon du roman matriciel.

## 39. **Emma et Pasiphaé.**

La bestialité. Sujet délicat. Mais dans *Quidquid volueris* on voit que Flaubert s'est intéressé à la zoophilie : Djalioh est né du coït d'un orang-outang avec une femme esclave. Mais *quid* au sujet d'Emma ? Il est peu vraisemblable qu'elle voudrait essayer d'un grand primate simien, ou du petit singe au corps grêle mais à longue queue prenante nommé saïmiri. On est à Yonville, près de Lisieux, non au pays des Oreillons où Candide découvre des singes qui obtiennent les bonnes grâces des dames. Il y a pourtant l'idée de Baudelaire : à ses yeux Emma est une « bizarre Pasiphaé reléguée dans l'étroite enceinte d'un village ». Insatisfaction sexuelle à cause de Charles. Car on en revient toujours à lui dans cette histoire intitulée *Madame Bovary* et non *Emma Bovary*, ce titre annonçant la raison d'un drame qui n'a lieu que parce que Emma est devenue la femme Bovary par son mariage. Que ne savait-il qu'un mariage va bien quand il roule sur l'érotisme et la camaraderie. À l'école, Charbovari n'a pas été un aigle. Au lit, son travail, soutenu de bonne volonté, doit être appliqué, médiocre cependant. L'aigle est au jeu de l'amour un brillant sujet. Rapace et acharné. D'envergure bien couvrante. Et sous lui la femelle crie. Ainsi Emma désire-t-elle un compagnon qui ait de la conversation, et une couche inspirée par l'aquilon de Convoitise.

Pasiphaé, lasse des zéphirs brefs du roi Minos, veut des harcèlements et des saillies de longue durée sur ses reins envachis. En Emma, sa parente, sommeille une génisse dépucelée mais vierge, Charles n'étant ni aigle agile pour les élévations au septième ciel, ni *novillo* fringant dans l'arène du lit, le contraire en somme du taureau que Levine appelle l'Aigle dans *Anna Karénine*, et qui emplit d'efficacité les Hollandaises de son étable. Avant son mariage le demi-docteur oublie chez Emma sa cravache, qui est « un nerf-de-bœuf ». Divin détail qui, dans notre esprit mal ou bien tourné – sait-on jamais avec l'ironie de Flaubert ? –, recoupe cette autre information : la fameuse casquette charbovarienne comporte « une manière de gland » terminant un cordon « trop mince » ; et il y a encore du carton dans l'affaire Charles ; en effet, dans le boc où il voiture Emma vers le château de la Vaubyessard, Charles serre un « carton entre les jambes ». Qui croira qu'il est bon pour un mari d'avoir du carton quand sa femme, mourant de ne pas mourir, revendique le droit au plaisir tiré d'une lame plus noble ?

Donc Emma désire coucher avec un grand oiseau, ou, selon le clou qu'enfonce le nom de Bovary, avec un taureau. Venant de diverses lectures, des textes nous aideraient à bien voir qu'elle a soupé du Charles qui lui fait l'effet d'être comme ces concombres nains que les maraîchers d'Yvetot envoient aux Halles pour tenter les bourgeoises dressées à mettre des apéritifs sur les tables de leurs lunches. Grâce au poème dramatique de Montherlant, nous pensons au taureau reçu, dans la machine de Dédale, par la mère de Phèdre et d'Ariane : « Joyeux de sa jeune force, il s'amuse à tirer sous son ventre, à traits rapides, comme tire sa langue la vipère, un membre rouge et lustré comme le piment. » Et se presse vers nous le chant de Suarès : « Je veux toro, le taureau blanc comme mon sein, / Avec son grand glaive rouge entre les cuisses… Je veux Taureau / Ce que j'adore le plus, c'est son regard rouge et la fleur pourpre qui darde au bas de son ventre… » Bref Emma a hâte d'entendre mugir entre ses draps un féroce soldat qui ne la rate pas dans le labyrinthe de la concupiscence. Avant de poursuivre, et parce que nous ne citerons plus Montherlant, saluons

Milan Kundera qui, dans *Le Rideau*, n'est tendre ni avec lui ni avec Bardèche : préfaçant tous les deux, en 1972, *Madame Bovary* dans l'édition de poche, ils déblatérèrent contre les défauts de l'écrivain Flaubert, chameaux qui trouvaient malin « de se montrer distants envers le livre dont ils squatt[aient] l'antichambre ». Maintenant, retrouvons Rodolphe.

Rodolphe est le roué qui déverrouille l'Antiope ensommeillée dans la gangue conjugale. Petit Jupin de la province normande, il s'occupe assez bien de la croupe d'Emma, que consume l'angoisse des jours tranquilles, toujours recommencés, où elle s'encroûte sans espoir de changement, elle qui n'a pas peur de changer (« Le dérangement m'amuse toujours ; j'aime à changer de place », dit-elle à Homais qui l'accueille à Yonville – où elle ne tardera pas à changer d'homme aussi). Ce qui est sûr c'est qu'en passant de Charles à Rodolphe Emma se métamorphose. Changement d'herbage réjouit la vache, et la vache se transforme au gré des entrains puis des montes.

Faut-il vous demander pardon de n'avoir pas tu cette interprétation ? Pour sa part, le critique Jean Bellemin-Noël estime que, rapprochant Emma de Pasiphaé, Baudelaire « ne vise pas la perversion érotique de la bestialité, mais l'adultère éclatant dans une bourgade-labyrinthe, prison ouverte sur le ciel et qui représente notre terre ». Si nous sommes impardonnable, nous plaiderons (presque) non coupable en alléguant avec Barthes que le geste d'écrire desserre le nœud de la retenue, diminue l'acuité de la vue, si bien qu'il y a dans l'écriture la volupté d'une certaine facilité mentale, voire d'une irresponsabilité, comme si l'on était moins indifférent à sa propre bêtise lorsque l'on parle que lorsque l'on écrit. Barthes ajoute que souvent les professeurs sont plus intelligents que les écrivains, et en effet nous sommes certain que, si elle nous lisait, Éva serait d'une sévérité tranchante pour nous aider à sarcler nos ivraies, elle qui nous était de beaucoup supérieure par l'intelligence cribleuse et le goût, le bon goût armé de mille dégoûts : dans ces domaines elle nous rendait une tête – sa jolie tête bien faite, et maintenant posée sur une épaule qui n'est pas la nôtre. *Ah che tristezza d'essere senza Eva.* Pour être digne d'elle après nos zoologismes, rentrons au pays qu'elle aimait tant, le pays des bonnes lettres, des meilleures d'entre elles, afin de rapprocher Emma et Michel de Montaigne : lui aussi avait son bovarysme, son besoin de changement. Ce qu'il dit au chapitre « De la vanité » pourrait être versé, par un juge d'instruction, au dossier de la petite fleur du mal bourgeoisement traînée devant les tribunaux en 1857 :

> Parmi les conditions humaines, cette cy est assez commune : de nous plaire plus des choses estrangeres que des nostres et d'aymer le remuement et le changement. J'en tiens ma part. Ceux qui suyvent l'autre extremité, de s'aggreer en eux-mesmes, d'estimer ce qu'ils tiennent au dessus du reste et de ne reconnoistre aucune forme plus belle que celle qu'ils voyent, s'ils ne sont plus advisez que nous, ils sont à la vérité plus heureux. Je n'envie poinct leur sagesse, mais ouy leur bonne fortune.

Emma : Montaigne l'aurait comprise.

**40. Comices de notre amour vachard, nous vous déclarons ouverts.**

Éva, Éva notre ange qui hélas n'était pas aptère, Éva s'est envolée. Autrement dit, tu as pris le large. Peut-être est-elle en mer avec l'opaque capitaine. Peut-être que dans sa cabine le boss t'emmène au ciel. Peut-être que tu lui parles comme la sirène de Roberto Bazlen, avec les mots qu'elle dit à son capitaine à elle dans *Le Capitaine au long cours*, des mots abominables : « Nous allons vivre éternellement ensemble. [...] Dieu, comme j'étais stupide il y a encore deux ans ! [...] Je suis grasse et vulgaire et je suis la grande putain et je t'offre mon cul à baiser. Enfonce-toi de plus en plus profondément en moi, demain il fera jour, la nouvelle vie, aujourd'hui mon chant te berce, il te berce mieux que le tangage du bateau au-dehors, là-bas il fait froid, là-bas les piles de livres se sont effondrées. » Des mots qui nous hersent le cœur pour qu'y germe la haine. Notre haine d'elle, *odio et amo*. Surtout notre haine de nous-même : n'ayant pas inventé les gages suffisants qui font de l'amour une réalité durable, nous sommes un raté de l'amour d'Éva, comme le mythique et génial et frag-menteuriste Bazlen fut peut-être un écrivain raté parce qu'il n'y a pas d'écriture, seulement des preuves de l'écriture. Bazlen disait et répétait qu'il s'amusait un monde et demi – *mi diverto un mondo e mezzo* ; et nous, nous souffrons huit mondes et demi de mélancolie, le film de notre histoire d'amour ne fut pas un chef-d'oeuvre. On fait l'amour, on ne le réalise pas, et on est triste jusqu'à la fin de la vie, pour ne pas dire jusqu'à la mort.

Éva, reviens. Ne reviens plus jamais. Cuir de pute. *Scortum.*
C'est toi, savante en tout, qui nous appris qu'en latin *scortum* c'est
cuir, et au sens figuré la peau du ventre des batifoleuses altérées
de coïts extraterritoriaux. Charles a-t-il jamais pensé d'Emma
qu'elle était une peau de vache folle de son corps? Il était trop
gentil pour ça. Éva, grosse vache. Nous ne sommes qu'un bœuf
si l'autre est un taureau, un mastoc lourd comme un Teuton
puisque mastoc – comme nous l'enseigna notre étymologiste
maison du temps qu'elle n'avait pas déserté – est issu de l'allemand *Mastochs*, et signifie bœuf à l'engrais. Rodolphe est-il à
Charles ce que le taureau est au bœuf? Telle doit être l'opinion
d'Emma. Nous ne sommes plus qu'un veuf dont la femme est
partie, ce qui est pire que morte peut-être. Nous rions comme
un veau pour ne pas pleurer sur nous, sur nos ténèbres de plein
jour, et sur nos nuits inconsolables.

As-tu vu la casquette, la casquette? As-tu vu la casquette du
père Charlot?

La casquette d'un Corto Maltese, c'est tout de même autre
chose. Ridicule, cette calotte beuvienne dont nous chauffions
notre crâne les jours où, levé tôt, nous gagnions notre bibliothèque pour y terminer une lecture passionnante, ou pour taper
le dernier chapitre d'un polar : Éva devait en rigoler quand nous
prenions avec elle le café et l'œuf à la coque du petit déjeuner.
Peut-être nous regardait-elle déjà comme une bête à cornes, « un
franc bœuf à embâter », comme Saint-Simon le dit du marquis
de Mouchy. D'où son besoin de balades plus salées que nos
laitues domiciliaires.

Vous connaissez probablement l'affiche de *Cabo de Hornos*.
On y voit la vedette masculine, Jorge Mistral, coiffée d'une flat-
teuse casquette de marin, et la vedette féminine, Silvia Pinal, a
pour lui les yeux que devaient avoir pour Neptune toutes les
naïades du Pont-Euxin.

Nous aurions mieux fait de ne pas évoquer cette casquette admirée par Silvia Pinal. Parce que de fil en aiguille nous nous sommes enfermé dans un sac d'idées cauchemardesques et de difficultés gordiennes.

Le moindre mal aurait été de nous imaginer notre chère bovine engagée au Salon de l'agriculture dans le défilé de soutiens-pis. Elle aurait été le mannequin phare de la plasticienne Florence Lucas dont le manifeste esthétique dut en son temps piquer votre curiosité et déclencher votre capacité d'enthousiasme (nous avions reçu un carton : «Vous êtes invités au défilé de vaches équipées de soutiens-pis que j'organise à la porte de Versailles. Je défends la vache, réhabilite sa mamelle, nous ramène à notre animalité. Intéressés par mon plan, deux industriels de la lingerie féminine, deux stylistes de mode et un corsetier m'ont aidée à fabriquer mes soutiens-pis. Je ne suis pas folle. Caroline Fleur»).

C'est une autre piste que, bison futé, nous avons élue. Nous en sommes venu à penser qu'Éva est peut-être en train de réjouir son Neptune avec une main de fée maligne et un pouls fort. Je veux t'attraire, mon chéri ; viens que je prenne ton pis, et à la fin je te boirai jusqu'à la dernière larme. Voulez-vous savoir comment, par une association d'images, nous sommes arrivé à cette dégoûtation ? C'est simple : pour nous, la Pinal reste liée à la scène de *Viridiana* où elle trait une vache. C'est une scène d'un érotisme allégorique immédiatement déchiffrable, comme en 1916 l'était déjà, pendant l'épisode babylonien d'*Intolérance*, le geste mis par Griffith aux menottes de la jeune et jolie Constance Talmadge quand, dans le rôle de la fille de la montagne, elle tire une chèvre tout en rêvant au beau prince Belshazzar. Le pis de la vache, c'est la partie impie de Jorge, fils naturel de Don Jaime et cohéritier du domaine avec Viridiana. Plus présent que Jésus, ce beau mâle de Jorge devient bientôt son cep : elle suit la loi de sa matrice, et d'une adroite manipulation se procure ce qui résout la dipsomanie de sa gorge, prête désormais à recevoir les huiles du protocole des amants (les âmes poreuses au mysticisme sont capables d'étonner, soit pour oser le mal, soit pour tenter de faire du bien : ainsi parfois, dans une crise de charité excessive, elles se prescrivent de donner la pâture aux miséreux, comme Viridiana de son côté mais ça tourne très mal, ou Emma du sien à cette époque où elle veut «devenir une sainte», en conséquence de quoi «Charles, un jour, trouv[e] dans sa cuisine trois vauriens attablés qui mang[ent] un potage»).

Et sur ces entrefaites notre esprit artificieux s'insémina d'un autre morceau de film : c'était la séquence de *Le vent nous emportera* où dans la grotte sombre, à peine éclairée par une lampe anglaise, Mlle Zeynab trait sa vache sous l'œil équivoque de Behzad, l'ingénieur étranger qui lui récite une élégie de la poétesse Forough Farrokhsad en lorgnant la pression de ses doigts sur les tettes gicleuses. La jalousie est une harpie mégère et ordurière. Au lieu de nous enchanter des vers qui disent que le désir dévaste le cœur de l'amante esseulée, au lieu de noter avec le sourire les séquences où, dans les ruelles du village de Siah Dareh, Kiarostami atteste l'irruption du printemps par les ruées païennes des boucs sur les femelles réceptives, nous avons eu la vue brouillée par la surrection du pacha d'Éva manuélisé par les cinq doigts de la main droite d'Éva, puis par les cinq doigts de la main gauche d'Éva, qui n'avait pas ôté de son annulaire son alliance de mariage, l'alliance de notre mariage d'amour, miséricorde ! Ah ! si seulement notre bruant, exactement notre zizi, variété de bruant commune en France, était comme le héros de James Matthew Barrie, le petit garçon qui refusait de grandir ! Notre bruant, c'est l'anti-Peter Pan : dès que nous pensons à Éva, il fait l'asperge, forcit, monte en graine, et à la fin cet héroïsme s'effondre en pleurs comme un mouflet quitté au jardin public par sa nounou partie rejoindre, sous un porche des environs, l'artilleur ou le gars de la marine qui l'accointe en trémulant son derrière à peine déculotté.

Car nous imaginons qu'il a sur elle la position du taureau sur la vache. Qu'il s'encastre au déduit par la voie de la poupe. Où peuvent-ils donc s'aimer en ce moment ? Il doit être fort comme un taureau turc, et elle fascinée comme une génisse neuve par le nerf mégataurique du saillisseur. Peut-être ont-ils pris le détroit du Bosphore, oui du Bos-phore, de la passe de la vache, pour aller villégiaturer dans la grande île d'« Eubée propice aux vaches ». Le bestiau hénaurme, le minotaure hors-concours, est peut-être en train, à cette minute même, de brouter la prairie herbeuse que notre vache lui livre sous l'œstre du désir. Peut-être qu'au milieu de cette prairie, dans le ru ouvert sur l'axe de la bissec-trice, couleur de violette ou d'iris, le taureau lave sa langue sale, et longue comme celle qu'allonge Jupiter sur le tableau de Vouet représentant Europe. Nous voyons un ru, et aussi bien un *rio grande* avide comme une gargoulette de Danaïde, d'une Danaïde qui n'est pas Hypermnestre dont Lyncée respecta la pudeur, mais n'importe quelle autre des quarante-neuf filles de Danaos, à la différence que celles-ci à la fin trucidèrent leur mari, tandis que notre félonne souffre ou plutôt se réjouit d'être emplie d'une joie perpétuelle par notre rival intarissable. Peut-être que de temps à autre elle paît et pisse pour lui, car si Rembrandt ou Picasso ont aimé voir et dessiner l'or des reins giclant d'une source vive, il n'est pas exclu qu'un gynonaute moins génialement constitué compte l'urolagnie parmi ses déviances. Peut-être qu'elle fonc-tionne ainsi en chantant *iou! iou!* comme Io sous les assauts de Zeus, si l'on admet que le nom d'Io vient de cette onomatopée plutôt que du substantif *ion* qui désigne la violette. Ces conjec-tures nous tuent. Éva ne s'en doute pas, mais en nous tuant elle ne nous fait pas du bien. Tu me tues, tu me fais du bien, ces paroles-là ne siéent pas aux étreintes iniques.

*Éva ne s'en doute pas*: c'est trop vite dit. Elle nous connaît suffisamment pour deviner les services vicieux que notre imagination malade est capable de nous rendre. Avec un dé de sympathie elle devinerait la rhapsodie en noir qui se compose contre nous chaque jour au crépuscule. Les crépuscules navrent notre esprit hanté par la peur qu'elle jubile avec le pélagique taureau monté sur sa croupe, une croupe intuitive, polyvalente, pénétrante autant que pénétrable, et qui s'il l'avait vue aurait incité Klimt à répéter le commentaire qu'il fit sur l'un de ses modèles: «Cette fille a un cul plus beau et plus intelligent que bien des visages.»

Ô derrière que le sacripant thalassotoque flatte en te disant – qui sait s'il n'est pas poète? – qu'il est doux comme velours, et toi tu le remercies en lui susurrant que sa sève sent bon le seringa fleuri. Pourtant, quand nous vivions l'un pour l'autre, ne t'avons-nous pas aimée? Ne t'avons-nous pas fait la cour de partout? Nos coïtations étaient-elles d'un coq eunuque, quand tu eusses voulu un tigre accroché à ta nuque duvetée, ta jolie nuque sur laquelle, comme pour Emma Flaubert l'écrivit d'une phrase supprimée de l'ultime copie, «des cheveux tout frisés d'eux-mêmes se collaient sur la peau comme des accroche-cœurs», ta longue nuque non moins hypnotisante que la naissance de tes seins profonds? Derrière qui fûtes à nous, que nous écossions fébrilement de la culotte exquise; culotte exquise en blonde noire dont les fleurs étaient en soie d'Alais et les mailles en grenadine, car une dentelle grossière comme la gueuse ou la bisette eût profané la déesse qui l'enfilait, *miserere nobis*: il est amer que vos délicatesses ne nous soient plus qu'un souvenir blessé.

Éva, quelle espèce de vache es-tu devenue entre les pattes de ton gabier jovial, sous son étrave dépravée? Te traite-t-il comme Rodolphe Emma? Emma était pudique au temps idyllique du premier Léon. Et candide encore au début de sa liaison huchettoboulangérique. Mais au narré des comices déjà, alors qu'ils ne se sont pas encore couchés ensemble, Flaubert choisit des mots et des agencements annonceurs de leurs futures fumisteries. Pierre-Marc de Biasi n'est pas téméraire en estimant que « Flaubert va jusqu'à l'énorme » lorsqu'il insinue que bientôt le premier prix ex-aequo de la race porcine reviendrait aux amants d'Yonville (à Vérone ils n'iront pas). Emma et Rodolphe. Le capitaine est peut-être comme Rodolphe un timonier brutal. Nous voyons trop nettement l'espèce de bête à concours qu'il est quand il t'éreinte de son postulant calibré, ce n'est pas impossible, comme les piliers de Saint-Pierre dont, au bal de la Vaubyessard, Emma entendit vanter la grosseur par un cavalier en habit bleu qui causait Italie avec une jeune femme pâle, portant une parure de perles. C'est que nous nous y connaissons, en us et coutumes bovidéens depuis ce polar dont nous avions situé l'intrigue au Salon de l'agriculture en la centrant, documentation à l'appui, sur la concurrence mortelle de deux éleveurs qui finissaient leur querelle à couteaux tirés pendant la visite du président de la République, et se trouaient la panse tandis qu'étaient décernés les prix et les cocardes.

Éva, vache d'outrage, belle comme une houri de Dieu, charnue comme Jeunesse, la brune âgée de quatre ans, fille d'Amiral et de Caille, présentée par sa propriétaire Mme Isabelle Portal de Dalmayrac, nous haïssons le mataf acharné sur tes flancs.

Éva, vache de reniement, charnue comme la charolaise Une-de-Mai, âgée de sept ans, fille de Superbe et de Frivole, présentée par Alain, fils de l'éleveur Élie Rousseau, de Bizeneuille, nous haïssons le mataf acharné sur ta sapide fesse, gourganier usurpateur né pour bouffer du lard rance et des fèves.

Éva, vache de fausseté, charnue comme la tarentaise Judée, âgée de sept ans, fille de Frisson et de Gascogne, présentée par M. Sylvain Colly et appartenant à M. Claude Favre, de Sollières-

Sardières, nous haïssons le mataf acharné à percer le tréfonds de ton être.

Éva, vache de débauche, charnue comme la vache d'Aure dite casta, Irma-la-Douce, âgée de neuf ans, fille de Gar et de Manille, présentée par le fils du propriétaire, M. Maxime Dangla, de Betchat, nous haïssons le mataf acharné à bisser son succès sur la voie à lui ouverte par toi qui nous aimas, qui nous aimais naguère encore, voie sacrée et avenante comme la mince et dure fissure de la fille au kimono claude-simonienne, elle est dans *Histoire*, tu le sais bien, horrifique succès qui nous pousserait à conspuer, à siffler, à brandir un merlin, si nous ne nous contenions pas avec ce qui nous reste de raison. Maudit mataf. Que n'avait-il le vice que Faulkner donne à Ike, le personnage zoophile du *Hameau* ? Sûr qu'il ne t'aurait pas regardée, Éva, si auparavant il avait vu Irma-la-Douce, fille de Gar et de Manille. De cette vraie vache, tout un après-midi au moins, ou mieux *ad copulationem aeternam*, il se serait entiché pour le meilleur, et peut-être que ne lui aurait pas été épargné le pire qui frappe Ike lorsque, ayant accidentellement glissé avec elle et sous elle dans un ravin, la *cow* qu'il a dans la peau splâche sur lui « la décharge violente de ses boyaux contractés par la peur ». Nous avouons que cette vision splanchnique nous vaut une pinte de joie.

Éva, vache folle d'amour, charnue comme cette autre montbéliarde, Nougatine, fille de Jaguar et pesant 739 kilos, présentée par Nicolas Bouvier, de l'Échappée-Belle, nous haïssons le mataf qui râle et beugle sur ton échine dégouttante, puis blesse ton coquelicot bourré de talent et de miellat gluant.

Éva, belle vache plus belle que Jeanne Moreau à bord du yacht sur lequel elle recherche « le plus grand amour du monde », l'amour du *Marin de Gibraltar* ; Éva sublime, nous pouvons l'oser dire comme Othello dit sa Desdémone divine, mais nous, nous ne t'étranglerons pas ni ne t'égorgerons sur l'autel de la vacherie ;

Éva, vache qui ne sent pas la vache, ô toi qui sens si bon, sais-tu qu'il nous suffit de fermer les yeux pour respirer l'odeur de ton sein chaleureux et pour que notre esprit nage, avec ivresse et lente gourmandise, sur ton parfum précis? C'était – comment pourrions-nous ne pas nous en souvenir? – c'était *Fracas* de Robert Piguet. *Thou smell'st so sweet, that the sense aches at thee.* Tu sens si bon que les sens ont mal de toi, que les sens te réclament.

Quant à lui, le commodore de malheur, noir comme un songe du Diable, acharné comme Rafal, le taureau tarentais de trois ans et pesant 890 kilos, fils de Hasardet et de Galope, présenté par M. Michel Charcosset et appartenant à l'UCEAR de Francheville, nous le haïssons comme on haïrait un cancre brution qui voudrait encorner un amateur de belles lettres.

Lui, le mataf luxurieux, acharné comme Napoléon, le taureau Salers âgé de quatre ans, fils de Gardien et d'Étoile, présenté par son propriétaire M. Jean-Paul Tournadre accompagné de sa fille Sylvie, de Saint-Bonnet-de-Salers, nous le haïssons comme on hait l'injustice. Si, dans *Ulysse*, Mulligan surnomme Dedalus «le barde bienfaiteur du bœuf», notre ambition est de mériter le titre d'Archiloque d'un capitaine casse-couilles qui capte la bienveillance puis le cœur, le con et le cul d'une épouse aimée de son mari.

Lui, le mataf épais, acharné comme le taureau charolais Jojo, âgé de quatre ans, fils de Dakar et de Guinée, accompagné par ses propriétaires Anne et Jean-Marc Michoux, de Villeneuve-sur-Allier, nous le haïssons comme un larron pendable.

Lui, le mataf luisant, tranquille en apparence comme le «grand taureau noir muselé, portant un cercle de fer à la narine, et qui ne bougeait pas plus qu'une bête de bronze» sur le pré yonvillais au matin des comices, mais en fait acharné comme le blanc-bleu nommé Objectif, âgé de quatre ans, pesant 1 015 kg, fils de Séduisant et de Maline, et appartenant à M. Didier Hurion, de Taillette, nous le haïssons comme on hait les rapineurs impunis.

Lui, le mataf d'eau salée, acharné comme Dimitri, le taureau limousin âgé de sept ans, fils d'Usant et de Taïga, qui fait la fierté de M. Marcel Camus, éleveur à Arnac-la-Poste, nous le haïssons comme on hait une haie d'épines.

Lui, le mataf archibeaugosse, espèce de Christian Fletcher beau comme Brando dans *Bounty*, idéal et réel, acharné comme Gardon, le taureau blond d'Aquitaine âgé de sept ans, fils de Tonnerre et de Coquine, pesant 1 631 kg, champion toutes catégories au podium des dernières décennies, présenté par Mrs Edward Vibe, née Beef, et appartenant à M. Thomas Contrejour, de Roman-sur-Fleuvamour, nous le haïssons comme on hait les foudres invincibles.

Peut-être que l'orgie de l'organe litigieux qui nous nuit, cylindré comme les gros tuyaux d'orgue dont le père Binet a dit qu'ils «meuglent comme taureaux», est si lyriquement exaltante qu'Éva pupule et caracoule des espèces de magnificats sur cette espèce de seigneur dieu. *Ahi ahi, la testa mia!* Peut-être que le taureau d'Éva excelle à savoir s'y prendre en lui boutant un feu azimuté à l'acmé du prurit. Peut-être que sa virilité, longue flèche à bout caoutchouté, ne dévie jamais pour mettre dans le mille, qu'il est de force à répéter le jet vingt-quatre fois en vingt-quatre heures, inépuisable comme Zeus, et que chaque fois Éva s'arrange pour le recevoir avec la complaisance qu'à Venise Chateaubriand réprouva devant la Léda de la Marciana, tout en admirant le cygne prodigieux d'étreinte et de volupté. Quand nous pensons que le nouveau dieu d'Éva est vraisemblablement, lui aussi, prodigieux d'étreinte et de volupté, non seulement nous avons envie d'estourbir cet odieux animal, mais nous souffrons comme un damné.

Ce champion félon, haïssons-le. Abhorrons la taure qui de nous comme étrange s'enfuit, qui aime la corrida extra, qui se tord sous le fouet du plaisir hors de la chambre conjugale, et que nous n'avons pas la force de maudire. Lui, le préféré, il s'autodésigne peut-être comme «l'enfonceur de Madame», en reprenant le titre de fierté que Parkin se donne à lui-même, et que Constance rappelle au dernier paragraphe de la première version de *Lady Chatterley*. Nos souvenirs de lecture n'aident qu'à nous torturer. Il se peut qu'Éva ait la ferveur exprimée par Constance quand, dans *L'Amant de Lady Chatterley* – version de 1928 –, le garde-chasse retiré et vidé montre à la place de sa puissance la discrétion baveuse d'un bourgeon: «Que c'est beau, gémit-elle, que c'est bon!» Nos souvenirs de lecture n'aident qu'à nous supplicier. *Fouet du plaisir*, avons-nous dit sans doute d'après «Recueillement» de Baudelaire. Et maintenant c'est la sixième nouvelle du *Cymbalum mundi* de Bonaventure des Perriers qui verse son acide sur notre peau, sur cette peau dans laquelle nous persévérons à avoir du désir pour Éva. Fûmes-nous, sur la couche d'Éva, aussi nul que le personnage de robe longue et de justice qui, déjà plus de demy passé, se maria à une jeune gaillarde, et n'avoit pas «le fouet pour mener la trompe»? Le barbon ne faisait que mettre en appétit celle qui devinait «que c'estoit des joyes de ce monde», et comme le feu n'était qu'approché de son amadou, la poulette obtint d'un tétras bon côcheur des embrasements poussés à terme. En fut-il ainsi de nous, et de notre *toupie*, la folle Éva avide de sang neuf et de coups inouïs pour l'oreille basse de son ventre affamé?

Nos souvenirs de lecture et de culture, non, non, ne nous aident pas à tranquilliser notre douleur. Ils tombent comme sel sur plaie vive. Son capitaine d'amour, nous le voyons monter sur elle comme Picasso sur Dora Maar, comme le Minotaure au cou bosselé de muscles et d'ogressivité sur la chair fraîche qu'il force en posture de supination. «Elle était tout ce qu'on voulait, un chien, une souris, un oiseau, une idée, un orage; c'est un grand avantage quand on est amoureux » : ainsi Picasso parlait-il de Dora en 1936 à James Lord. Peut-être qu'Éva est pour le capitaine pantogame une fauvette, une lionne généreuse, une moinelle caressante, une panthère maigre mais callipyge, une linotte écervelée, une morue quêteuse de queues fuselées comme des requins soyeux, une chienne obscène, une chimpanzée bonobo, une vache printanière dûment écartelée.

Reviendront-ils, les moments tissés de soie où nous prenions notre joie dans le creuset d'Éva qui était rose nuance grenat comme les pantoufles d'Emma ornées sur le cou-de-pied d'une touffe de rubans larges ? Que ne sommes-nous ou Tibulle ou Catulle pour dire notre mal d'amour, et le regret de celle qui nous aime encore un peu, un tout petit peu peut-être. Son souvenir est oppressant. Éva, Éva, nous avons nostalgie de tes paradis. Tes seins, Éva, étaient nos pommes d'or, et ton ventre notre jardin des Hespérides. Que ne sommes-nous Hercule pour tuer le dragon marin qui t'accule à nier ce que nous fûmes l'un à l'autre, et que tu traînes après toi vers l'Inde et vers la mer de Chine, souriante et riant à ta lune de nouveau miel. Éva, Éva, Éva, Éva, de ton nom seul nous remplirions toutes nos pages.

É-va, É-va, É-va, nous aimons tant écrire son nom : il est eucharistique. Sainte Vierge, n'accomplirez-vous pas un miracle pour nous ? Faites que le ventre d'Éva devienne comme le lac alcyonien dont l'insondable profondeur ne rendait pas à la surface les plongeurs trop hardis. On dit que sur les ailes du Temps la tristesse s'envole. Le Temps semble pour nous, hélas, avoir suspendu sa fuite. Nos afflictions ne bougent pas. Éva nous a abandonné. Elle nous séduit toujours. Faites, Sainte Vierge, qu'elle ne nous biffe pas de son esprit, que sa peau conserve un vestige de nos caresses. Faites cela, ô Dame sainte Marie, Dame de Grâce pleine, Dame d'honneur par-dessus les étoiles. Faites-le en mémoire de votre fils et de la Madeleine, de tout ce qui incarne l'amour plus

fort que la mort. S'il vous plaît, cette femme adultère, rendez-
la-nous, laissez-la-nous encore un peu, un jour, deux jours, huit
jours… Le temps de se fabriquer d'autres souvenirs. Six mois.
Un mois. Le temps de commencer, d'illuminer, ou de souffrir.
Sainte Vierge et sainte Édith, même si nous avons tort, laissez-la-
nous encore. Sans elle nous n'avons rien, nous ne sommes plus
rien. Rendez-nous Éva pour toujours. S'il vous plaît.

### 41. **Le grand oiseau d'Emma.**

Hôte du monde animal, traitons l'image signifiant l'immense amour que la petite femme de Flaubert aspire à vivre : ce serait enfin « cette passion merveilleuse qui jusqu'alors s'était tenue comme un grand oiseau au plumage rose planant dans la splendeur des ciels poétiques ». Le résultat de ce rêve ne sera pas de l'ordre du divin. L'oiseau ne sera qu'un phallus ailé, dont les ailes sont honorables : Rodolphe et Léon ne sont pas des géants, mais sous eux, ou sur eux peu importe, Emma crie et fait aller très loin, dans l'aigu, dans les graves, l'alacrité de son plaisir. Plus dure en est la chute. Les ailes des phallus se rognent et se ruinent, faute que le sublime soit une catégorie durable de la passion humaine. Les chants les plus beaux s'éraillent, deviennent désespérants de raucité, d'enrouement, de radotage. Le grand oiseau du grand Amour n'est plus qu'un cacatoès, ou même un papegai de carton.

Le grand oiseau d'Éva, qui pourrait croire que ce fut nous ? Pendant un certain temps. Pendant un temps indéfini. Car nous ne savons plus pendant combien d'années, combien de mois à peine peut-être, nous avons emporté à tire-d'aile notre bien-aimée vers l'empyrée du meilleur. Nous allions dans les fêtes foraines, et notre joie était grande quand dans la descente des montagnes russes, assise tout contre nous sur la banquette de la nacelle, Éva nous étreignait le cou, avec sur le visage le sourire d'un ange qui ne redoute aucun pépin. Au tir à la carabine, nous l'épaulions pour l'aider à viser les pipes en terre blanche qu'elle ratait souvent, mais une poupée espagnole, gagnée sur un coup sûr, doit encore exister dans un tiroir de sa commode, placée et laissée à droite de notre lit. Parfois elle nous consultait pour se faire une opinion sur un peintre qu'elle avait découvert en entrant au hasard dans une galerie de la rue Vieille-du-Temple ou de la rue du Dragon, et, après qu'elle y était retournée avec nous pour examiner les œuvres énigmatiques ou dérangeantes, elle se fiait à notre avis surtout s'il était catégorique sous l'espèce du refus. Nous n'avons plus à présent la moindre plume du phénix que les lunettes de l'amour lui faisaient voir en nous.

À présent, en fait d'oiseau, nous serions plutôt un vulgaire talève porphyrion, puisque cet échassier est terre à terre et laisse ses jambes pendantes inharmonieusement quand par exception il décolle de son marécage. En outre le porphyrion est réputé prendre ses repas toujours tout seul. Or nous n'avons plus personne en face de nous pour partager nos salades de nouilles ou nos crêpes Suzette.

Où est passée Éva, notre belle en cavale ? Évadée pour toujours peut-être. Nous l'aimions de nos cinq sens, et de quelques autres. La regardions de tous nos yeux quand elle chantait à son piano. La touchions du bout des doigts ou à pleines mains. Respirions son parfum entre ses seins ou derrière ses oreilles. Aspirions son odeur de femme en baisant ses cheveux, comme Pierre Jean Jouve ceux de la capitaine Humbert, dôme de mèches et de coquilles, serpents d'une créature mélancolique, comme Jouve qui pensait que parler de soi c'est nettoyer une écurie. Éva, nous te goûtions de partout. Humions à longs traits l'odeur de ton désir. Tant pis si notre passion est appelée *amor ferinus*. Nous aimons Éva avec le sens de l'humour, du tragique physique. Ne l'aimons pas avec le sens de la mesure.

## 42. La porte d'Emma.

La porte d'Emma. Intimissime partie de ses parties intimes, elle mérite un cantique. Devant elle, nous avons plus de souvenirs que si nous avions vingt mille ans : pour la louer nous avons l'énergie de l'homme magdalénien qui dans la grotte de Lascaux peignit le taureau noir du diverticule axial dont l'entrée, vue de la grande salle, et selon les experts, ressemble à une vulve. Ce puits d'amour irisé d'un milliard de nuances qui vont du rose layette au jujube agressif en passant par la fraise écrasée ou l'écarlate en raie mineure, cet huis déclos qui fait un tableau près duquel laisserait beaucoup à désirer la caverne des *Enfers* de Monsu Desiderio (quoiqu'elle soit un prodigieux morceau de peinture), à notre sens il mérite une fugue interminable, et donc inachevée à l'heure de notre mort.

La porte d'Emma. Chanterelle. Craterelle. Oreille de lièvre. Trompette-des-morts. Bords ondulés. Surface fertile toujours humide. Lamelles ascendantes d'arête obtuse et mousse. Hyménium comestible. Hallucinogène souvent. Mycélium filamenteux. Fragrance de sous-bois. Chair ferme, qui ne se corrompt pas facilement. Passe à franchir en toute franchise, à tue-tête, d'un verbe décent incandescent. Ne pas imiter Barrès qui, décrivant dans *Du sang, de la volupté et de la mort* les cigarières de Séville, fait mine de fuir le parler vrai sous prétexte qu'en la matière les mots propres ne le sont pas : « Cinq mille Sévillanes ! qui sont mi-dévêtues et font voir des bras ronds, des seins dorés, toute leur gorge, leurs mollets, et par-ci par-là ces jolis bijoux de noms

trop peu gracieux pour que je veuille en dégrader le tableau. »
Habitons plutôt le pays du meilleur Aragon où, loin d'être perdu
en périphrases, le lys d'Irène est dit tout net.

Le sexe d'Emma, donc. Ce qu'il est pour nous ? Une merveille
naturelle, terraquée, grave, noble comme un écu au chef denché,
de sable à un macle de gueules. Rouge comme l'œil de l'oiseau
bleu des fées, *irena puella* à livrée veloutée. Ni trou de souris ni
trou d'aiguille. Sans être une anfractuosité goulue où sans mal
glissent des mérous baraqués comme des requins-marteaux, il est
une fente affriquée dans le mur du temps, l'aurorale charnière
des jours bénis où les heures procurent l'aubaine des meilleures
caresses, quêteuses ou conquérantes, dès que la titillation a mis
la raison en arrêt de travail, et en veilleuse la conscience dont on
dit qu'elle est toujours conscience de quelque chose. Au menton
qu'est le mont-de-Vénus, la fossette d'Emma n'est pas une ridule.
Ses talus sont herbeux comme les ados d'un profond fossé. Puisque
Emma rêve d'Italie, nous dirons que son inguinalité bat d'un
demi-empan l'Ève du Carmine à laquelle Masolino donna un
minon de petite fille, comme c'est visible depuis qu'une restau-
ration en a ôté le cache de feuilles puritaines. Si nous revenons
à l'adjectif mince, mince est la taille d'Emma (et minces ses bottines, ou encore ses narines), mais pas son sexe. L'entrée d'Emma
n'est pas étroite, étant bien entendu qu'on n'y pénètre pas comme
dans un moulin au porche large à recevoir des timons de fardiers.
La porte d'Emma est vigoureuse, souple, ouverte à la nouveauté,
aux formes différentes, ceps noueux dolicho- ou brachycéphales,
béliers mongols, chameaux insupportables aux chas étroits. La
porte d'Emma semble calculée selon le nombre d'or comme le
cocon soyeux où le ver se dilate et devient chrysalide.

La porte d'Emma a soif. Tout le temps soif depuis Rodolphe
qui lui a fait connaître le bonheur que c'est d'étancher cette
soif-là. Bardèche – en lettres il n'était pas con – dit juste sur ce

point : il faut beaucoup deviner quand on lit *Madame Bovary* ; c'est la tête qui conduit tout dans le roman ; mais ce sont les sens qui expliquent tout dans les scénarios, et sous le texte définitif il faut sentir la vérité première, le besoin de jouir que l'amant a libéré en elle et qui jaillit maintenant comme un champagne dont les ficelles se rompent. Bardèche, qui cite cette image présente dans un brouillon, écrit même que l'adultère est pour Emma devenu un vice, qu'il y a bien autre chose en elle que du *bovarysme*, et qu'elle en est à la nymphomanie. Quand de Léon elle a pris la mesure morale, elle le garde, dit Flaubert, « par vice, par habitude de la chair », ne l'aimant plus que « comme un godmiché ». Et en même temps qu'elle happe Léon, elle réaccepte le service de Charles. Emma, *lassata, sed non satiata* ? Laissons en suspens le diagnostic de nymphomanie, et l'idée qu'un toubib aurait aujourd'hui régulé sa libido avec un peu de platina, l'insatisfaction sexuelle de notre spleenétique amie figurant aussi une aspiration morale et peut-être métaphysique, comme dans *Passion et Vertu* les « désirs immenses » de Mazza, adultère et lubrique, trahissaient une envie de transcendance.

La porte de la Normande Emma fleure la mer haute et le vent de la nuit. Sa rumeur d'iode et de sel herbé nous monte à la tête et nous soûle l'esprit. Son varech ne nous blesse pas le cœur. À peine nous trouble-t-il les méninges parce que, comme saint Bernard l'a dit, *odoratus impedit cogitationem* (il devait être pris de vertige le client qui, à l'hôtel de Boulogne, succédait à Emma dans la chambre qu'avait imprégnée l'*arpeggio* de ses arômes volatilisés).

La porte d'Emma sent bon en long et en large. Rodolphe l'a sans doute constaté en la comparant à celle de sa précédente maîtresse, l'obèse Virginie qui avait la manie des salicoques (le nez de votre imagination est assez grand pour deviner le bouquet inhérent à cette folle de crevettes qui, par une extravagance inimaginable, devient un personnage clé du roman-photo tiré de *Madame Bovary*, intitulé *Bovary 73*, et publié dans *Nous deux* le 8 mars 1973).

Au guichet d'Emma nous pensons comme à la rose dont Manoel de Oliveira insère des plans éloquents dans *Val Abraham*. Jouée par Cecile Sanz de Alba, Ema *jovem* titille la fleur allégorique. Elle ébouriffe, lisse, caresse les pétales extérieurs ; puis son doigt s'enfonce au cœur du calice, qui est rouge sang par nécessité car, avec le corps des amoureuses, nulle chance de lymphe à l'interstice. En voix off, le narrateur commente cette image par un propos sur l'utérus, où l'héroïne connut le confort prénatal du bonheur qui est l'enjeu de sa vie dans le monde ; c'est juste après cette séquence qu'Ema prend et ouvre un livre à la page du titre : c'est, de Gustave Flaubert, *Madame Bovary*.

Utérus, vivante énigme… Aux deux comédiennes qui interprètent son personnage, Oliveira prescrivit une démarche claudicante ; Ema boite, et sa boiterie signifie peut-être les chutes, les déraillements, sur les routes d'ici-bas où l'action n'est pas la sœur du rêve. Le narrateur de *Val Abraham* rappelle que Satan aussi était présenté boiteux « parce que la beauté a besoin en elle d'un avertissement pour le salut des hommes ». Le démon habite bien Leonor Silveira, choisie par Manoel de Oliveira pour incarner Ema adulte. Que cette Ema se distingue par sa beauté est une évidence. Tant de grâce – elle rappelle Lucia Bose – conduisit Jean-Baptiste Renault, excellent comparateur du roman de Flaubert et du film d'Oliveira, à noter que si Ema Païva est très belle, Emma Bovary n'est ni belle ni laide, et que d'ailleurs « on ne connaît presque rien de son apparence physique ». Cette opinion nous heurta. Elle ne correspond pas au texte de Flaubert. Emma aussi a la beauté du diable, quoiqu'elle ne boite pas. Elle est belle en tout et pour tout, ô bonté divine !

### 43. **Le pied d'Emma.**

En Emma rien ne cloche. Elle a le pied coquet. Tout de suite ce pied coquet tapa dans l'œil de Rodolphe. Et Léon, qu'est-ce qu'il devait bicher quand à sa maîtresse excitée il enlevait ses bas (les rouges). Le sujet emballait Flaubert. En parlant de Léon, il est lui-même la matière de sa phrase : « Au craquement de ses bottines, il se sentait lâche comme les ivrognes à la vue des liqueurs fortes. » Sa lâcheté devait être de nature à lui fixer les idées sur la craquette d'Emma, pour n'en démordre plus. Craquette, avons-nous dit ? Oui. Nous n'avons qu'emboîté le pas à Florence Emptaz, qui a consacré une thèse au thème du pied, présent, très présent, presque omniprésent chez notre auteur. Dans *Aux pieds de Flaubert*, une note complète une remarque sur les froufrous et craquements de chaussures qui annoncent les séductions de la chair :

> Dans tous les craquements qui résonnent dans le texte un carabin entendrait une allusion à la craquette, qui en argot et dans le jargon des médecins désigne le sexe de la femme ; formé sur l'onomatopée crac!, ce mot de craquette évoque quelque chose de la déchirure et de la capitulation ; il est question de céder : à bon entendeur, le craquement de la chaussure prélude à tous les abandons.

Quelle fut la réaction de Bournisien au moment de l'extrême-onction ? Emma consciente encore, l'abbé passa son pouce «sur la plante des pieds, si rapides autrefois quand elle courait à l'assouvissement de ses désirs, et qui maintenant ne marcheraient plus». Une lueur d'amour humain éclaira peut-être les yeux mats de ce curé de campagne à qui semble manquer la grâce de croire que tout est grâce, même le péché de chair. Péché : il y a du pied dans ce mot-là. Si le pied est mignon, le péché l'est aussi. Au plus gros de ses orages luxurieux, les faux pas d'Emma gardent à nos yeux un je ne sais quoi de beau qui leur assure le pardon et la rédemption.

Flaubert avait d'abord conté autrement le drame de l'extrême-onction. Florence Emptaz ressuscite un passage qui ne méritait pas le châtiment de biffure que le maître lui administra. Tandis que le prêtre touche le pied d'Emma d'une goutte d'huile sainte, Charles se rappelle sa nuit de noce. Nous en avions deviné les délices quand Flaubert nous avait décrit le bonheur du marié au premier matin de sa nouvelle vie conjugale (mais à Emma le mariage ne met qu'une épine dans son joli pied). Le morceau supprimé, même Pinard l'eût apprécié sans chicaner :

> L'abbé Bournisien n'en avait pas fini, il s'avança vers le fond de l'alcôve, retira la couverture qui bordait le matelas et lui découvrit les pieds. Ils étaient blancs comme de l'albâtre avec les ongles bleus et un peu fléchis au bout. Et Charles quelque temps suivit d'un regard idiot tous les mouvements du prêtre qui les préparait pour le dernier voyage où l'on ne marche pas. La première fois qu'il les avait aperçus, c'était un soir, quand il venait de dénouer, à genoux, les rubans minces de ses souliers blancs. Et la maison autour de lui chantait d'allégresse, comme son cœur enivré. Il frémissait dans les éblouissements de la possession prochaine et se sentait alors comme suffoqué sous le débordement d'un espoir infini, plus doux que

le parfum de ses bandeaux, plus profond que ses yeux, plus abondant que sa robe, qui lui craquait entre les bras, avec un bruit d'étincelles.

Le polygraphe Pinard, qui écrivait en douce des porcochonneries (on les trouva dans le prie-Dieu de Mme Gras – ce nom qui ne s'invente pas est cité par Flaubert dans sa lettre à Caroline du 16 mai 1879), se serait peut-être dit qu'en cette nuit solennelle Charles était devenu le seigneur d'Emma; et, régi par la fatalité de son nom prédictif, il se serait bien vu à sa place, oint des cyprines de la mariée dépucelée. On ne se méfie jamais trop des gens de justice. Sous leur patelinage, certains ont la robe boursouflée par la lubricité. Nancy L. Green en donne un exemple dans *Séduction et sociétés* : lorsqu'il harcela Anita Hill, avec laquelle il travaillait à l'*Equal Employment Opportunity Commission*, le juge Clarence Thomas se portait candidat à la Cour suprême des États-Unis et, simultanément, au *Congrès* avec sa collaboratrice ; pour sa deuxième brigue, il susurrait des confidences sur ses prouesses qu'il comparait à celles de Long Dong Silver, un acteur de films X connu pour sa longipotence au lit.

Ce paragraphe nous étant venu comme à propos de bottes, rappelons que Du Camp râla contre le leitmotiv des bottes dans le texte de *Madame Bovary* qu'il venait d'inspecter : « Que le diable t'emporte avec tes bottes, il n'est question que de cela, 5 ou 6 fois au moins : c'est une maladie » (lettre à Flaubert du 23 septembre 1856). Encore le Maxime ignorait-il l'extraordinaire digression sur les bottes présente dans la lettre à Louise du 27 août 1853. Gustave la terminait ainsi : « Il faut arrêter là ma digression de cordonnier. D'où diable vient-elle ? D'un horrifique verre de rhum que j'ai bu ce soir, sans doute. » Et nos propres ruminations cupidiniques, d'où diantre naissent-elles ?

De notre solitude et de notre carême ? Peut-être. La continence est un punch hallucinogène. Mais même lorsque nous faisions à Éva des caresses quotidiennes, notre littérature policière n'était pas polie pour des oreilles chastes.

## 44. **Le prix d'aimer Emma.**

Dans *Libération*, chronique « Mon journal de la semaine »
par Julian Barnes :

> Mercredi – Fétichisme du pied : Dîner en l'honneur du
> dernier roman de Mario Vargas Llosa, *The Feast of the
> Goat*. Chaque fois que nous nous voyons, nous parlons
> de Flaubert. […] « *Mais Mario,* lui dis-je, *si tu avais une
> aventure avec* [*Emma*], *elle dépenserait tout ton argent et
> te laisserait tomber en te brisant le cœur.* » « *Oui* », répon-
> dit-il, en souriant de toutes ses dents devant cette pro-
> messe de masochisme. Ce soir, je lui raconte que je
> viens de lire un livre intitulé *Aux pieds de Flaubert* : trois
> cents pages sur l'obsession de l'écrivain pour les pieds
> et les chaussures. Mario me rappelle que le fétichisme
> du pied eut une longue fortune littéraire en France, où
> on le nomme « bretonnisme » en référence à Restif de
> la Bretonne, etc.

Des deux écrivains, Llosa est celui qui a de l'amour la meilleure
conception : n'être pas prêt à souffrir pour et sous l'amour, c'est
ne pas aimer le véritable amour, celui qu'on qualifie de grand.
La réserve de Barnes est d'autant plus surprenante que, dans
un paragraphe antérieur de sa chronique, il cite une phrase
d'*Adultera* : « Il faut payer pour tout, y écrivait Fontane ; et deux
fois pour le bonheur. » Aimer une Emma, nul doute que cela

ne coûte cher. Être aimé d'Emma, c'est aller au feu. À un grand feu ravageur si l'on a soi-même la vocation de l'amour fou. Ni Rodolphe ni Léon ne sont hommes à se laisser brûler jusqu'aux poches leurs basques de bourgeois. Hommes de l'avoir, et non de l'être. *Homines œconomici*, non *erotici*. Ils aiment Emma en payant de leurs bourses qui témoignent de leur virilité. Ils ne délient pas la bougette où leur or est serré.

## 45. **Musiques.**

«*Madame Ovary, c'est moi!*» Tel fut, dans un numéro du *Nouvel Observateur*, le titre d'un article consacré à la chanteuse Polly Jean Harvey, « la plus jolie sorcière du rock britannique». Ce papier saluait la publication du quatrième album de cette «jeune femme électrique». Nous y avions noté qu'«au jugement dernier son disque figurera[it] dans la bande originale des années 90, entre *In Utero* de Nirvana et *Dummy* de Portishead» ; et aussi que, selon Courtney Love, P. J. Harvey, fondue de la *angry vagina music*, «est une Mme Ovary qui, dans *Dry*, chante You leave me dry – Tu ne me fais pas mouiller, et, dans *Me Jane*, Tarzan, arrête de hurler / Ne vois-tu pas que je saigne? / Arrête de t'agiter en moi».

Nous nous disons parfois que, trop confiné dans le parc des humanités classiques, nous perdons quelque chose à négliger les productions du rock, du rap ou du reggae-zouk. Sommes-nous trop vieux, trop peu sauvage, pour nous y mettre?

Nous n'avons pas su nous ensauvager pour sauver notre souplesse. Avec Éva nous écoutions des choses comme, mettons, *Solitude* de Purcell, les *Leçons de ténèbres* de Couperin, ou le *Requiem* de Gilles. Elle était beaucoup plus ouverte que nous à des cultures inouïes, mais n'a pas élargi notre curiosité musicale. De cela nous ne lui faisons pas le moindre grief.

Pour la culture *noble* elle-même, confessons que nous ne connaissons pas *Madame Bovary* d'Emmanuel Bondeville dont les nécrologies nous ont appris, en 1987, qu'il connut un succès international, notamment en URSS, avec cet opéra qui tint l'affiche au Bolchoï et à Novossibirsk pendant deux ans. Mais nous mourrons sans avoir connu un si grand nombre de belles ou grandes créations que ce sera une pitié immense de mourir.

### 46. **La solitude d'Emma.**

Emma nous est proche parce qu'elle n'a pas d'amis. Aucun homme, aucune femme, qui reçoive ses confidences. Sa complicité avec Félicité n'est pas de l'amitié. Emma ou bien ne sait pas se faire d'amis, ou bien n'a pas besoin d'en avoir. Il y a des gens comme ça. Nous en sommes. Surtout depuis que nous ne voulons parler à personne de nos tristesses.

Emma est notre sœur en solitude. Flaubert est devant elle comme Welles devant Kane. Au bout de l'enquête, qui nous apprend des choses, deux ou trois, un peu plus si l'on veut, le dernier mot c'est : *No entrance.* Pour Emma, il n'y a même pas le talisman d'un *Rosebud.*

Est-il inadéquat de penser à elle quand, chez Rimbaud dans «Mauvais sang», nous lisons : «La camaraderie et la compagnie des femmes m'étaient interdites. Je me voyais devant une foule exaspérée, en face du peloton d'exécution, pleurant du malheur qu'ils n'aient pu comprendre, et pardonnant ! – Comme Jeanne d'Arc ! – » Jeanne d'Arc, qu'Anglais brûlèrent à Rouen.

47. **Ry et religion.**

Nous sommes adepte d'un culte qui plaît au cœur et à l'esprit de Roger Grenier. Loin d'être un flaubertiste incollable, nous voudrions que rien de ce qui est bovaryal ne nous restât inconnu (l'érudition nous fait du bien, nous aide à estomper Éva : rien de sain comme l'érudition, a dit Flaubert).

Ainsi fûmes-nous content de lire la nouvelle de Grenier intitulée *Normandie*. C'est l'histoire d'une Bovary dont l'amant est un petit prof qui fait une thèse de troisième cycle sur les scénarios de *Madame Bovary*. Emma Rouault est ici, à Ry précisément, une Thérèse Hugon qui épouse un kinésithérapeute nommé René Bailleul. Le prof est attiré par le décolleté de Thérèse, qui a sur les seins des taches de rousseur attisantes. Il la séduit, se lasse d'elle et lui lit, pour qu'elle entende sa fatigue, les notes des scénarios où Rodolphe use d'Emma comme d'une putain. Bailleul apprend la liaison de sa femme et la chasse (Charles Bovary eût agi autrement). Thérèse veut se tuer, mais renonce à se jeter dans la rivière en se souvenant qu'elle s'appelle Le Crevon.

À Ry, nous étions passé avec Éva, en revenant des obsèques de son parrain décédé à Forges-les-Eaux, sur les confins du Vexin. Nous savions bien que Ry n'est pas Yonville, mais nous tenions à respirer l'atmosphère du pays d'Emma. *Chez Emma*, à l'épicerie du village, nous avions acheté des pommes et des gâteaux pur beurre qui n'étaient pas des cheminots. Le musée des automates représentant «les principales scènes du roman», nous l'avons fui. Comme Éva, nous pensions que Flaubert aurait pesté s'il nous avait vu prendre des billets pour visiter ces simulacres. Moi vivant, a-t-il dit, jamais on ne m'illustrera. Et pour nous il était toujours vivant. Pendant le trajet jusqu'à Paris, nous avions parlé de l'immortalité des grands écrivains, de Kafka qui avait *L'Éducation sentimentale* dans sa bibliothèque, de Proust et de la mort de Bergotte, de Faulkner qui évoque Emma dans les premières pages de *Sanctuaire*, non pour sa beauté ou son caractère, mais au sujet de « cette chose noire qui sort de la bouche de Mme Bovary et se répand sur son voile de mariée pendant qu'on lui soulève la tête » (Bembow a l'imagination olfactive ; de l'agonie d'Emma, il se fait une idée concise ; une sensation affreuse lui rend l'odeur des vomis qui donnèrent la nausée à leur narrateur même). Ce retour vers notre maison, en compagnie d'Éva dans notre 2 CV bleue, fut un des beaux moments de notre vie commune. Nous écrivons ce *Mémoire d'un fou d'Emma* pour conserver encore un peu telle ou telle heure de notre bonheur avec Éva. Nous sommes d'abord le fou d'Éva. Ce titre ne fait pas signe à l'Aragon du *Fou d'Elsa*, mais au poète morfondu de *La Grande Gaîté*, précisément au « Poème à crier dans les ruines » :

> Aima aima aima mais tu ne peux pas savoir combien
> Aima c'est au passé
> Aima aima aima aima aima.

Nous sommes nous aussi un homme hanté. Est-il possible et comment souffrir que pour nous Éva soit au passé ? Puissions-nous ne jamais, fût-ce dans une minute de haine et d'aberration, vouloir « crach[er] sur l'amour » et « sur ce que nous avons aimé ensemble ». L'idée que le miroir de notre chambre jamais plus ne captera le visage d'Éva, chaque fois qu'elle nous vient, nous arrache la moitié du crâne.

48. **Sur l'âme d'Emma**.

Du corps d'Emma, il est possible, sinon facile, d'avoir une idée, plusieurs idées assez nettes, et de parler. Le corps d'Emma est plus que la somme de ses parties. Nous nous intéressons à la plupart des belles parties du corps d'Emma : les nobles, les latérales, les terminales, les longues, les rondes, les égales qui vont par deux, les uniques, les intimes aussi dont aucune n'est honteuse. Sur chacune nous nous sommes nanti d'aperçus personnels. Toutes ces vues additionnées, fusionnées, produisent une connaissance approximative, dont le *flou artistique* n'est pas synonyme d'erreur ou de fausseté. Instruit par tout ce qu'en a écrit Flaubert, en outre aiguillé, voire aiguillonné par notre étude du corps d'Éva – étude aimante mais insuffisante en sa poésie interrompue –, nous nous racontons le corps d'Emma avec une certaine crédibilité, et même en entrant dans des détails précis.

Ce serait *la faute à Flaubert* si le corps d'Emma envahit la tête du lecteur. On lui a reproché de l'avoir créée avec une individualité où elle n'est que son corps. Mais ce jugement semble gommer qu'Emma, comme sans doute nous le faisons tous, compose avec le corps qu'elle a pour mener sa barque ; ou même pour mener cette barque à bord de laquelle, selon le *fatum*, selon les fées, les moires, les parques ou toute instance déterminatrice que l'on voudra, elle se trouve montée. Ce corps est beau, et la beauté peut être une galère. Vogue la galère ! Ou coule la galère à cause de quelques mauvais coups de barre. Ce corps a des humeurs et des appétits. Un jour c'est la mélancolie et l'anorexie. Un jour c'est la fringale sexuelle. Chacun fait ce qu'il peut avec le corps qu'il a. Lawrence d'Arabie traita le sien comme une mule, mais la mule quelquefois lui tint tête ou l'engagea vers de rudes sentiers. À son corps Emma doit des jours de fête qu'elle vécut en *sujet*, dans les limites de ce que peut être la liberté humaine. Fortuné, celui qui a des certitudes sur ce qu'est la liberté humaine et le bon usage qu'on en peut faire. Quand il dit « Madame Bovary, c'est moi », Flaubert implique dans l'histoire d'Emma les ombres et les doutes inhérents à la sienne, à la nôtre aussi bien, à la vôtre également *n'est-ce pas* ? Nous avons loué, Flaubert nous y aidant bien, les épaules, le sein et les aisselles d'Emma ; mais sa note exquise la plus frappante dans la sonate de sa vie propre, *andante* et *adagio* confondus, et même en l'*allegro vivace* de ses nuits luxurieuses, est le gris chronique de ses diverses mélancolies. C'est qu'il n'y a pas de bovarysme sans mélancolie. En Russie, puis en Italie, Anna Karénine a souvent des accès de *malinconia*. Aux États-Unis d'Amérique, en Louisiane, la « Bovary créole » de Kate Chopin, cette Edna Pontellier qui est l'héroïne si estimable de *L'Éveil*, n'échappe pas à la tristesse des illusions perdues. Et le plus connu des Basques mélancoliques, Roland Barthes, murmure dans *La Préparation du roman* que « nous sommes beaucoup – sinon tous – des Bovary ».

Qu'en est-il donc de l'âme d'Emma ? Car on relève bien des phrases où Flaubert inscrit le mot *âme*, disant ou décrivant ce qui gémit, vibre, rit, pleure, se passe et passe dans l'âme d'Emma. Il aurait de la peine à définir la notion d'âme. Nous aussi nous peinons et nous suons quand nous nous interrogeons sur l'âme. Vous également, *n'est-ce pas* ?

L'âme d'Emma vaut largement son corps. Nous ne nous spécialisons pas dans l'étude et dans le culte du corps qu'elle pilote comme un navire accort de l'étambot jusqu'à l'étrave. Les spécialités sont les cloîtres de l'esprit. Nous ne sommes pas séquestré dans ses enclos charnels. Mais même quand nous les visitons, nous y sentons crépiter à fleur de peau l'électricité statique de sa force spirituelle. Cependant celle-ci, dialectiquement, est informée par les cinq sens au courant desquels le cerveau la tient. Nous sommes dans la zone naturaliste où l'homme, comme Henri Mitterand le dit bien, est « une plante tenant au sol » ; englobé dans le biologique, le corps agit sur l'esprit, la pensée n'est qu'une émanation de la matière : « Tous les sens vont agir sur l'âme. Dans chacun de ses mouvements l'âme sera précipitée ou ralentie par la vue, l'odorat, l'ouïe, le goût, le toucher. La conception d'une âme isolée, fonctionnant toute seule dans le vide, devient fausse. » L'âme d'Emma préside au fonctionnement d'une machine charnelle dont elle subit les accidents, les humeurs, les emballements ou les pannes sèches. Même un bon chef de corps est parfois amené à dire de ses troupes : Je suis leur chef, il faut bien que je les suive.

Sur l'âme d'Emma il y a beaucoup à dire. Et donc nous dirons. Nous en dirons ce que nous pourrons. Nous en dirons peut-être des *balivernes*, des mots qui tournent et dansent autour de la vérité pressentie mais intouchable, parce que nul ne sonde jusqu'au fond les reins d'une personne, les reins et le cœur où l'âme humaine gît.

Qu'est-ce qui correspondrait, pour l'âme d'Emma, à ce que dans son corps sont ses hanches ? Et ses pieds, ses seins, ses yeux, ses fesses, sa peau, ses lèvres, ses cheveux, sa nuque, ses mains, etc. ? Nous ne nous hasarderons pas à proposer des analogies entre tel organe anatomique et telle aspiration psychique. Même sur celui qui produit la bile noire nous sommes sur nos gardes. Emma est atteinte de mélancolie. En connaissance de cause nous nous méfions de cette morbidesse qui, des héroïnes de Tchékhov en attestent, n'est pas un sentiment très valeureux. La mélancolie d'Emma exigerait un livre (Yvan Leclerc a dit l'effet qu'ont sur elle le brouillard, et le paysage sans caractère d'Yonville : «Elle somatise la Normandie pluvieuse et brumeuse»). Une opinion tout de même : il est heureux que la couleur de *Madame Bovary* ne soit finalement pas le gris cloporte. Emma n'a pas, comme Elena dans *Oncle Vania*, une morale paresseuse. Elena s'ennuie près de son mari cacochyme. L'usure de l'âme au quotidien lui est une mort lente. Mais elle ne tente rien pour fuir le monde désenchanté où elle végète. Vania lui dit d'être raisonnable, c'est-à-dire folle pour une fois : «Soyez ondine, laissez-vous aller une fois dans votre vie, amourachez-vous, plongez dans le tourbillon.» Mais Elena est une «poltronne» ; elle choisit la fidélité qui épargne les remords. La mélancolie d'Emma est plus stimulante, qui n'arrête pas son envie de vivre.

Emma est restée une fermière dans l'âme. Azur ou noir, de *blue devils* ou de valse-java *qu'on danse les yeux dans les yeux*, le bleu est sa couleur. Les fleurs qui poussent dans la boue ne sont pas bleues, mais leur malignité l'attire.

Est-elle une infirmière dans l'âme, elle qui dit à Léon, lorsqu'elle l'a retrouvé : «J'aimerais beaucoup à être une religieuse d'hôpital» ? Elle se lasserait vite de curer les bassins et les pistolets. En outre, la chasteté lui pèserait. Il lui faudrait le secours de la grâce pour se libérer de tout égoïsme, trouver le bonheur par une vie simplifiée, proche de la création et des créatures comme dans une crise à la Rossellini, celle par exemple où Karin est aventurée sur la montée et le montage de *Stromboli*. Roberto Rossellini… Si nous étions un homme aussi extraordinaire, aussi captivant que l'était le mari de Marcella De Marchis et d'Ingrid Bergman, Éva nous serait peut-être restée. Et nous pensons à ce que le *maestro* a dit à la première quand il épousa la seconde : «Marcellina, souviens-toi que les sentiments ne changent pas et qu'une vie ne s'ouvre et ne se ferme pas comme un robinet.» Il est à craindre qu'Éva ait coupé définitivement l'eau douce de notre vie commune… Il est possible que tout soit bel et bien fini. Bel et bien, sous l'espèce des êtres humains. C'est que nous avons eu une histoire d'amour, une vraie vivante histoire d'amour, et le vivant est périssable, ce qui n'est pas le cas des personnages de fiction. Un samedi, sur ce sujet, Éva – qui savait écouter, qui écoutait aussi bien des conférences de spécialistes que les accordéonistes aveugles des couloirs du métro – avait suivi une leçon de Barthes au Collège de France. La mort n'atteint pas les personnages de fiction, pas même lorsqu'à la fin ils meurent. Comme Éva nous a sans doute inhumé dans son oubli, de même il est horrible mais probable qu'elle sortira de notre cœur parce que nous sommes du genre humain réel. En revanche Emma, qui est du genre humain fictif, Emma est impérissable autant qu'inamovible.

Emma est devenue une courtisane dans l'âme. À la flamme du désir elle brûle les ailes du bon petit ange doux et humble, patient et laborieux, qu'elle ne veut pas être sous le toit conjugal.

Elle est à jamais une jeune fille dans l'âme. Jeune fille, elle admirait la geste de Jeanne d'Arc. Mais Dieu ne lui dit rien. De Dieu, qui veut que rien d'exaltant n'arrive dans sa vie, elle exècre l'injustice. Elle meurt sur le bûcher de l'arsenic.

Idéaliste, elle est dans l'âme une amie de la mer. Elle l'a dit à Léon lors de leur première rencontre : « Ne vous semble-t-il pas que l'esprit vogue plus librement sur cette étendue sans limites, dont la contemplation vous élève l'âme et donne des idées d'infini, d'idéal ? » Telle qu'elle est créée, courageuse et hardie, Emma ne peut pas se résigner à vivoter sur le plancher des vaches. Elle ne refuse pas les aventures. Elle ose se tracer et prendre des chemins ignorés. Elle se jette dans l'inconnu pour trouver du nouveau. Elle s'abîme dans l'adultère. On peut rire de ce gouffre-là. Or nous ne sommes pas du côté des rieurs. Non seulement nous ne nous moquons pas d'elle, mais nous essayons de la comprendre. Nous comprenons qu'elle n'est pas une femme prudente. Et cette aptitude à l'imprudence renforce notre admiration pour elle. Nous ne pouvons pas refaire son roman. Mais si elle avait pu vivre davantage, si une tragédie de l'histoire avait envahi son pays, elle aurait été – c'est notre conviction – appelée hors d'elle-même vers le patriotisme et vers la Résistance. Elle aurait créé un réseau de résistance à l'envahisseur. Grande sœur de Boule-de-Suif, elle aurait à sa façon été capable de sacrifier sa vie à une cause plus haute que son bonheur personnel. Elle ne se serait pas terrée prudemment dans l'attentisme. Emma n'a pas une âme de pacotille. Telle est la richesse mystérieuse de son âme que nous lui prêtons le pouvoir de se réinventer.

Elle est dans l'âme une lame de fond houleuse quand, avec du vague au ventre et des envies concises, elle se perd dans les oraisons comme une marquise andalouse, dans la cathédrale de Rouen où Léon attend impatiemment qu'elle en finisse de ses prières et de ses lanternages.

L'âme d'Emma, comme toute âme humaine, est un souffle invisible connu par ses effets. Emma tisse le vent de sa vie sur le métier qu'elle possède. Elle n'a pas beaucoup de métier quand elle épouse Charles. Elle a appris ce qu'elle sait en observant les us de la campagne parmi les hommes rudes ou près des bêtes naturelles, et en lisant des livres où les mots de *félicité*, de *passion*, d'*ivresse* lui avaient paru si beaux.

Son âme fut imprégnée par l'idylle de Virginie, dont elle lut le roman avant d'avoir treize ans. Flaubert nous le dit juste après que, jeune mariée, elle constate que son mariage – elle l'avait cru d'amour – n'a pas confirmé son idée de l'amour. Mûrie par l'expérience, elle attend toujours que l'amant soit un compagnon fraternellement dévoué, comme Paul « qui va chercher des fruits rouges dans des arbres plus hauts que des clochers ».

Emma ne renie jamais cette idée. Les « appétits de la chair » la tordent, mais ne la subvertissent pas. Il est vrai qu'à l'image de

Paul se superpose celle du René de Chateaubriand, sans doute parce qu'elle a lu au couvent des extraits du *Génie du christianisme*. Elle voudrait que crèvent sur elle, sur son corps ouvert au vent de l'éventuel, les orages de la passion : « L'amour, croyait-elle, devait arriver tout à coup, avec de grands éclats et des fulgurations, – ouragan des cieux qui tombe sur la vie, la bouleverse, arrache les volontés comme des feuilles et emporte à l'abîme le cœur entier. » Portée sur l'ébriété, Emma serait-elle femme à mettre de l'eau dans son vin ? Nous ne le croyons pas. Elle aime boire le champagne dans une flûte pomponne. Comme la tempérance et la mesure sont des vertus de sagesse qui ne prennent pas sur la terre dont son être provient, il serait vain de l'exhorter à résipiscence. Aussi est-ce une vue de l'esprit, intéressante mais inappropriée, que celle du héros de *Disgrâce*, le grand roman de J. M. Coetzee. David Lurie, pour qui l'amour se troque périodiquement dans une maison de rendez-vous, s'imagine morigénant Emma :

> Il pense à Emma Bovary qui rentre chez elle assouvie, l'œil vitreux après un après-midi de baise effrénée. *C'est donc cela le bonheur !* dit Emma, émerveillée par l'image que lui renvoie son miroir. *C'est de ce bonheur que parlent les poètes !* Eh bien, si jamais le fantôme de cette pauvre Emma trouvait le moyen d'arriver jusqu'au Cap, il l'amènerait à Windsor Mansions un jeudi après-midi pour lui montrer ce que le bonheur peut être : le bonheur dans la modération, un bonheur modéré.

Emma serait sourde à cette conception du bonheur, une sorte de semi-ataraxie à peine plus agitée que le régime choisi par le vieillard de *Paul et Virginie*. L'éthique du *Suave mari magno* n'est pas pour elle. Les tempêtes lui siéent, et les risques de périr en haut amour ne la dissuadent pas de s'embarquer à la grosse aventure. Le vieillard de l'Île-de-France ne lit que pour se rappeler les passions dont il s'est détaché, et oppose à leurs périls ce qu'il appelle son «bonheur négatif». Pour Emma le bonheur est positivement violent, ou il n'est pas. Elle n'est pas de celles qui, telle Mme de Clèves, refusent l'amour au prétexte que, ou parce que, ses vicissitudes pourraient nuire à leur repos. Si M. de Nemours eût requis d'amour l'Emma d'Yonville-l'Abbaye et qu'elle eût éprouvé du désir pour lui, elle se fût jetée dans ses bras comme dans le vide, comme une religieuse se précipite aux pieds de Jésus en lui disant : Seigneur, faites de moi ce que vous voulez, je suis votre servante.

L'âme d'Emma est immortelle. Elle agit sur Charles comme on ne l'avait pas vu du temps qu'elle était présente, en personne, chez lui, dans sa maison, dans leur chambre à coucher, corps contre corps : «Pour lui plaire, comme si elle vivait encore, il adopta ses prédilections, ses idées ; il s'acheta des bottes vernies, il prit l'usage des cravates blanches. Il mettait du cosmétique à ses moustaches, il souscrivit comme elle des billets à ordre. Elle le corrompait par-delà le tombeau…» Relever cette influence nous renvoie vers Éva d'un mouvement hélicoïdal. En effet, dans sa biographie de Sunsiaré de Larcône, Lucien d'Azay dit qu'après la mort de Sunsiaré survenue dans l'Aston Martin de Roger Nimier anéantie à 160 à l'heure contre la pile d'un pont, autoroute de l'Ouest, direction Normandie, son mari Ariel de Casalis acheta à son tour une Aston qu'il conduisait à des vitesses déraisonnables : quand Michel Camus lui fournit ce détail, le biographe se souvint «que Charles Bovary, après la mort d'Emma, avait adopté les prédilections et les idées de sa femme». Or, spirale de la mémoire, nous revivons l'instant où pour Éva nous avons choisi un parfum que la presse attribuait à la belle Sunsiaré dont l'image, à nos yeux, se nimbait de son amitié avec Julien Gracq, l'un des meilleurs amis d'Emma. Éva nous suit. Nous ne la semons pas. Sachant comme elle nous jugerait si nous tombions en loques, nous nous raidissons contre les effets émollients des grands chagrins d'amour. Et pour elle nous servons la littérature.

Emma, âme damnée ? Non ! Jésus, qui reçoit d'Emma mourant un baiser excessif, ne peut qu'intercéder pour que, femme adultère et suicidée, elle n'aille pas en enfer. Il la connaît : elle est de ces âmes pures qui gardent leur innocence dans les conduites les plus irrégulières. À Emma il est beaucoup pardonné parce qu'elle a beaucoup aimé.

Quand, sur son lit de longue agonie, Emma pousse son dernier soupir, pour son roman c'est à peu près fini, elle n'existe plus. À qui rend-elle son âme ? Pas seulement à Jésus, dont elle vient de baiser l'effigie d'ivoire. Emma rend son âme à la littérature. La littérature est un ciel immense plein d'étoiles vives ou éteintes, plein de planètes coureuses. La planète Emma, dans le ciel des Belles lettres, tourne autour de l'amour, qui est plus fort que le Soleil même. Et la lecture commence immédiatement à faire de son nom, de son image, de son histoire moche, une sidérurgie. C'est le fer de cet astre brûlant que nous battons en tapant depuis pas mal de temps sur le clavier de notre micro-ordinateur.

Nous ne sommes pas Balzac qui conseillait à Stendhal de restructurer *La Chartreuse de Parme*, et nous n'aurions pas demandé à Flaubert de refaire la mort d'Emma. Le récit de la mort d'Emma, qui est atroce, affreuse, âpre à en vomir, nous peinons à penser qu'il illustre l'idée de Poe selon laquelle « *the death of a beautiful woman is, unquestionably, the most poetical topic in the world* ». Aussi, dans notre for intérieur, faisons-nous mourir Emma d'une ingestion de cyanure de potassium, en une espèce d'euthanasie pareille à la fin, vraiment poétique, donnée par Stendhal à Julien Sorel en éliminant les détails de sa décapitation sur l'échafaud : jamais la tête de Julien ne fut plus belle que ce jour-là. Emma a volé la capsule dans le bazar d'Homais. Elle la croque et tout son être tremble. Son corps tombe dans les bras de Justin. Il y a de la bave bleue et des bulles au bord de ses lèvres. Justin l'essuie en pleurant doucement. Pauvre petit, pour qui l'histoire de son amour n'aura été que belles dentelles et arsenic, ou prussiate foudroyant. Il baise la bouche de la belle Mme Bovary. En l'embrassant il boit son âme.

Alors, alors seulement, Emma est un corps sans âme, une argile abattue, sans volonté, sans résolution. Emma ne respire plus, sinon la santé (elle n'a pas toujours été bien portante), du moins le désir d'intensité qui la caractérise. Réduite à l'état de cadavre, on la regarde avec une infinie tristesse parce que ses *aspirations* sont définitivement *rendues*. À la chute d'Emma dans le néant, nous nous interrogeons une fois encore sur ce que serait le bovarysme. Et une fois encore cette tournure d'esprit, cette manière d'être et de vivre ne nous mettent pas sur nos gardes. Madame Bovary, c'est nous.

## 49. Le beau séant d'Emma.

Nous suivrons le père Corrigan confessant Molly et lui demandant où exactement on l'avait touchée par-derrière – était-ce assez haut, ma fille, était-ce où vous vous asseyez ? – et Molly de maugréer *Couldn't he say bottom right out*, à bon droit peut-être. Donc le *bottom* d'Emma. Pourtant nous l'appellerons son beau séant. Un mot plus rude est impossible.

Le beau séant d'Emma ne se jette pas aux oubliettes. Car il compte. Nous devons en faire état. Certains grands livres sont aussi, et quelquefois en force, des histoires de séant. Nous pensons tout de suite à *Ulysse*, le livre que nous aimons le plus après *Madame Bovary*. Comme nous, vous avez lu dans la Pléiade cette note d'André Topia : « Phillip Herring a observé que, si l'on regarde une carte de Dublin avec, sur la périphérie, les lignes courbes des canaux qui entourent la ville et, au centre, le conduit de la Liffey qui commence à s'évaser à l'est en direction de son estuaire, l'ensemble peut suggérer un postérieur féminin » ; et Joyce, sensible à tout symbole, a fait des pérégrinations de Bloom dans le cosmos urbain une quête de soi et d'autrui, notamment des femmes, sous l'espèce du sexe. Pour sa part, Gilles Henry a jugé que le plan d'Yonville dessiné par Flaubert peut évoquer « un ventre prolongé par deux appendices ».

Il ne nous en faut pas plus, et au juste nous n'avions pas besoin de ça, pour étudier Emma en l'approchant autrement que de face : ainsi, pour admirer *La Danaïde* de Rodin, nous voulons plus que des reproductions valorisant sa chevelure fluviale ou son amphorique bassin, et nous allons tourner autour du marbre même, pour que ne nous reste pas celé de son râble cambré l'anneau cyclopéen, ciselé à l'authentique en respect du réel que d'autres ne sauraient voir. C'est pourquoi, aussi légitimement qu'existe une *Sonate percussion pour un joli cul* (fictive peut-être puisque nous ne la connaissons que jouée par Nicholas Romney dans *L'Embrassée* de W. M. Spackman), nous créons pour Emma tout de suite avec des mots une cantate mentalement baroque et fondamentalement flamboyante, profane comme celle *du café* que nous offrîmes à Éva pour la sortir un peu des Passions et des Messes de Bach. Si nous savions photographier, nous nous inspirerions des croupes dont le lustre fut pris – épreuves aux sels d'argent – par Raoul Hausmann sur du lin ou sur du sable, sur un lit ou sur une plage. Si nous savions peindre, nous suivrions l'exemple de Hugh Tatmann dont W. M. Spackman nous apprend, dans *L'Ombre d'une présence*, qu'à Florence il fixait sur ses toiles la forme de ses amies philadelphiennes, sa conviction étant que « rien ne vaut la lumière toscane pour valoriser les contours d'un joli postérieur ». Mais nous ne savons être sur le motif qu'avec des effets de langue, osés ou stricts qu'importe, pourvu qu'ils habillent bien. Nous nous attaquons à une forte partie : elle est jouable à condition d'avoir du moka dans la tasse, et de le boire brûlant.

Le beau séant d'Emma : c'est fou comme il nous trouble (nous ne sommes pas un clerc de Dieu comme Eustorg de Beaulieu, lequel pourtant ne blasonna pas seulement la joue…). Flaubert le nomme directement dans les brouillons : « Montrer nettement le geste de Rodolphe qui lui prend le cul d'une main et la taille de l'autre. » Mais saisissons cette référence pour retailler une philippique à Rodolphe. Il croit être un crack de la saillie expéditive. En ce chapitre il croit en savoir un bout, d'une compétence reptilienne et sûre. Des femmes il croit connaître spécialement tout.

Croyances crues qui rien ne creusent. Ce spécialiste n'a pas la sarisse sagace. Il ignore que la *phallange* d'un plouc ne perce pas le secret d'une personne comme Emma, qu'on peut occuper, mais qu'on ne cerne ni ne comble. Échappe à cet ébranleur bref, dont la devise pourrait être *less is more*, que l'art d'aimer veut pour la caresse un refus de conclure en deux temps et trois coups de boutoir, la chair étant comme une phrase qui, polie cent fois et repolie sans cesse, monte en puissance jusqu'à maturité. Avec ce Viking pignouf, la psychologie des profondeurs n'explora pas les rêves d'Emma, seulement le cul-de-sac de son vagin. Rodolphe Boulanger, brise-mottes culotte de peau, nos mots sont de colère contre vos mœurs, non de mépris. D'autres amants, meilleurs que vous, commettent des solécismes d'intuition, de respect, de tendresse. Mais de nos fautes nous devrions avoir conscience, pour nous amender, quand il n'est pas trop tard.

Voyeur des choses bouleversantes, nous épions l'aura des grandes œuvres et des œuvrettes. Le beau séant d'Emma, qui d'Emma n'est pas le tout, est bon comme il est vrai. Il ferait mieux et plus que de remplir la main d'un gentilhomme, d'un officier de santé, d'un médecin laboureur, ou d'un bibliothécaire érotologue. Ne lui messiéraient pas les épithètes appliquées aux seins euphoriques (opulent, plantureux, provocant), ou aux courges coucourdes qui sont fruits à côtes bien marquées. Baudelaire chante une femme de riche encolure. Riche est le séant de Mme Bovary. Ce qui nous en convainc ? Le passage vitupéré par Pinard, où Flaubert dit l'admiration clandestine de Justin pour les sous-vêtements d'Emma, notamment pour ses «pantalons à coulisse, vastes de hanches et qui se rétrécissaient par le bas». Des hanches vastes ont pour corollaire un beau séant cossu.

Votre beau séant, Emma, nous enfle la narine comme la fève tonka dont on extrait la coumarine, essence qui sent si bon. Il mérite de recevoir des poulets ou des madrigaux tournés dans la manière des lettres que vous écriviez à Rodolphe, analogues à « ces salades d'Espagne, où on voit flotter dans l'huile blonde des fruits et des légumes, des quartiers de bouc et des tranches de cédrat » (édition Pommier-Leleu, p. 383, ligne 31).

Le beau séant d'Emma, entre oméga et omicron, est pour nous une cause d'inspiration. Il ferait la pyge au format du derrière conféré par Courbet à la femme de *La Source*. Nous avions fait de chic un développement vitaminé pour le célébrer d'abondance. Les comparaisons étaient nos vitamines. Le beau séant d'Emma y était prenant comme…, blanc comme…, fendu comme…, profond comme…, vertigineux comme…, attirant comme…, gourmand comme…, efficace comme…, dodu comme…, vice-consulaire comme…, pop et déluré comme…, clignotant comme…, haut comme…, hospitalier comme…, etc. À l'épreuve de la voix vive, intelligible mais presque basse – nous avons renoncé au gueuloir qui nous enroue –, la pléthore nous sauta aux oreilles, et nous nous sommes souvenu de la hargne avec laquelle Flaubert exterminait les images qui charançonnaient les premières moutures de ses rédactions (lettre à Louise Colet du 27 décembre 1852 : « Ma Bovary va aller ; mais je suis dévoré de comparaisons, comme on l'est de poux, et je ne passe mon temps qu'à les écraser ; mes phrases grouillent »). Nous avons suivi la leçon de Celui-qui-sait-écrire. Non seulement nous avons récusé le *comm*ique genre qui trop nous agréait, mais nous avons réduit en cendre la tirade que sur le beau séant d'Emma nous avions limée en nous faisant un sang d'encre dans les affres du style (toujours l'exemple venait du maître ; lettre à Bouilhet du 6 juin 1855 : « Il m'arrive de supprimer des phrases qui m'ont demandé des journées entières. Tu vois si je suis héroïque »). Notre héroïsme sacrificateur est estimable si l'on songe au maintien une fois confessé par sainte Thérèse de Lisieux : « Je suis tout étonnée de ce que je viens d'écrire, car je n'en avais pas l'intention, mais puisque c'est écrit, il faut que ça reste » ; or il ne subsiste rien des choses succulentes que nous avait dictées le beau séant d'Emma.

Amis d'Emma, vous ignorerez nos phrases folles cultivant cet objet, et nouées en chapelets par notre tête emmaladie (mais il est des absences qui brillent et valent un être-là).

## 50. **Cigare, médium d'ivresse subtile.**

Sur cette définition barthésienne du cigare, ouvrir un dossier. Car fume dans le roman le cigare de Rodolphe. Mais discrète en est la fumée si l'on pense à un auteur qui admirait Flaubert. Faudrait-il en effet mentionner un seul livre où des cigares paraissent, ce serait *Leçon de choses* de Claude Simon. Le cigare du soldat nommé le tireur y est décrit sans estompage : « Le tireur aspire de lentes bouffées du cigare à l'extrémité maladroitement déchiquetée, mouillée de salive, gluante et marron foncé. » Cette phrase fut soulignée par Éva qui avait lu le roman avant nous (elle nous le conseilla, et nous suivions ses recommandations). Elle avait aussi coché le cigare que tète après l'amour l'homme auquel a fini par céder, commettant ainsi un adultère, la jeune femme mariée à un certain Charles. Cette affaire est décrite sporadiquement par Simon dans un patchwork assemblé avec la technique du chapitre des comices où Rodolphe commence à entamer Emma. Comme les deux liaisons, chez Flaubert et chez Claude Simon, se nouent avant la pilule contraceptive, l'héroïne de Simon a une crainte qui ne traverse jamais Emma : celle de tomber enceinte. Pour ne pas la mettre en péril, l'homme à un moment se dévoie : « Il s'est entièrement retiré d'elle et frotte son gland en remontant contre les poils aux boucles collées, de moins en moins touffus dans le sillon entre les fesses. Elle dit violemment non je ne veux pas. Pas comme ça. Il dit quelque chose où elle distingue pas de risque. » Pourtant c'est elle qui réoriente et rengaine l'homme, en le suppliant de faire attention (ça se passe la nuit, contre la barrière d'un pré, et des vaches assistent au train de cette étreinte). Malgré sa promesse l'homme, par la force de la chose, en vient à s'oublier. Alarmée, la femme «essuie son con avec un pan de sa culotte déchirée; elle l'enfonce dans sa vulve; elle sent ses doigts gluants de sperme; elle dit oh mon dieu vous m'aviez promis» (ce réalisme n'effraya pas les jurés du Nobel). Emma, elle, ne se soucie jamais d'une grossesse. Jamais on ne l'entend demander à Rodolphe, ni plus tard à Léon, de faire attention, comme si une fois encore le réalisme flaubertien souffrait un certain nombre d'invraisemblances ou de non-dits.

Ces retenues et discrétions, convenons qu'elles sèment le doute. C'est en partie à cause d'elles que Claude Simon inculpe *Madame Bovary*. L'ayant relu à Salses en 1984, il livra son jugement à Lucien Dallenbach dans une lettre d'avril 1987: «À mon iconoclaste avis, ce n'est pas bon; si Flaubert était né soixante ans plus tard il aurait écrit le monologue intérieur de Molly Bloom. Dommage…» Au style trop surveillé des livres publiés, Simon préfère la prose franche de la correspondance de Flaubert, dont il vante les lignes «assez éblouissantes» que voici (lettre à Ernest Chevalier du 15 avril 1839):

> Achille est à Paris, il passe sa thèse et se meuble. Il va devenir un homme rangé, dès lors il ressemblera à ces polypes fixés sur des rochers. Chaque jour il recevra le soleil du con rouge de sa bien-aimée et le bonheur resplendira sur lui comme le soleil sur la merde.

Pourquoi taire que ce point de vue interroge le peignage fait ici sur nos lignes quand elles nous semblaient, à la relecture, à l'examen de contrôle, trop chargées d'expressions primesautières et incultes. Quoique nous aimions les jardins qui sentent la toison, nous avons soumis ce mémoire d'Emma au rateau de la bienséance. Qui sait si ce n'est pas dommage? Nous avions plus d'odeur avant le nettoyage. N'est-ce pas Bonaparte qui écrivait à Joséphine: Ne te lave pas, j'arrive? Toilettées, nos phrases sont comme le corps d'une femme qui s'est douchée de partout avant d'aller au lit: ce corps est propre, sa propreté n'est pas odieuse, mais aux jeux de l'amour il gagne du ragoût, s'enrichit de sécrétions féroces qui exaltent sa chair. Nous nous sommes peut-être affadi en ôtant à nos premiers jets leur fragrance organique. Comme tout se tient, pourquoi ne pas dire en mode simonien, d'un style qui fume et brouille la vue, que le fruit rouge d'Anathalie-Julie Lormier, auquel en justes noces le docteur Achille donna sa déhiscence au printemps 1839, nous met du sombre dans le cœur parce qu'il nous en rappelle un autre qui nous ouvrait le meilleur accueil quand le soleil du bonheur brillait encore sur nous. Indépassable fruit, juvénile et mûr, addition des talents de Marilyn et de Lolita comme il fut dit de Corinne, l'inoubliable Corinne de *La Route des Flandres* où Blum assène à Georges qu'il a lu trop de livres (raison pourquoi il imagine qu'on peut mourir d'amour, ce qui arrive seulement dans les livres), ce souvenir d'une lecture lointaine (mais attentive et marquante) nous permettant de noter (ce serait pitié de n'en rien faire) qu'elle (Éva, notre Éva) était sur ce point précis moins proche d'Anathalie que de Corinne dont «les lèvres de la fente étaient d'un bistre plus prononcé avant l'endroit où commence la muqueuse comme s'il restait persistait là mal effacé quelque chose de nos ancêtres sauvages primitifs sombres s'étreignant s'accouplant roulant nus violents et brefs dans la poussière les fourrés».

Et maintenant, au cigare de Flaubert. Après la baisade, on a: «Rodolphe, le cigare aux dents, raccommodait avec son canif une des deux brides cassées» (il s'agit du harnachement d'un cheval, non du corset d'Emma). Pourtant même une imagination à peine déréglée peut suggérer que le cigare a joué un rôle un peu plus tôt dans la partie d'amour que Flaubert décrit en donnant après coup, et parfois sur le mode allégorique, des détails qu'il n'eût pas été illogique de placer antérieurement dans le récit.

Par exemple, quand les amants se remettent debout et reprennent leur promenade, Emma entend au-delà du bois « un cri vague et prolongé, une voix qui se traîn[e] » : le lecteur perçoit en ces bruits une allusion aux râles, soupirs et gémissements qu'elle dut pousser en atteignant enfin son pic de volupté.

Même chose peut-être pour le cigare. Il est dans les cordes de Rodolphe d'avoir enseigné à sa maîtresse qu'on en pouvait faire un usage particulier. C'est d'autant plus vraisemblable qu'alors les cuisses d'Emma – moites après la promenade à cheval comme la peau des Havanaises qui roulent le tabaco des *Cohibas* et des *Lusitanias* – apportaient leurs perles de sueur au moulin de sa fantaisie, une faculté qu'il métissait de perversité car il avait connu de nombreuses putains, mais qui tout de même ne se comparait pas à l'âcre ruse osée par Ulysse quand dans l'œil du Cyclope il enfonce un épieu durci au feu.

À notre sudorale supposition, qui n'a pour elle qu'une légère probabilité, s'oppose évidemment la réalité des gouttes de rosée que Charles vit sur les épaules nues d'Emma le jour où il la rencontra dans la cuisine des Bertaux, et où elle lui offrit du curaçao, s'en versa à peine pour sa part, et lécha, garce ingénue jusqu'à un certain point seulement, le fond de son verre à petits coups de langue. Comme nous, gageons-le, vous aimez ce moment et cette scène du roman ; comme nous vous y assistez en compagnie de Flaubert, car Flaubert est sur place, quasiment au contact de la jeune fille moite, intégré au *on* phénoménal de sa phrase que comme nous vous trouvez plus que belle, et que comme nous vous auriez envie de recopier en la *gueulant* rien que pour vous remettre en bouche chacun de ses mots :

Il arriva un jour vers trois heures ; tout le monde était aux champs ; il entra dans la cuisine, mais n'aperçut point d'abord Emma ; les auvents étaient fermés. Par les fentes du bois, le soleil allongeait sur les pavés de grandes raies minces, qui se brisaient à l'angle des meubles et tremblaient au plafond. Des mouches, sur la table, montaient le long des verres qui avaient servi, et bourdonnaient en se noyant au fond, dans le cidre resté. Le jour qui descendait par la cheminée, veloutant la suie de la plaque, bleuissait un peu les cendres froides. Entre la fenêtre et le foyer, Emma cousait ; elle n'avait point de fichu, on voyait sur ses épaules nues de petites gouttes de sueur.

Reprenons le scénario de Flaubert pour ce passage fameux de la reddition d'Emma : « montrer nettement le geste de R. qui lui prend le cul d'une main et la taille de l'autre. […] et elle s'abandonna. – <Rodolphe allume un cigarre> renature bourdonnement des tempes d'Emma ». Du brouillon au texte fini le cigare fait partie de l'affaire. *Post coïtum* l'animal peut se sentir facétieux, et son envie de fumer n'être pas triste. Rodolphe est un chasseur, « braque », « lur*r*on dans toutes les extensions du terme » (et, comme à cigare, Flaubert met deux *r* à luron). Le jeu de vilain que nous lui imputons n'est pas incompatible avec son curriculum.

Emma doit avoir la cagnotte duvetée, moussue, ciliée au mitan de vauchéries moins apolliniennes que bachiques, frayée tout du long d'un rose rire fripon, moustachue si l'on veut. Rien là que de normalement féminin. Mais ne laissons pas filer l'occasion – bonne avec ses crins faciles – de répéter que nous ne supportons pas les quelques traits masculins donnés par Flaubert à son Emma chérie. Qu'elle veuille narguer le monde en se promenant «avec M. Rodolphe», soit; qu'elle le fasse «une cigarette à la bouche», c'est déplaisant. En tout et pour tout ce qui est d'Emma, le «Madame Bovary, c'est moi!» doit être limité. Nous n'aurions rien contre cette équation si elle ne créait aussi une analogie, discrète mais inscrite dans le texte, entre la lèvre supérieure de Gustave passementée d'un poil de druide, et celle d'Emma telle que son portraitiste la décrit dans les jours où elle croit partir bientôt avec Rodolphe en Italie: «Jamais madame Bovary ne fut aussi belle qu'à cette époque; [...] un souffle fort écartait ses narines minces et relevait le coin charnu de ses lèvres qu'ombrageait à la lumière un peu de duvet noir.» Là, nous bronchons. Là, nous reprenons Flaubert. Nous ne voulons pas le soupçon d'un soupçon de duvet noir sur la lèvre d'Emma. Pour nous il est exclu qu'elle ait ce *courage*-là. Et nous ne plaisantons pas quand nous gommons et abrasons de son image ou de son comportement les touches de phallussité que l'auteur omnipotent leur a collées.

Pour mémoire, une note personnelle. Une fois, nous caressâmes le sexe d'Éva avec un bâton de vanille. Étymologiste, elle sourit. Chatouillée à plaisir, elle poussa de petits cris aigus, qui sont encore dans notre oreille. Bravo, la vie! Et malheur aux perdants! Nous prenons conscience, à peine maintenant, que comme Emma Éva ne fut jamais aussi belle qu'avant de nous quitter pour le capitaine. Sa splendeur accrue ne nous alerta pas. Flaubert dit que «cette indéfinissable beauté» d'Emma résulte alors de «l'harmonie du tempérament avec les circonstances». Comment aurions-nous pu imaginer que pour Éva les circonstances portaient le nom d'un gars de la marine? Il est trop tard pour entendre l'avertissement des couplets qui nous sont désormais tout le contraire d'une berceuse: «Quand on est dans les cols bleus / On n'a jamais froid aux yeux / Partout du Chili jusqu'en Chine, / On les r'çoit à bras ouverts, / Les vieux loups d'mer...»

Seul le dernier couplet est moins désespérant : « Les amours d'un col bleu, / Ça n'dur' qu'un jour ou deux. / À pein' le temps d'se plaire / Et de se dire adieu ! »

51. **Justin sous la jupe d'Emma.**

La jupe d'Emma. Il en est question lorsqu'elle fait l'admiration de Léon : « Il admirait les dentelles de sa jupe… Il savourait pour la première fois la délicatesse des élégances féminines. » Mais nous préférons la jupe d'Emma où Justin s'enveloppe. Justin est l'un des quatre ou cinq hommes qui dans le livre sont en rapport d'amour avec Emma. Il est le plus jeune. Justin est Chérubin. Nous avons lu que le mythe de Don Juan intéressait Flaubert lorsqu'il s'apprêtait à créer *Madame Bovary*.

La tête de Justin sous la jupe d'Emma. Cela n'est pas dans le texte définitif, mais nous n'en séparons plus les scénarios d'invention, dont le bouquet souvent nous chatouille les narines. Ainsi du scénario XLV, qui prépare la promenade à cheval : « Rodolphe vient chercher Emma. [Justin resserre la sangle. Sa tête sous la jupe d'Emma.] courses dans les bois. trot, etc. »

La tête de Justin sous la jupe d'Emma. Il respire l'odeur du cheval et le parfum de la jambe d'Emma, de la cuisse d'Emma. Quel enfièvrement ! Justin cache sa tête sous la jupe d'Emma comme un photographe la sienne sous le drap de l'appareil monté sur le trépied. Que voit-il dans la cloche noire, ce lad-scaphandrier abîmé par son exploration mentale ? Il voit ce qu'il peut, aidé par l'ampoule rouge de sa mémoire. Car il se souvient des gravures de *L'Amour conjugal*, dont une lecture clandestine lui enflamma les moelles. *L'Amour conjugal* est le livre d'éducation sexuelle qui tombe de sa poche quand Homais l'attrape et le secoue parce qu'il est allé chercher une bassine à confiture dans le capharnaüm abritant les alcalis caustiques et le bocal bleu de l'arsenic.

Les clichés développés dans cette cervelle juvénile sont-ils hauts en couleur? Justin n'a peut-être pas encore vu une vraie femme nue. Ce qu'il s'imagine des parties mystérieuses d'Emma, nous le devinons. Qu'il nous prête ses fantasmes: nous les lui rendrons au centuple. Et ce sera justice, car Justin n'a pas avec Emma le rapport où Léon se trouvait avec Mme Homais quand il était son locataire (il ne la côtoyait pas comme une femme de chair fendue et de sang régulier). Justin a pu observer les *caractères sexuels secondaires* d'Emma, mais à l'endroit de son clos caché il est réduit à nourrir de fortes présomptions.

Les cuisses d'Emma. Nous sommes tenté d'écrire eMMa, avec au centre de cette graphie, frappé deux fois en majuscule, le M qui dans les vieux alphabets est représenté par des jambes repliées sur des cuisses ouvertes. Un M pour Rodolphe. Emma encore candide écarte son compas et c'est son cœur qui s'écarquille, noir et rouge comme l'A et comme l'I des *Voyelles* de Rimbaud. Le deuxième M est calligraphié par le pinceau de Léon: il n'est peut-être pas tout de suite un foudre d'érotisme, mais – soyons juste – il parvient à procurer à sa maîtresse initiatrice de «véhémentes caresses qui la rendent folle» (tandis que nous évoquons ces étreintes dont Justin ne jouira pas, le diaphragme des yeux de notre imagination est très dilaté).

Les cuisses d'Emma (nous répétons le mot lui-même, parce qu'une périphrase comme celle de Béroalde de Verville, «les remparts et commodités du cachet d'amour», ferait un peu moins clair et beaucoup plus long). Les cuisses d'Emma donc. Flaubert les nomme dans un avant-texte essayé pour décrire le retour de chez la nourrice en compagnie de Léon: «Le frôlement de la robe bruissait un peu entre ses cuisses.» Ce ne serait pas un cauchemar que d'être changé en un lambeau de panne infiltré là, inguinalement, pour s'humecter des moiteurs de la motte qui n'hiberne pas comme une marmotte, et du suint de ce pré qui au doigt du jouir joue son clavecin mal tempéré.

Au sujet de Charles et d'Emma, il y avait eu cette donnée : « Son univers pour lui n'excédait pas le tour de son jupon. »

Jupon : diminutif de jupe. Les médiocres forces de Charles nous projettent vers *L'Éducation sentimentale* où Flaubert dit que pour Frédéric Moreau la jupe de Marie Arnoux était « insoulevable ». Nous nous souvenons que Marie fut l'un des prénoms envisagés par Flaubert, avant qu'il ne s'arrêtât sur Emma. Mme Arnoux s'appelle aussi Angèle. Le saut du dernier don, elle ne l'accomplit pas. Son adultère reste platonique. Emma est d'une autre trempe. Elle embrasse, elle étreint ce qui lui fait envie. Elle se donne. Elle paie de son corps – elle y a le diable – pour entériner son idée romantique de la passion. Elle se mouille. Bat le fer quand il est chaud. Elle ouvre son four à la baguette crue. Première promenade avec Rodolphe, et sans atermoiement l'affaire est dans son sac. Elle a le courage d'un homme. Mais d'un homme, bissons ce couplet-là, nous ne lui voulons rien d'autre. Nous n'aimons pas lire les commentaires portant sur ce qui est viril dans son tempérament ou sa conduite. Nous savons bien qu'il lui arrive de s'habiller en homme. Cette image d'elle nous déplaît. Emma en pantalon. Nous occultons cet épisode. C'est sous une jupe soulevable par l'air d'une bouche de métro ou la main d'un amant que nous la voyons une fois pour toutes.

La motte dont Justin sent les effluves quand il enfourre sa tête sous la jupe d'Emma ne peut pas être glabre. S'il fallait la nommer par une métaphore, nous chercherions un mot apparenté à poil. *Pelouse* nous satisferait. Motte d'Emma, mont-de-Vénus, pompon fendu d'Aphrodite, triangle sacré que – malgré son intérêt pour les mœurs aristocratiques – Emma n'épile pas. Nous avons lu que l'épilation du triangle sacré était à la mode dans la noblesse au moins jusqu'à la Révolution, que les grands et les princes ne consommaient le mariage ou ne recevaient les faveurs d'une maîtresse qu'après le préalable de cette opération. Il est possible que les dames de la Vaubyessard aient restauré cette coutume sous Charles X pour la suivre encore au temps bourgeois de Louis-Philippe. Possible aussi que si, après la valse étourdissante, un cavalier eût réussi à mettre Emma dans son lit, elle aurait entendu un discours héroïcomique du genre : Madame, le store de votre pubis, baissé sur la baie de votre nature comme une paupière ciliée sur un œil endormi, nous gâche le premier plaisir, car il nous navre de ne point voir à cru votre secret conchoïdal ; d'ores et déjà notre rasoir mental a relevé ce store que vous aurez supprimé, de grâce, pour notre prochain conciliabule ; sachez, madame, qu'un vrai seigneur regarde en face le soleil, la mort, et le sexe nu de sa maîtresse. Votre fourré, madame, a beau valoir la zibeline de notre manteau (effectivement Emma apercevra le vicomte en fourrure de zibeline, conduisant à Rouen un tilbury qui manquera l'écraser au sortir d'une porte cochère), vous nous ferez pourtant la grâce de scalper à demi votre ventre buissonneux : il n'en sera que plus ardent, plus riant, plus glorieux.

Mais voilà, notre imagination vomirait l'image d'une Emma privée de son pubis, un bocage normand plus fourni qu'un sous-bois tropical, comme on le suppose d'après la munificence de sa chevelure magdaléenne : celle-ci en effet, libérée du peigne, lui descend « jusqu'aux jarrets en déroulant ses anneaux noirs », ou bien s'éparpille, « trop lourde », au vent de la fenêtre qu'elle ouvre lorsque, « haletante, émue, tout en désir », elle a besoin d'aspirer de l'air froid pour calmer la flamme intime qui la brûle et que l'adultère avive. Cette effusion capillo-pileuse n'est pas une offrande à la sagesse du Christ comme le seraient, selon saint Antonin de Florence, les cheveux éployés de la Madeleine. Même dans les avant-textes Flaubert se tait sur le pubis d'Emma. Mais nous, quand nous y pensons, nous avons envie de lui staccater quelques phrases de la main gauche, tout bonnement parce que sa pelouse a trois côtés comme le jardin de Ravel dont Echenoz dit qu'il était, à Montfort-l'Amaury, «pentu, herbu, bombé comme le triangle d'une fille».

Le *black-out* de Flaubert, nous nous l'expliquons parce qu'il n'a jamais eu l'idée d'une Emma épilée, même s'il l'a conçue au pays de Kuchiuk-Hânem, l'Égyptienne qui peut-être remuait pour lui un ventre défolié : nous fondons l'hypothèse sur le fait que Kuchiuk pouvait préférer les bouches imberbes, elle qui reprochait à Gustave d'être moustachu («ma moustache l'indigne encore ; puisque j'ai une petite bouche je devrais ne pas la cacher») ; néanmoins nous restons prudent, car Flaubert aime les détails tels que «son con me polluait comme avec des bourrelets de velours» ; si l'almée se tondait avec une solution de cet arsenic rouge appelé réalgar, il l'aurait dit, comme il a écrit que de bonne heure lui avait été coupé, ainsi qu'à ses sœurs orientales, «le bouton de la jouissance physique» (lettre à Louise du 27 mars 1853) ; d'ailleurs, velours est de la même branche que velu. Sobrement, disons que le pubis d'Emma est «abondant», d'après l'épithète appliquée à son chignon dans la narration de sa première rencontre avec Charles. Et comme un peu de géométrie discipline l'abondance, faisons-le isocèle, les trois côtés taillés net au rasoir, façon Katarina Egerman telle qu'elle apparaît, jouée par Christine Buchegger ou sa doublure, dans un rêve de son mari Peter, le protagoniste bergmanien de *De la vie des marionnettes*.

Fermons ce chapitre en notant l'injustice de la vie. La seule fois où Justin eut un contact précis et prolongé avec Mme Bovary, il n'en eut pas conscience. Tombé en syncope à la vue du sang tiré par Charles du bras d'un homme amené par Rodolphe, il est secouru par Emma : «Elle se mit à lui retirer sa cravate. Il y avait un nœud aux cordons de la chemise ; elle resta quelques minutes à remuer ses doigts légers dans le cou du jeune garçon ; ensuite elle versa du vinaigre sur son mouchoir de batiste ; elle lui en mouillait les tempes à petits coups et elle soufflait dessus, délicatement. » Si Justin avait pu sentir ces attentions, le frôlement des mains d'Emma, le souffle de l'haleine d'Emma, il serait sûrement resté dans les pommes, et rien n'eût pu l'en faire sortir. Justin mérite toute notre considération. Il l'a. Il l'aura encore. C'est lui qui sauve l'honneur de l'amour dans l'histoire d'Emma. Lui qui monte sur une borne et déchire l'affiche placardée par le garde-champêtre pour crier la vente du mobilier des Bovary. Lui qui, après l'enterrement d'Emma, ne dort pas quand Rodolphe et Léon, apôtres félons, roupillent. Lui qui pleure, agenouillé sur sa tombe, la poitrine brisée par « un regret immense plus doux que la lune et plus insondable que la nuit ».

## 52. **Justin devant le linge d'Emma.**

La lingerie est un *pattern* de l'histoire d'Emma. Pas de Don Juan sans l'épée ; pas de Salomé sans le plateau qui porte la tête du Baptiste ; et pas d'Emma sans les dessous qui la rendent encore plus désirable. Nous avons rencontré une occurrence de ce mythème grâce à Jean Paulhan. Sous la rubrique LES ÉVÉNE-MENTS, dans la *NRF* de janvier 1938, Paulhan donna cette brève : New York. *Madame Bovary* – version Baty – triomphe, et l'on ne voit dans les magasins que volants, capelines et chemises de nuit Bovary (ne pas lire cette version comique).

La seule BD de notre bibliothèque est *Gemma Bovery*. Gemma est un avatar d'Emma sous le crayon de Posy Simmonds. Ses effets et affiquets intimes sont brûlés par Charlie après sa mort. Elle en avait une tapée.

Nous pourrions fournir d'autres illustrations. Mais rien ne vaut la vision de Flaubert. Plaisir de recopier son texte :

> Il y avait des jours où, à peine rentrée, Emma montait dans sa chambre ; et Justin, qui se trouvait là, circulait à pas muets, plus ingénieux à la servir qu'une excellente camériste. Il plaçait les allumettes, le bougeoir, un livre, disposait sa camisole, ouvrait les draps.
>
> – Allons, disait-elle, c'est bien, va-t'en !
>
> Car il restait debout, les mains pendantes et les yeux ouverts, comme enlacé dans les fils innombrables d'une rêverie soudaine.

À quoi rêve le jeune homme ?

À sa place, nous rêverions au corps qui va enfiler la camisole qu'Emma permet qu'on lui prépare.

À sa place, nous rêverions des draps qu'Emma permet d'ouvrir pour elle.

À sa place, nous supplierions Emma, comme nous le voyons faire plus loin dans le roman, de nous prendre chez elle pour être son valet de chambre. Mais déjà nous avions lu que Justin s'empressait d'aider Félicité à tenir le linge d'Emma, qui en changeait tout le temps afin d'accroître le désir de Rodolphe :

> Il considérait avidement toutes ces affaires de femmes étalées autour de lui. [...]
>
> – À quoi cela sert-il ? demandait le jeune garçon en passant sa main sur la crinoline ou les agrafes. [...]
>
> Mais Félicité s'impatientait de le voir tourner ainsi autour d'elle. [...]
>
> – Laisse-moi tranquille ! disait-elle en déplaçant son pot d'empois. Va-t'en plutôt piler des amandes ; tu es toujours à fourrager du côté des femmes ; attends pour te mêler de ça, méchant mioche, que tu aies de la barbe au menton.
>
> – Allons, ne vous fâchez pas, je m'en vais vous *faire ses bottines.*
>
> Et aussitôt, il atteignait sur le chambranle les chaussures d'Emma, tout empâtées de crotte – la crotte des rendez-vous – qui se détachait en poudre sous ses doigts, et qu'il regardait monter doucement dans un rayon de soleil.

En cette circonstance, Justin est comme le jeune précepteur roturier de la maison d'Étange devant l'armoire de sa noble écolière. Le cœur nous restitue la mémoire de ce que Saint-Preux écrit, enivré par le parfum du séjour charmant où il s'est glissé sans être aperçu. Me voici dans ton cabinet, me voici dans le sanctuaire de tout ce que mon cœur adore. Ô Julie! Toutes les parties de ton habillement présentent à mon imagination celles de toi qu'elles recèlent. Cet heureux fichu… Ce déshabillé élégant… Ces mules mignonnes… Ce corset si délié avec au-devant deux légers contours… Ô spectacle de volupté! la baleine a cédé à la force de l'impression… empreintes délicieuses, que je vous baise mille fois!…

Justin, c'est nous. Dommage qu'Emma ne soit pas son initiatrice. Dommage que ce soit Léon, et non Justin, qui vive la scène où Emma laisse tomber d'un coup tous ses vêtements avant de se jeter sur la poitrine du joli monsieur. Caresser du regard le cratère de choses mousseuses qui se forme près du lit. Lingerie féminine en 1840. Corset, sûrement (Flaubert en parle, qu'Emma le délace elle-même, ou qu'elle demande de l'aide à la mère Rolet). Culotte? Les femmes en portaient-elles à cette époque? Pantalons. Mettons tout de même une culotte à Emma, et tant pis pour l'anacoluthe de chronologie. Ô Emma, que vous avez une belle culotte! C'est pour mieux vous aimer, mon enfant.

À la place de Justin nous aurions volé un string d'Emma comme Chérubin dérobe le ruban de la comtesse Almaviva. Et nous refuserions de le rendre. Cette pièce eût-elle été ornée d'un jour figurant un myosotis, la prétintaille ravirait encore nos yeux fous, et le simple butin acquerrait la dignité d'une relique. Une relique que nous n'avons pas : la culotte *Carte du Tendre* que nous avions offerte à Éva, et qu'elle osa emporter quand elle s'en est allée courir le gueux, le vagabond des mers, le va-nu-pieds des ponts nettoyés au faubert, bref le capitaine pirate, Surcouf des alcôves, écumeur de malins plaisirs de Saint-Malo à Pernambouc. C'était un article élégant, culturel, résistant au lavage. Les noms des villages y étaient imprimés lisiblement, *Empressement*, *Petits soins*, *Assiduité*, *Tendresse*, *Obéissance*, jusqu'à *Mer dangereuse*.

*Non so più cosa faccio.* Nous sommes comme Chérubin qui ne sait plus ce qu'il est, ce qu'il fait, ou plutôt qui ne sait pas clairement ce qu'il a envie de faire *à* la comtesse, ou *avec* elle. Il est dans un état de corps et d'âme proche de celui que J. M. Coetzee, dans *Vers l'âge d'homme*, définit sans ambages lorsqu'il évoque, parlant de lui à la troisième personne, le moment de son adolescence où il lisait *Madame Bovary* : « Il voudrait bien coucher avec Emma et entendre le sifflement de la fameuse ceinture quand elle se déshabille. » Mais Justin-Chérubin aurait-il alors la force et le *métier* pour révéler Emma à elle-même, comme Rodolphe est le premier à le faire ? Coetzee, dans un autre passage de son autobiographie, a des remarques bonnes pour nourrir une réflexion sur la sexualité des femmes comme des hommes :

> Les filles [de son université] se donnaient aux hommes qui leur promettaient de les mener au plus sombre d'elles-mêmes. Les hommes qui manquaient à les emmener jusque-là, elles n'en avaient que faire. [...] Il aurait aimé se retrouver au lit avec certaines d'entre elles. [...] Ce n'est, après tout, qu'en menant une femme au plus noir d'elle-même qu'un homme pourrait arriver jusqu'au plus noir de lui-même – mais il avait trop peur. [...] Donc il se débrouillait tant bien que mal avec d'autres filles, des filles qui n'étaient pas encore des femmes et qui ne le seraient peut-être jamais, car il n'y avait en elles aucun noyau de nuit.

Il y a en Emma un noyau de nuit. Non Charles, mais Rodolphe l'aide ou la pousse à plonger dans ses propres ténèbres, à enrichir son ventre, à réussir de son uranium, peut-être pour le pire de sa destinée, la fission la plus noire, la plus souterraine.

### 53. **En sautoir, nouvelle vague de commentaires.**

Jean-Luc Godard évoque Emma dans ses *Histoire(s) du Cinéma*: «Il faut se souvenir que le XIX<sup>e</sup> siècle qui a inventé toutes les techniques a inventé aussi la bêtise et que Madame Bovary avant de devenir une cassette porno a grandi avec le télégraphe.» Ce propos, qui appellerait des observations, nous apprit, que nous ignorions, l'avatar scabreux d'Emma. Ensuite nous avons lu des études comportant une filmographie. Il faudrait, par pur souci d'accroître nos compétences, que nous voyions *Les Folles Nuits de la Bovary (Die Nackte Bovary)* de Hans Schott, tourné en 1969 avec Edwige Fenech dans le rôle d'Emma. Nous n'avons jamais vu non plus cette comédienne dans l'exercice de son métier, pas même quand la Cinémathèque française donna un festival de «sexy comédies» italiennes, parmi lesquelles *La Dottoressa del ditretto militare* «avec la ravissante Edwige Fenech», comme l'avait annoncé la presse en promouvant la séance intitulée *Latin lovers et gros bonnets*.

Cette expression de gros bonnets se rencontre dans un scénario emmao-flaubertien: Emma a été «élevée au couvent d'Ernemont avec les filles des gros bonnets» – et celles-ci, bien nourries, ne devaient pas offrir le profil effacé qu'ont les œufs sur le plat. Hypothèse qui pourrait être cachée sous le cache d'un caviardage, soit dit maladroitement afin de rappeler que Flaubert lui-même a laissé dans *Madame Bovary* diverses gaucheries («cette lettre cachetée d'un cachet de cire bleue», etc.).

Autre observation: un dictionnaire de cinéma nous dit

qu'Edwige Fenech est née le 24 décembre 1948 à Bône, en Algérie (détail facile à retenir pour nous qui sommes aussi né à Bône, puis retourné dans cette ville avec Éva après la guerre d'Algérie). Edwige savait-elle, en incarnant Emma, que Flaubert passa à Bône quatre-vingt-dix ans avant sa naissance, en 1858, lors de son périple vers Carthage? Toujours selon le dictionnaire, cette femme chaleurique a investi *sua avvenente bellezza solare* dans de nombreux films grivois ou pornographiques. Mais peut-on *s'investir* en se *dévêtant* jusqu'au dernier fil? Non, *stricto sensu*. Oui, si s'investir c'est mettre à l'ouvrage tout son cœur, c'est-à-dire en l'occurrence toute son académie. C'est pure coïncidence si, dans ses notes de voyage, Flaubert agrémente son passage à Bône d'une historiette peu catholique. Il a visité Hippone, «mamelon vert dans une vallée entre deux montagnes», et l'église Saint-Augustin bâtie sur le piton-téton, puis il a regagné le port pour aller à Tunis:

> Je passe la nuit à causer avec le commandant. Anecdote: dans la Polynésie, toutes les femmes, lorsqu'elles sont vieilles, se font . . . . . par des chiens; elles poussent des cris affreux quand on en tue un.

Edwige Fenech ne se serait pas effarouchée de cette coutume. Consultée, elle nous aurait aidé à déchiffrer les cinq points de suspension remplaçant les lettres du verbe censuré dans l'édition dont nous disposons (elle fut établie par René Dumesnil en 1948, juste l'année où naquit, divine enfant et future actriX internationale, la *dificilmente olvidable* Edwige). Femme X, Emma l'est au sens des couturiers qui par cette indexation désignent leurs clientes à taille fine. À ce titre Emma nous plaît, alors que bâtie en V (carrée d'épaules) elle n'aurait pas fixé notre attention.

Mais sur l'X il y a mieux à dire. *X*, chiffre de l'énigmatique: le livre entier de Flaubert prospère sur cette algèbre. J.-B. Pontalis a pointé chez Emma l'absence «d'un noyau compact ou de ce simple principe de liaison qui assure l'unité d'un comportement et qu'on nomme caractère». Emma est d'un pays, d'un milieu, d'une époque. Mais qui cartographiera la province brumeuse où son âme se débat? Pontalis y insiste, dans *Madame Bovary* la présence du psychologique est diffuse: «À s'interdire de la localiser, on gagne du moins de ne pas y chercher seulement les tribulations d'une jeune femme mal mariée ni même l'odyssée d'une femme éprise d'impossible plénitude.» Difficilement oubliable, Emma serait-elle une femme *sans caractère*, comme Ulrich est un homme *sans qualités*?

## 54. Les aisselles d'Emma.

Nous devons en parler, nous qui obtenions d'Éva qu'elle ne rase pas les siennes. Nous nagions dans l'euphorie quand nos narines en savouraient les gouttelettes salées. Qu'elle s'agite en paix, à sa guise, désormais, cette personne humide et pardonnable. Qu'elle gigote en sueur sous l'égide du bouc marin qui la protège et la malaxe. D'ailleurs c'est peut-être à nous de lui demander pardon pour l'avoir aimée mal, pardon de ne pas avoir su faire de chaque jour nouveau un premier jour d'amour, un jour de commencement, indemne de toute habitude. Nous n'avons plus d'élan pour insulter Éva. Nous l'avons diffamée trop souvent pour qu'il n'en soit pas resté quelque chose. Le résultat est que l'idée que nous avons d'elle, de sa beauté, de son intelligence, de sa vaste culture, nous asservit moins. Peut-être est-ce l'effet de cette loi mentionnée par Flaubert sur la relation modifiée entre Emma et Léon : « Le dénigrement de ceux que nous aimons toujours nous en détache quelque peu. Il ne faut pas toucher aux idoles : la dorure en reste aux mains. » Subsiste l'indécision pour trancher si dans cette sentence l'adverbe toujours détermine *nous aimons*, ou *nous en détache*. T'aimons-nous toujours, Éva ? Toujours, mais moins peut-être ? Moins, et de moins en moins ?

Les aisselles, donc. Certains en sont troublés. Nous ombrerons mieux le portrait d'Emma en fignolant une page sur ses accroche-cœurs axillaires. Flaubert nous le permet. Au château de la Vaubyessard, en même temps que les dames, Emma monte dans sa chambre s'apprêter pour le bal. «Emma fit sa toilette avec la conscience méticuleuse d'une actrice à son début.»

Cette phrase ne vaut pas celle de la copie, malheureusement rayée : «Emma se lava les bras jusqu'aux aisselles.» Il y avait là un sauf-conduit pour imaginer notre petite femme en ses poils, avec ses dessous de bras odoriférants, et les perles de sa sueur plus précieuses à notre goût que les bijoux des châtelaines. Ces aisselles ne sont pas essartées (félicitations à Bergman qui s'attarde longtemps, dans *La Nuit des forains*, sur le gousset herbu d'Anna-Harriet Andersson lorsqu'elle est sur le dos après avoir été vaincue au bras de fer par Frans, son bref amant bellâtre). Le cresson d'Emma nous piège par ses entêtantes senteurs. Oh, les émanations de son corps exquis, les auréoles qui se font à sa robe de barège pendant les voltes de la valse! (Et comme ils sont imparables les tours de la mémoire involontaire : nous reviennent à l'instant les toisons contiguës aux seins de la fermière qui, espèce de Sarraghina, nous accueillait sur la paille de son grenier quand nous bossions pour son mari pendant l'août des grandes vacances. Éva n'a jamais su ce batifolage du temps où nous avions l'âge de Justin.)

Aisselles d'Emma. Houppes vivaces qui ont la force couvrante des cannabinacées les plus volubiles. Il ne leur faut pas de diminutifs, tels que houppette ou aigrette. Quoiqu'elle ne soit pas vaste comme les forêts du Nord qui couvraient de ténèbre l'Europe du haut Moyen Âge, et que pour la couper il ne faille pas l'héroïsme de Gilgamesh aux prises avec la montagne des Cèdres, la pilosité d'Emma brille par sa présence. Aux avant-postes des aisselles, avant le *check-point* du ventre touffu, la nuit de ce poil profond séduirait la conscience d'un honnête homme. Surtout si l'honnête homme est bovaryste. S'il est en bisbille avec le réel. Si, comme nous, il est un animal trop métaphorisant. Emmanuel Carrère s'est moqué de cette engeance. Un de ses personnages affirme qu'étant devant une aisselle il pense à cette aisselle sans lui superposer l'image de sa grande sœur pubienne, et que le bon usage du monde n'est pas de s'engager «dans un système de correspondances ineffables qui conduit vite au romantisme, du romantisme au bovarysme et de là à un déni généralisé du réel». Mais qu'est-ce que le réel, sinon une idiotie? Ainsi sommes-nous sans égal pour donner à Emma ce qui est à Éva, en sorte qu'avec Emma nous ne sommes plus au pays du roman.

## 55. Les lettres d'amour.

Emma en a écrit librement, quand certaines femmes s'y forcent pour se prouver que leurs réticences viennent de l'éducation et non de la nature. Flaubert, qui admirait Gœthe, a peut-être lu le *Voyage en Italie*, et plaint la jeune Milanaise qui disait au poète : « On ne nous apprend pas à écrire de peur que la plume ne nous serve à écrire des lettres d'amour. »

Emma sait lire et écrire. Elle écrit des lettres à ses amants. « En écrivant, elle percevait un autre homme, un fantôme fait de ses plus ardents souvenirs, de ses lectures les plus belles, de ses convoitises les plus fortes. » Fantôme, fantasmes. Nous imaginons Emma écrivant nue, le derrière posé sur le tabouret de son piano qu'elle utilise de préférence à une chaise, pour mieux chanter ses exaltations. Nous imaginons sur sa table un vase contenant des marjolaines, parce que, dans l'édition de *Madame Bovary* publiée aux éditions de l'Imprimerie nationale, dans la collection « Salamandre », une note de Pierre-Marc de Biasi sur *Compagnons de la marjolaine*, la chanson qu'à Tostes Emma entend lorsque les mareyeurs passent sous sa fenêtre, précise que la marjolaine serait une plante aphrodisiaque. Nous voyons Emma de dos, comme est montrée la belle Ingeborga Dapkounaite, toute nue pareillement lorsque, dans *Katia Ismaïlova* de Todorovski, elle tape à la machine, posée sur le cannage d'un siège à vis (de ce film on a dit que Katia, mariée à un homme falot, rappelle notre héroïne).

Dommage que Flaubert ne nous ait pas donné un échantillon de la prose amoureuse d'Emma : son art épistolaire nous aurait surpris.

## 56. **Marie-Antoinette.**

Il est question d'elle dans *Madame Bovary*. Épisode fameux du bal au château de la Vaubyessard – où il n'échappe pas à Emma que les dames ont la taille moins belle que la sienne. C'est l'heure du dîner : « Au haut bout de la table […] un vieillard mangeait. […] C'était le […] duc de Laverdière […] qui avait été, disait-on, l'amant de Marie-Antoinette. » Qu'est-ce que Flaubert n'avait pas écrit là ! Dans son réquisitoire, Pinard se saisit de ces trois lignes et monta sur ses chevaux, grands mais hongres, pour défendre la mémoire de la reine insultée par un auteur qui décidément massacrait tout ce qui est sacré, le mariage aussi bien que l'image de la reine martyre. La reine se laissait crocheter la serrure par d'autres clés que celle de son petit Louis ? Le procureur s'indigna qu'on pût relancer cette fable : « L'histoire a pu autoriser des soupçons, mais non le droit de les ériger en certitude. […] Et quand Marie-Antoinette est morte avec la dignité d'une souveraine et le calme d'une chrétienne, ce sang versé pourrait effacer des fautes, et à plus forte raison des soupçons. »

Maître Pinard est désormais notre prévenu. Ce faux cul écrivait des poèmes lubriques ; qui sait si un inspecteur de la mondaine n'a pas signé sur lui des rapports saignants ? On parierait qu'il n'aurait pas fermé les yeux s'il avait eu la riche édition de *Madame Bovary* publiée par Gérard Gingembre, avec une gravure représentant Marie-Antoinette dans un boudoir, nue sur un divan, le ventre disponible, les seins tendus vers les caresses d'un amant qui n'a pas la retenue de Joseph devant la femme de Putiphar, la biblique Putiphar qu'Emma voit chez Guillaumin, peinte par

Henri-Frédéric Schopin, le frère du musicien. Seins figurés sans entorse à la vérité, conformes à leur majestueux volume – mais sur le sein d'Emma aussi, le droit comme le gauche, on eût pu mouler une tasse où boire le ratafia et le calva, plus forts que la mort, des fantasmes virils immémoriaux.

Satané Tartufe que ce Pinard! On lui souhaite d'avoir non seulement écrit des vers pornographiques, mais de les avoir tirés d'une expérience vécue avec une fille aimée. Merejkovski regrettait que Joseph eût fui la Putiphar au lieu de se précipiter sur elle à la vitesse d'un accipitre qui fond sur une agnelle, le sexe étant «l'unique contact de notre chair et de notre sang avec l'au-delà» (théorème que parfois nous ne nions pas: dans *Mon Pouchkine*, Marina Tsvetaeva – Éva nourrissait pour elle une passion – dit qu'elle sent quelque chose de sacré dans le mot ventre; ce sentiment fut aussi le nôtre, et plus encore dans la chose vivante qu'est le ventre de notre bien-aimée, dans cette chose entière, depuis son haut jusqu'à son bas, lequel nous prenait comme une mer tantôt noire, tantôt rouge, et morte désormais).

Nous éprouvons tout de même un sentiment qui n'aurait pas navré Pinard. C'est notre pitié pour ces belles femmes que la guillotine coupa en deux morceaux, Marie-Antoinette la boulangère aux brioches royalement gonflées, ou son adversaire, la girondine Manon Roland qui, écrivant ses mémoires avant de mourir, s'y rappelait son charme personnel et charnel, sa «jambe bien faite» ou sa «poitrine large, superbement meublée».

Ordre moral, qu'ils sont grands les forfaits commis en ton nom! Tudieu et foutre, ô père Pinard, vous eussiez dû publier sans manteau cent livres libertins au lieu d'être le sbire appointé pour décapiter les fleurs de grand langage cultivées par les petits voyous Flaubert Gustave et Baudelaire Charles.

*N. B.* Nous venons de nommer Guillaumin. Ce notaire vorace dépannerait Emma si… Il nous dégoûte. Il nous donne des envies de noblesse. Si, plutôt que Guillaumin, c'eût été nous qu'Emma fût venue solliciter pour empêcher la saisie de ses meubles, nous lui aurions offert notre fortune contre rien, ou trois fois rien, seulement un bout d'étoffe taillé dans le bas de sa chemise. Nous aurions respiré à fond le carré de soie, avant de le serrer dans la poche intérieure gauche de notre robe de chambre. Puis, à la visiteuse bouleversée, aux abois à cause de ce chacal de Lheureux, nous aurions glissé une enveloppe grosse de toutes nos économies : ainsi nous l'aurions sauvée de la mort, assez magnanime pour n'être pas tenté de lui dire à l'oreille autre chose que : Vous verrez, chère Emma, tout finira par s'arranger, demain de nouveau vous serez heureuse. Avec notre petit secours, Emma ne se serait pas tuée. Et peut-être que ne se serait pas non plus suicidée, elle aussi à l'arsenic, Eleanor Marx Aveling, la fille de Karl Marx, à qui l'on doit la première publication d'une traduction anglaise de *Madame Bovary*.

## 57. Flaubert c'est elle (Éva).

La tribu des mal-mariées a une reine, que nous venons de citer à notre barre : Marie-Antoinette. Au moins l'*Autrichienne* a-t-elle eu, prêté à elle par la fantaisie de Flaubert, un amant magnifique. On a vu qu'Emma le rencontre à la Vaubyessard. Mais alors, le duc de Laverdière n'est plus qu'un vieillard dégoûtant. Or, non seulement Emma le regarde sans répugnance, mais elle ne peut le quitter des yeux :

> Un vieillard mangeait, laissant tomber de sa bouche des gouttes de sauce. Il avait les yeux éraillés et portait une petite queue enroulée d'un ruban noir. C'était le beau-père du marquis, le vieux duc de Laverdière […] qui avait été, disait-on, l'amant de la reine Marie-Antoinette. […] Il avait mené une vie bruyante de débauches, pleine de duels, de paris, de femmes enlevées, avait dévoré sa fortune et effrayé toute sa famille. […] Les yeux d'Emma revenaient d'eux-mêmes sur ce vieil homme à lèvres pendantes, comme sur quelque chose d'extraordinaire et d'auguste. Il avait vécu à la Cour et couché dans le lit des reines !

Emma, vous êtes une historienne. Et vous, Pinard Ernest Pierre Picrato-pornographe et enfin ministre de l'Intérieur (sacré flicard, que saint Ignace prie pour vous), vous eussiez pu ne pas récriminer contre cette page, mais comprendre le regard d'Emma sur le duc décati, et lui en savoir gré comme Allan Bloom, qui est pourtant un *attorney* sévère de l'empire littéraire : où d'autres ne verraient qu'un infirme rebutant, Emma voit l'Ancien Régime tout entier. Et, dit Bloom dans *L'Âme désarmée*, c'est sa vision qui est plus vraie, car il y eut réellement jadis un Ancien Régime et, sous ce régime, des amants magnifiques : « Le présent, ramené à lui-même, ne peut rien nous apprendre sans l'aspiration qui fait que nous ne nous en contentons pas. »

Si Éva ne s'était pas esbignée des vignes de son seigneur et (si peu) maître, nous lui aurions signalé le jugement que votre regard, chère Emma, inspire à Allan Bloom ; peut-être l'aurait-elle proposé en sujet de dissertation à ses hypokhâgneuses. L'intelligence ni la culture n'auraient été insuffisantes dans les meilleures copies, mais le corrigé du professeur aurait possédé comme à l'accoutumée le brillant qui distingue les caciques. La réalité, c'est qu'Éva n'est plus là. Notre présent ne nous satisfait pas, puisque l'amour s'est enfui loin de nous. Hors lui, quoi ? L'amour, le nécessaire amour. L'amour pieux pour une femme rare. De la race des caciques, venons-nous de dire. Éva est sûrement un bon, voire un grand professeur. Des trois tiroirs de sa commode abandonnée, notre manie était de visiter parfois celui du haut, et de glisser notre main entre les houles de sa lingerie fine, surmulet palpant les goémons blancs ou noirs de ses combinaisons, bustiers, slips, bas et porte-jarretelles. Nous avons récemment ouvert le dernier où elle rangeait en vrac des livres, des dossiers, des feuillets épars. Une chemise contient des « notes destinées à un portrait de l'artiste en prof de lettres ». Éva s'y enjoint de faire que l'exercice d'expliquer les grands textes ressortisse le moins souvent possible au travail rhétorique qualifié de « *ventosa professio* » par Augustin lorsqu'il s'y adonnait à Milan. Or nous sommes sûr qu'Éva empêche sa profession d'être gonflée de vent : c'est qu'elle possède une capacité d'empathie profonde avec l'auteur qu'elle commente. Nous ne sentons aucune forfanterie dans cette note griffée au dos d'une carte-postale montrant Flaubert photographié par Carjat : « Quand j'explique *Madame Bovary*, Flaubert c'est moi. »

### 58. *Alioquin moriar.*

Nous avons une dent contre Élisabeth Guigou, qui fut un peu célèbre quand elle servait la République. Interrogée sur les femmes qu'elle admirait, la ministre répondit : Anna Karénine, « magnifique » ; Anaïs Nin, « merveilleuse » ; les héroïnes de Tchékhov, « une féminité qui n'a rien de mièvre » – le contraire de Mme Bovary, « cette bêtasse ». Celle qui était garde des Sceaux, en charge de la Justice, devait avoir sur les yeux un bandeau qui lui bouchait plus que la vue. Même aveuglement et même crassitude chez le journaliste qui traita Emma de crétine en lui opposant la fraîcheur de sa cousine Effi Briest. Ces brocards puent la bêtise. Il n'est pas simple de bien juger Emma. Il y a ceux qui la vomissent. Et ceux qu'elle séduit, dont nous sommes : *et s'il n'en reste qu'un, nous serons celui-là*. Non, non, non, Emma n'est pas l'idiote du village Yonville-l'Abbaye.

Dans son *Essai sur la bêtise*, Michel Adam multiplie les diagnostics. Particulièrement perspicace nous semble celui-ci : « La bêtise concerne l'aspect inachevé de l'homme. L'homme doit être surpassé, et la bêtise est l'impossibilité de se dépasser. Elle est consentement de soi et de tout, elle est bonheur sur son sort. Elle ne sait pas qu'elle a du mouvement pour aller plus loin. » Emma n'est pas contente de son sort. Dans sa cage, qui n'est pas dorée, elle tourne en rond. Rondes vertueuses, journées insipides, heures nauséeuses. Elle veut vivre autrement, elle veut goûter autre chose que le foin fade qui se coupe aux champs de sa maison, dans la chambre à coucher ou dans la salle à manger (ah, la célèbre phrase, si bien commentée par Georges Poulet dans *Les Métamorphoses du cercle* : «Toute l'amertume de l'existence lui semblait servie sur son assiette »). Il lui faut de l'amour, n'en fût-il plus au monde. Il lui faut s'échapper. Elle a la volonté pour tenter de revivre. Cette volonté lui vient de son inquiétude. Dans *Essai philosophique concernant l'entendement humain*, Locke cite ces mots de Rachel, ainsi traduits par Coste – Genèse XXX,1 : « Donnez-moi des enfants, donnez-moi ce que je désire, ou je meurs.» À Jacob, Rachel dit exactement : «*Da mihi liberos, alioquin moriar.*» Coste ajouta *donnez-moi ce que je désire*, pour marteler que c'est l'inquiétude causée par le désir qui détermine la volonté. Charles a fait un enfant à Emma, mais il ne lui a pas fait ce qu'elle désire. Il n'a pas d'oreilles pour entendre ce qui se crie sous ses apparences de calme, et parfois dans ses crises nerveuses ou ses étouffements : «Fais-moi le grand amour, l'amour immense, l'absolu de l'amour, autrement je mourrai.»

Où est la bêtise là-dedans ?

L'idée du bonheur qu'elle désire, de l'amour ouragan qu'elle rêve, fait rire les raisonnables et les fins politiques. Au couvent, puis chez elle, Emma Rouault, épouse Bovary, vit trop *à l'air livre*, et la terre, le terre à terre solide, se dérobe sous ses pieds (dans l'un de ses *Cahiers*, Barrès la voit comme une «déracinée »). Jésus Marie ! *Primus in illam lapidem mittat* qui, envasé dans le spleen, n'a jamais péché par pensée et action d'Idéal. Un Carlito Bovary est sourd à ces choses-là. Mais Charles Baudelaire les écoute avec un cœur intelligent. Comme Baudelaire, nous aimons Mme Bovary. Son côté fleur bleue lui donne l'énergie d'avoir du mouvement pour aller de l'avant, vers l'amour, vers le mal, vers la vie, vers les sommets, vers les vallées de larmes.

## 59. Enfants perdus de la lettre.

La seule vraie bêtise que nous trouverions chez Emma serait au chapitre IX de la première partie : « J'ai tout lu ! » dit-elle. Ses autres divagances, nous les comprenons.

Mais *J'ai tout lu*, tout de même ! Un jour que, confondu par le savoir d'Éva, nous lui avions dit qu'elle devait lire chaque jour autant de livres qu'un soiffard écluse de verres au bar où il se beurre, elle éclata de rire. Lire un livre par jour est déjà un tour de force intenable sur la distance. Elle tenait bien le vin des livres, mais la diète des jours de pure méditation lui était nécessaire. Et il fallait aussi compter avec le temps de la rêverie que suscitent certaines œuvres qu'on lit en s'interrompant, semblable en tout point à la lectrice représentée par Pierre-Antoine Baudoin sur une gouache où l'on voit, comme la décrit Roger Chartier, qu'elle s'abandonne à une chaude émotion, les sens excités par l'imagination, le corps languide, le regard chaviré, la main droite enfouie sous son vêtement, tandis qu'un doigt de la gauche, glissé dans le livre délaissé, marque la page fauteuse de son trouble. Autant de minutes heureuses prises sur le temps dévolu au déchiffrement des ouvrages de poésie, de philosophie, ou de piété libertine. Qui sait où s'égara la main d'Emma quand elle lisait *Paul et Virginie*, ou même certains chapitres du *Génie du christianisme* ?

Emma s'adonnant seule au vice de la lecture… Elle en sera bien punie. Et nous aussi nous lisons en rêvant comme rêvent les jeunes filles. Comme Pepi rêve dans *Le Château*, éprise de K., aimant l'arpenteur comme les petites filles qui lisent des romans et rêvent d'un étranger si preux qu'il les enlève et les emporte là-bas, très loin d'ici, vers le Pausilippe et l'Italie où les citrons sont verts. Emma lit *Virginie*. Emma est Virginie, la sensuelle Virginie dont la fleur est novice, sans doute ourlée d'un duvet doux comme à Rouen plus tard le sera sa pantoufle «bordée de cygne». Emma lit *Atala*, elle aime les prénoms féminins terminés en *a*, comme Clara ou Amanda, et lisant *Atala* elle est Atala qui meurt en son histoire comme Virginie en la sienne, et notre Emma se dit que les histoires de grand amour sont toutes des histoires de mort.

Parmi ces tragédies, *Le Curé de village*. C'est d'abord le drame d'un adultère, mais la critique moderne ne voit pas une Bovary en Véronique Graslin, qui a de la répugnance pour son mari et prend un amant. Pourtant, entre Emma et elle, existe le point commun d'avoir, à l'adolescence, lu *Paul et Virginie*, et d'avoir fait à cette lecture une réaction rien moins qu'anodine. Nous ne sommes pas surpris par ce que dit Balzac:

> Il arriva, dans la vie simple que menait Véronique, un accident qui exerça sur son avenir une horrible influence. Un jour elle passa devant l'étalage d'un libraire où elle vit le livre de *Paul et Virginie*. L'enfant passa la nuit à lire ce roman. La peinture de ce mutuel amour, à demi biblique et digne des premiers âges du monde, ravagea le cœur de Véronique. Une main, doit-on dire divine ou diabolique, enleva le voile qui jusqu'alors lui avait couvert la Nature. Dans la vie de toutes les femmes, il est un moment où elles comprennent leur destinée, où leur organisation jusque-là muette parle avec autorité. Chez Véronique, la révélation de l'amour, qui est la vie de la femme, lui fut faite par un livre suave. Pour toute

autre, cette lecture eût été sans danger ; pour elle, ce livre fut pire qu'un livre obscène.

Cette similitude – l'effet produit sur Emma et Véronique par *Paul et Virginie*, ce livre un peu confit en bons sentiments – a été commentée par Jacques Rancière dans *La Chair des mots* puis dans *La Parole muette* :

> Emma Bovary est la sœur de Véronique Graslin, comme elle arrachée à sa condition par la lecture de *Paul et Virginie*. […] Véronique et Emma incarnent les enfants perdus de la lettre. Balzac et Flaubert ont montré le maléfice des livres, même édifiants, tombés entre les mains de tous ceux et toutes celles dont ce n'est pas l'affaire que de lire des livres. […] Le mal vient du livre en général, de ce parallélépipède enfermant des pages d'écriture qui vient se mettre sur le chemin d'une vie qui ne demandait qu'à aller son droit cours.

Mais cette question se pose peut-être pour tout le monde. Éva est professeur : lire des livres est son affaire. Est-elle un enfant perdu de la lettre ? Ou n'y a-t-il que de notre faute si elle a déguerpi « en prenant ses cliques, n'oubliant pas ses claques », comme dit Alphonse Allais dans le *Le Palmier*, hormis des bouquins et quelques bagatelles dont les soutiens-gorge Princesse tam.tam, reliques charitablement léguées à notre bon souvenir.

## 60. **Prostitution.**

Emma ne se donne pas pour de l'argent. Il nous arriva de penser que, prolongeant son libertinage, elle aurait pu être d'une audace gracieuse, comme la Cécile Sorel qui répondit « Ce soir, chez vous, pour rien ! » à un prince pressé et assez leste pour lui avoir lancé à brûle-politesse : « Où, quand, combien ? » Reste que le mot prostitution est dit par Flaubert. Contre Emma. Bien mis en relief à la clausule du chapitre où, éperdue, elle cherche à tirer de Rodolphe l'argent qui éviterait la saisie de ses meubles. Alors qu'elle aurait pu s'entendre avec le notaire si elle n'avait pas refusé de lui vendre ses faveurs, c'est pourtant à ce commerce qu'elle s'apprête pour délier la bourse de son ancien amant.

Si Emma s'était adressée à nous en vue d'un tel négoce, nous serions entré dans son jeu en offrant de lui acheter les lobes de ses oreilles, seulement les lobes de ses oreilles, mais pour un usufruit définitif et exclusif. Ce pacte vous étonne ? Il est peut-être rare. Mais il n'est pas sans exemple.

Pensez à Caroline et Giacometti. Le témoignage nous vient de James Lord : Giacometti eut une relation passionnée et très intéressante avec Caroline, une prostituée qui avait une forte personnalité. Il voulut acheter une partie de son corps qui n'appartiendrait qu'à lui seul. Puisque son corps était à vendre, il désirait s'en approprier l'arrière de la cheville, là où le tendon d'Achille remonte. Après un long marchandage du prix, et un accord sur un montant de mille dollars, effectivement il l'acheta.

La transaction idéale, menée selon notre plus secret désir,

eût concerné les yeux d'Emma. Qui sait ? Emma nous les aurait vendus plus facilement que sa bouche, ou les lobes de ses oreilles. Ses beaux yeux n'auraient plus regardé que nous. Ils nous auraient inspiré un poème de mille versets. Si nous pouvions dire Emma par les trois vers d'un haïku, nous le ferions. Sous l'espèce de la brièveté, pour aujourd'hui nous ne trouverions pas mieux à dire que : Emma, c'est Emma. Mais ce ne serait pas satisfaisant. À l'évidence ce serait court.

## 61. **Rimbauvary / Bovarimbaud.**

Surpris, nous l'avons été un peu en trouvant dans la grande biographie de Jean-Jacques Lefrère que Rimbaud a lu *Madame Bovary*. Ernest Delahaye donne cette information dans ses *Souvenirs familiers*, mais ne précise pas quel jugement son génial camarade portait sur le roman ou sur son héroïne, et nous ne nous risquerons pas à l'imaginer.

Il existe une Emma qui figure, sans importance, dans la biographie d'Arthur. Il s'agit de l'épouse de Charles de Sivry. En arrivant à Paris en septembre 1871, le jeune homme de Charleville manqua Verlaine et Charles Cros qui l'attendaient à la gare de l'Est. Il se rendit au 14 de la rue Nicolet, sur la butte Montmartre, où Verlaine habitait chez ses beaux-parents. Ceux-ci hébergeaient aussi la femme du demi-frère de Mathilde, Charles de Sivry, qui était alors emprisonné à Satory.

Difficile d'apercevoir des rapports entre Rimbaud et le roman de Flaubert. Le jeune zutiste signa le dizain «Aux livres de chevet…» qui est un étrange recensement bibliographique auquel le poète, «blasé de nouveauté grisâtre et saugrenue», espère ajouter le *Traité de l'amour conjugal* du Dr Venetti. On se rappelle que Justin laisse tomber de sa poche un exemplaire de cet ouvrage le jour des confitures où Homais le secoue comme un prunier à cause d'une étourderie où l'arsenic intervient. Une note de Lefrère nous alloue ces précisions : les quatre tomes du *Traité de l'amour conjugal* de M. Venetti, parus à Clichy en 1869, sont une impression pirate reprenant le titre du *Tableau de l'amour conjugal considéré en l'état de mariage* de Nicolas Venette, médecin rochelais du XVIIe siècle : son succès était lié à ses planches illustrées, que Rimbaud définit comme « des dessins nécessaires », et dont il avoue « goûter le charme ancien ».

Dans leurs éditions de *Madame Bovary*, Thierry Laget (2001) et Jacques Neefs (1999) fournissent chacun une note sur le livre que Justin lisait peut-être d'une main seulement. Celle du premier est la plus nourrie. On en retient qu'au début du règne de Napoléon III le libraire Bailly, coupable d'avoir publié ce livre, entre autres curiosités licencieuses, fut condamné pour « outrage à la morale publique ». Laget donne cette information d'après *Le Colportage de librairie en France sous le Second Empire* de Jean-Jacques Darmon, mais ne dit pas si le persécuteur de Bailly était Pinard.

Fouiner pour essayer d'en savoir plus, nous avons cette manie. Darmon absent de notre bibliothèque, nous y avons repris *La Fabrique du sexe*, l'essai de Thomas Laqueur sur le corps et le genre en Occident. L'ouvrage, riche de trois notes sur Nicolas Venette, nous apprend que les illustrations admirées par Rimbaud avaient été volées à l'*Anatomy* de Bartholin. Laqueur en reproduit une.

Ainsi avons-nous eu sous les yeux l'une des images dont s'échauffa sans doute la cervelle de Justin (« Dix-sept ans ! – On se laisse griser. / La sève est du champagne et vous monte à la tête… »). Dieu sait quel charme il attribua à la landie d'Emma, s'il y songea en voyant la taille dudit organe gravé par Bartholin et chipé par Venette. Pour nous, par rapport à la première idée que nous nous en fîmes, le lanla landirette d'Emma s'est modifié, il a forci depuis que nous avons lu la réflexion d'Arnaud Viviant sur l'écriture romanesque du XXIe siècle : « Le roman d'aujourd'hui doit voir que Homais vend du Viagra et qu'Emma s'est piercé le clitoris. »

Y aurait-il d'autres dénominateurs communs entre Rimbaud et *Madame Bovary* ? Nous n'en voyons guère. On ne peut dire exactement quelle était la couleur des beaux yeux d'Emma Bovary. De même varient, d'un document à l'autre, les indications relatives à la taille de Rimbaud adulte (1,69 m ; 1,77 m ; 1,79 m ; 1,80 m).

Justin a l'âge du Rimbaud de 1871. Se triture-t-il la méninge en manipulant le bouquin de Venette ? Arthur, lui, se triturait. Parfois normalement. Parfois farcesquement : à Paris, en 1871, il se tritura au-dessus d'une tasse de lait destinée à Cabaner, le doyen des zutistes de l'hôtel des Étrangers (si cette foucade n'est pas l'une des actions patibulaires qu'il s'imputait sans les avoir commises).

Dans le cercle Rimbaud-Delahaye-Verlaine on se référait au livre de Flaubert. Quand en 1874 Rimbaud s'éloigna de la poésie, ses camarades affligés déplorèrent qu'il devînt un Homais… Insupportable faribole. Nous protesterions moins s'ils avaient dit que Rimbaud souffrit de bovarysme. Dans la correspondance avec sa mère et sa sœur Isabelle, nombreuses sont les jérémiades de cet homme de trente ans qui abomine son existence et se persuade que sa vie serait plus vraie ailleurs que là où il s'absurdifie *maintenant et ici*.

En lisant le récit des malheurs d'Hippolyte opéré par Charles, Rimbaud eut-il un pressentiment de la tragique amputation qui arrêterait son aventure humaine ? «Adieu mariage, adieu famille, adieu avenir, je ne suis plus qu'un tronçon immobile» (lettre à Isabelle du 10 juillet 1891).

## 62. Des références à Emma dans la presse.

Il y en a tout le temps, dans les rubriques les plus diverses (chroniques judiciaires, publicités, confidences autobiographiques de femmes écrivains, etc.). Deux coupures nous suffiront.

Un article sur Yves Saint Laurent dont la retraite défraie la chronique ; y sont rapportées ses réponses au questionnaire de Proust ; à *Vos héros favoris dans la vie ?* YSL dit : Mme Bovary, la duchesse de Guermantes, Maria Callas. Le goût pour les deux premières ne s'explique peut-être pas seulement par leur passion des belles robes.

Une page entière sur *Dostoïevski à Manhattan* d'André Glucksmann. Ce serait un essai sur le nihilisme auquel ressortit l'attentat du 11 septembre contre les Twin Towers ordonné par Ben Laden. Dans la secte des nihilistes incriminés par le philosophe, Emma Bovary. Interrogé sur sa conception du nihilisme, Glucksmann déclare : «À la fois expérience sensuelle (Emma Bovary), militante (Netchaïev) et spirituelle (par-delà le bien et le mal), le nihilisme est un phénomène social total, une stratégie positive de la cruauté dont seule la littérature (russe et française) sut dévoiler la banale énormité.» Nous ne lirons pas cet essai où Emma jouxte Ousama. Qui touche à Emma nous trouve chatouilleux.

Emma veut, non sans courage, se construire une existence où la *vraie vie* soit pensable, et parfois approchable. Sur le chemin de sa liberté elle vole un peu de feu. Sensible à la poésie du mal et à ses colchiques mortels, elle se détruit tragiquement.

C'est que tout n'est pas politique ou idéologique. Qu'on regarde Luiza, l'héroïne de Eça de Queiroz dans *Le Cousin Bazilio*. Psychologiquement et physiquement, Luiza est à un stade climatérique de son état général : « Elle vivait un de ces moments où les tempéraments sensibles connaissent des élans irrésistibles et goûtent un malin plaisir à fouler aux pieds devoirs et convenances ; leur âme recherche avidement le mal avec des frissons de sensualité. » Luiza, qu'on apparente à Emma, s'abandonne à une histoire dont le processus destructeur ne naît pas d'une idéologie consciente. Son infidélité conjugale est l'une des possibles façons de piétiner des bienséances qui l'anémient. S'agit-il aussi de nihilisme ? Nous ne sommes pas assez fort pour bien parler du nihilisme, de sa source où se mêlent les eaux troubles de l'ontologie, de la physiologie, du tabularasisme. Mais nous avons de l'amitié pour les femmes dont les *fautes* résultent d'un légitime souci de soi, d'un légitime besoin d'affirmation de soi, d'un légitime effort d'élargissement de soi.

Emma, notre Éva même : femmes qui veulent de l'amour, attendent tout de l'amour, sacrifieraient tout à la passion d'amour. Qu'Éva vive jusqu'à cent ans, et dépasse cent ans. Sur la tombe d'Emma, nous gravons les deux mots que la Gertrud de Dreyer a prévus pour la sienne : *AMOR OMNIA*.

On répète qu'avec *Gertrud* Carl Dreyer a fait « le portrait d'une Bovary scandinave ». Or Gertrud n'est pas Emma. Spirituellement, culturellement, intellectuellement, elle lui est supérieure. Pour mesurer combien et comment elle l'est, relire ce que Nabokov a dit de celle que nous aimons tant, même si son esprit semble être, ou est en effet, le maillon fragile dans la chaîne de ses qualités :

Une personne romanesque, vivant mentalement et émotionnellement dans l'irréel, peut être profonde ou superficielle en fonction de la qualité de son esprit. Emma Bovary est intelligente, sensible, mais son esprit manque de profondeur. Son charme, sa beauté, son raffinement n'excluent pas en elle la présence d'une funeste composante philistine. Ses rêveries exotiques ne l'empêchent pas d'être au fond du cœur une bourgeoise de province, cramponnée à des idées conventionnelles, ou violant les conventions de telle ou telle manière conventionnelle, l'adultère étant un moyen des plus conventionnels de se placer au-dessus des conventions ; et sa passion pour le luxe ne l'empêche pas de manifester, une fois ou deux, ce que Flaubert appelle une âpreté paysanne, un sens pratique tout campagnard. Néanmoins, son extraordinaire charme physique, sa grâce insolite, sa vivacité de colibri – tout cela attire et enchante irrésistiblement.

Avec ses nuances, Nabokov prononce des mots durs sur Emma. La cote qu'elle a dans notre cœur nous porte à les oublier parce qu'ils sont justes. Mais toutes les deux, Emma et Gertrud, ont en commun la beauté, la sensualité, et surtout l'aspiration à un amour immense. Dans la vie de Gertrud, il ne faut pas une place pour l'Amour : toute la place est pour l'Amour. Ses attentes sont d'une profondeur où l'infini étreint l'éternité. N'est-ce pas aussi le partage d'Emma ? Emma n'est pas amoureuse à mi-temps, elle est à l'amour et la semaine et le dimanche, sans repos, sans relâche, sans répit. Pour elle, comme l'a écrit Fabrice Revault d'Allonnes de Gertrud, l'amour bute sur l'égoïsme étroit des hommes et sur son exigence excessive : « Elle veut tout, donc trop. »

Ne pas coller sur le dos d'Emma une étiquette simple. Ne pas imprimer le M de l'adjectif Maudit sur son manteau. Pour ne pas médire d'Emma – et la dire nihiliste c'est la calomnier –, il faut l'aimer (lieu commun, mais lieu juste). Flaubert pensa d'abord l'appeler Marie. Marie, en anagramme c'est aimer. *Aima* est une forme d'aimer exclue de son emploi des temps. Emma aime, elle est aimante au participe présent. Rêver d'amour ne lui suffit pas. Elle n'aime pas à fleur de peau, mais veut avoir, palper, toucher de l'amour comme d'autres de l'or. Elle n'est pas un ange comme Marie Angèle Arnoux. Telle qu'elle est, nous l'aimons. Aimée pour nous est son deuxième prénom.

Nous ignorons si beaucoup de femmes apparentées à Emma se prénomment Aimée. Dans son commentaire de *Madame Bovary*, Pierre-Louis Rey cite une nouvelle intitulée «Aimée, l'orchidée fatale». L'histoire de cette emmanoïde de la similittérature est ainsi présentée : «Aimée, un joli oiseau des îles, se sent comme un animal en cage auprès de son mari, un médecin guadeloupéen. Rodolphe, planteur indépendantiste, saura-t-il la combler ? Elle rêve au Doudou-Chéri-l'Amour qui lui fera connaître le grand frisson et la belle vie.» Nous n'avons pas lu cette nouvelle qui pourtant fut publiée dans l'hebdomadaire *Elle*, dont nous regardions les images quand une intellectuelle qui nous fut chère l'achetait en même temps que telle ou telle revue d'esthétique ou de philologie. Et nous n'irons pas rechercher en bibliothèque le magazine qui la contient. La littérature kleenex, point trop n'en faut (nous-même, nous n'écrirons plus de ces romans pleins de sang et de sexe, qui passent comme lettres à la poste et n'ont d'autre mérite que de nous rapporter des chèques utiles à nos achats de livres et de biftecks). Mais ce Doudou-Chéri-l'Amour nous pique comme une seringue de rappel : un tel nom est un vaste programme ; sous le grotesque il pointe ce que nous n'avons pas su être pour l'*aimée* qui s'en est allée, notre compagne pendant cent-vingt mois et quatorze jours. Son nom était celui de la vie même.

### 63. **Maris complaisants.**

Charles Bovary en est un, semble-t-il. Léopold Bloom, son exemple nous revient, peut illustrer cette attitude coulante. Joyce s'intéressait aux «cocus magnifiques». Quand, le jeudi 16 juin 1904, Bloom quitte sa maison du 7 Eccles Street, il n'ignore pas que Molly, sa femme, recevra chez eux dans l'après-midi l'imprésario Boylan, sous prétexte de répéter avec lui les airs qu'elle doit chanter à Belfast pour son concert. Il lui laisse le champ libre en précisant qu'il rentrera tard dans la soirée. Avant de s'en aller, il apporte son petit déjeuner à l'infidèle qui ne s'est pas encore levée. Dans la chambre gisent çà et là des jarretières, un peignoir, des livres pornographiques dont la vue n'échauffe pas son imagination, quoiqu'il soit surnommé œil-de-congre par ses camarades et que Molly fasse envie aux uns, aux autres, au bouillant Dache Boylan et, s'il faut croire son monologue final, à une kyrielle de mâles attirés par, tous désirables, «ses quatre points cardinaux». Pourtant Bloom a encore toutes ses capacités. Il le démontre à Molly elle-même, mais incomplètement depuis la mort, à l'âge de onze jours, de Rudy leur second enfant; et souvent il se dissémine hors du foyer conjugal, au hasard d'excitations livresques ou voyeuristes. Quand, chez le bouquiniste, il feuillette *Les Douceurs du péché*, une douce chaleur accouardit sa chair, et il en fait l'emplette aussitôt qu'il a lu cette phrase: «La splendide créature rejeta son manteau garni de zibeline, dévoilant ses charmes houleux.» Mais brisons là. Notre propos n'était que d'associer à Charles un autre exemple de ces maris qui ne perçoivent pas, ou favorisent, les frasques de leur femme. Le Boylan d'Éva, si nous le rencontrions, nous le surinerions à la face d'une balafre en S, initiale de Salaud, de Suborneur, et de Sympathique – puisqu'il a bien fallu qu'Éva le trouve sympathique pour entrer avec lui dans une conversation qui dure, et risque de durer toujours. Progrès en ataraxie assez lents ? Oui, mais *chi va piano va sano*. Il nous est dur d'apprendre à exister en relativité. Dur de quitter le royaume des valeurs pour la terre accidentée de la vie qui n'ignore pas les valeurs, mais les estropie. Les hommes sont des rocs d'inconstance, et *così fan tutte*. Pour l'Ulysse grec, une version de son mythe donne Pan comme le fils que Pénélope aurait eu soit d'Hermès, soit de tous les prétendants réunis. Alors, si même Pénélope…

### 64. **Qui, pour incarner Emma au cinéma?**

Plusieurs comédiennes y furent appelées. Nous venons de revoir les interprétations de Valentine Tessier, de Jennifer Jones, d'Isabelle Huppert. La plus belle de ces trois femmes est Jennifer Jones. Huppert est la plus intelligente. Valentine Tessier ne nous plaît pas.

Nous qui, par amour de l'une et de l'autre, associons autant que possible Emma et l'Italie, nous aurions bien vu dans le rôle d'Emma, au bel été de son âge, Gina Lollobrigida. Notre choix eût résulté de trois ou quatre raisons croisées. Dans un dictionnaire du cinéma nous avions lu, sous la plume de Lorenzo Codelli, qu'en 1953 Mario Soldati lui avait donné «un grand rôle de Bovary moderne» dans *La Marchande d'amour*, d'après un roman de Moravia (aussitôt nous avions vu le film et lu le livre). D'autre part Gina fut la piquante Mariette de *La Loi*, le film adapté du roman de Roger Vailland qui «est l'histoire, ainsi que l'écrivit Pascal Pia dans *Carrefour* le 17 juillet 1957, de Donna Lucrezia (la femme du juge) que son bovarysme et ses déceptions finissent par pousser au plus triste dévergondage».

Mieux vaut avoir une belle poitrine pour être Emma. Dans *La Loi*, la Bovary est une belle Italienne de chair abondante mais pas du tout appesantie (elle prend sa douche sans se mouiller les pieds). Dix fois elle a lu *La Chartreuse de Parme*. Mais autre chose la différencie de Giuseppina, la fille peu lettrée du quincaillier de Porto Manacore, qu'elle utilise pour ses affaires d'amour. Rafraîchissons vos souvenirs. Lucrezia offre à Giuseppina un maillot de bain, et celle-ci lui rend le service d'apporter une lettre à

Francesco Brigante, qu'elle veut séduire et avoir dans son lit. Giuseppina souffre du défaut que Lucrezia se félicite de ne pas avoir : le manque d'embonpoint ; aussi doit-elle se tricoter un soutien-gorge astucieux, une bande enroulée en colimaçon qui double le volume de son sein et en accentue la pointe. Le maillot que Lucrezia achète à Giuseppina est en lastex, nulle autre matière ne dissimulant mieux les armatures qui tendent et grossissent les seins. Une fille de quincaillier ne peut se payer ce modèle à dix mille lires, l'équivalent à l'époque d'un mois de salaire d'ouvrier agricole. Autre circonstance propice à se concilier la fille du quincaillier qui a honte d'avoir des petits seins de rien du tout : « Cette année-là, précise Vailland, Lollobrigida et Sophia Loren donnaient le ton à toutes les plages d'Italie. »

Pour une adaptation d'Emma au cinéma, Gina, déjà charmante par la tournure de son visage, avait les atouts maîtres pour être convaincante. Selon nous, le comédien qui aurait joué Léon n'aurait pas pu ne pas goûter, en faisant semblant de sucer le long bout cylindrique de ses *tettone* dans les scènes corsées voulues par le producteur, un plaisir égal à celui qu'un boy de l'île Maurice connaît lorsqu'il mange ses achards qui sont, dans l'archipel indien, des bourgeons confits dans le vinaigre comme nos cornichons.

Aurions-nous fait une erreur de casting ? On en commet avec des partis pris. Or nous sommes de ces vieux enfants auxquels les seins de Lollobrigida valent des ébriétés que ne leur procurent pas les grands vins italiens connus pour leur douceur ou leur montant, le *ben ryè* de Donnafugata, ou le *scatto matto* de Faenza. Vous-même, vous nous suggéreriez peut-être Emma Thomson : excellente dans *Sense and Sensibility*, dont elle tira le scénario, et qui fut écrit par Jane Austen avant *Emma*, cette hyperdouée aurait pu en effet porter à l'écran *Madame Bovary* tout en jouant avec brio le personnage.

## 65. **Plessis-Robinson.**

Nos ruminations vont-elles cesser ? La mémoire nous rend parfois la monnaie d'une pièce que l'on croyait jouée. Mais elle n'en fait qu'à sa guise.

*C'est quoi*, aimer vraiment ? Aimer comme on respire et crever si on cesse d'aimer ? Depuis une décade, voire une douzaine de jours, nous respirions mieux. Aujourd'hui Éva est revenue. À notre esprit seulement, mais elle est revenue. Si tu ne dois pas nous revenir, ne reviens plus du tout, et même pas à notre pensée. Notre guérison traînotte. Mais peut-être qu'elle avance. Quand serons-nous avec Éva comme Flaubert avec la *Bovary ?* Il abat de la besogne, vainc l'adversaire, tue Emma sa meilleure ennemie, et se met avec Salammbô pour faire l'écriture aux pages d'un nouveau livre. Nous n'avons pas encore notre Salammbô. Cette nuit, par le rêve et par la mémoire (elle, elle nous est fidèle), nous avons été au Plessis-Robinson, comme nous le faisions presque chaque année en manière de pèlerinage.

Forêt du Plessis-Robinson. Nous y sommes, comme si c'était hier. Cueillette des cèpes ou des bolets, sinon des entolomes livides. Éva connaît les champignons mieux que nous, qui ne discernons sans erreur que le rosé des prés et peut-être les girolles. Éva porte un béret du genre Dietrich dans *L'Entraîneuse fatale* pour la séquence où Marlene a un imperméable bogartien qui ne cache plus ses jambes lorsque, assise et fumant une ciga-rette, elle les croise très haut. En même temps, avec cette espèce de bibi-galette, elle nous fait penser – la grâce hors de toute pesanteur – à la photo montrant Simone Weil coiffée de la sorte et vêtue d'une pèlerine.

Champignons donc. Après qu'abondamment tous deux en avons pris, nous regagnons le Plessis. Un salon de thé nous offre les bras de ses fauteuils, plus du café et des tartelettes. C'est alors que, suçant ses doigts pour en ôter des bribes de gelée, surtout le pouce comme Brando quand il dîne avec Blanche dans *Un tramway nommé désir*, Éva oriente la conversation sur un livre qu'elle nous a conseillé un mois plus tôt, *L'Amour de Madeleine*, dont l'auteur est peut-être Bossuet, et que Rilke traduisit tant il aimait cette œuvre. Nous en parlons sans discourir, raisonnant et déraisonnant sur un pied d'égalité, les déraisonnements fusant surtout de notre côté, tandis que dans le tête-à-tête Éva soulève des questions lourdes comme celle du bonheur amoureux.

Nous répondons à Éva ce que nous pouvons. Nous sommes pour le bonheur amoureux. Pour une félicité née des plaisirs du corps et des joies de l'esprit. Mais à l'as nous passons l'âme, qui a le souffle court pour grimper au mât de l'amour actif ; et le contemplatif n'est pas notre registre. La chasteté, la continence, oui, oui, disait à Dieu Augustin, mais pas tout de suite. Nous, pauvre de nous, nous qui ne croyons pas plus à la misère de l'homme sans Dieu qu'à la tristesse qui suivrait les exultations charnelles, nous acceptons d'être de la terre des bœufs, pourvu que nous y vivions comme un bœuf non bistourné, complexe et fieffé dans l'entièreté de l'humaine condition. Le bonheur existe, nous y croyons. Nous refusons le principe que les plus beaux jardins sont où l'on n'entre pas. Marguerite Yourcenar aurait été heureuse qu'André Fraigneau l'embrassât et la connût autrement qu'en romancière. Du tac au tac Éva nous réplique : dans son récit de Marie-Madeleine, Yourcenar estime que Jésus la sauva du bonheur en l'attachant à lui par un amour de loin. Mais nous, à ce salut, nous n'aspirons pas. Nous ne sommes pas bâti pour couper au bonheur, à son pain blanc délectable, à sa mie souple et savoureuse : quel ennui, Éva, si nous ne t'avions pas. Rustre nous sommes, avec nos tripes et nos boyaux, notre cœur, nos poumons, notre cerveau, tous organes employables de plein droit, et dont la fonction ne réclame ni *castitatem* ni *continentiam*. Homme nous restons, mortel des plus simples, et à rien du divin nous ne sommes poreux. L'éther n'est pas notre pays natal.

Éva ne partage pas notre horreur de ce que Bossuet, ou l'auteur inconnu de *L'Amour de Madeleine*, appelle la méthode de Jésus. Nous en résumons la substance, mais elle en cite plus largement le texte. Jésus attire les cœurs, les rend avides et insatiables, les maîtrise, les attache, se donne à eux en mille manières qui les engagent si bien qu'ils ne respirent que lui ; et aussitôt qu'ils sont engagés sans pouvoir plus se déprendre, il se retire, il se dérobe, il les exerce par des privations horribles. Ils se plaignent, et Jésus se rit de leurs plaintes, les laisse s'épuiser et se consumer par des affinités inexprimables. Lui-même y met la main pour les enflammer et il les regarde de loin sans se laisser émouvoir, se jouant, pour ainsi dire, de leurs emportements.

Éva ne sourit pas à notre burlesque idée qu'il y a de la coquette Célimène en pareille séduction. Pourtant l'auteur ne tait pas son étonnement de cette conduite : À quoi pensez-vous, ô Jésus-Christ, de lier les cœurs si étroitement à vous, et puis de vous retirer d'une façon imprévue ? Ô que vous êtes cruel ! Ô que vous vous jouez étrangement des cœurs qui vous aiment ! Le ciel nous préserve, ajoutons-nous, d'une amie qui souffrirait nos caresses sur ses pieds ou sur ses cheveux, puis nous enjoindrait de ne plus la toucher afin de nous apprendre que la véritable nature de l'amour est incorporelle. Éva reconnaît que, pour l'auteur lui-même, *Ne me touche pas* est en effet une parole tuante et intolérable à un cœur qui aime. Nous sommes plus brutal : quelle pourrait être la fécondité d'un amour non payé de retour ? Éva observe qu'il en pourrait naître des sonnets ou des livres.

Les tartelettes mangées, en nous levant pour aller vers la station du métro, nous renversons presque le guéridon pied fonte et plateau marbre de la pâtisserie.

Sur le quai, le mur voûté affiche l'image, à distance répétée, d'un enfant attablé devant son petit déjeuner. Éva lui trouve une bonne bouille. Dans la rame, un accordéoniste joue l'air fétiche de *Casablanca*. L'histoire de ces amants séparés par et pour une cause tragiquement supérieure nous donne toujours la chair de poule, parce que nous n'aimons pas du tout que la vie sépare ceux qui s'aiment, parce que nous aimons les couples indissolubles comme ceux de Charles Boyer avec Pat Paterson, ou de Paul Newman avec Joanne Woodward.

Quand nous nous sommes éveillé, nous étions seul dans un silence de mort.

## 66. **Le livre est la plus belle conquête de l'homme.**

Et nous aimons les dictionnaires autant que les romans. Pour *chevaucher* – Emma nous y a conduit –, nous avons ouvert le Delvau. L'article se lit aisément. Nous y renvoyons. Vous jugerez son style, et peut-être hennirez à ces vers d'Emmanuel des Essarts : « Et rien alors n'est plus gai pour le chevaucheur / Que de voir, dans un cadre ondoyant de blancheur / Le joyeux va-et-vient de l'énorme derrière. »

Emma, ce n'est pas sur le drap blanc d'un lit houleux qu'elle cède en premier lieu aux assauts de Rodolphe, pégase aptère et prosaïque, mais dans un cadre ondoyant de mousse. Flaubert décrit leurs chevaux mis au vert pendant qu'eux-mêmes se débrident toute honte abattue, elle l'amazone troussée à point nommé, lui la culotte de tricot blanc baissée sur ses bottes molles : « Ils descendirent – Rodolphe attacha les chevaux – il allongeait son bras et lui en entourait la taille – ils entendirent les deux chevaux qui broutaient le feuillage – elle s'abandonna. » On peut de soi-même imaginer le fantastique de la chevauchée, le mâle qui ne renâcle pas, et les refus-acceptations de la pouliche désarçonnée. Femme qui se rêve cavale pour recevoir ce que Verhaeren, parlant de l'étalon, appelle « l'orage énorme de son ventre », c'est un lieu commun six cents fois présent dans *Le cheval est une femme comme une autre* de Jean-Louis Gouraud. Cette anthologie mentionne les calefourchies hippiques de Rodolphe et d'Emma en tête de la section 15 intitulée « Promenades, croupades et galopades ». La section 4 contient, qui fut cité en 1853 par le général

Daumas dans *Les Chevaux du Sahara*, ce dicton arabe qui nous plaît beaucoup : « Le paradis de la terre se trouve sur le dos des chevaux, entre les deux seins d'une femme, ou bien dans le fouillement des livres. »

Les livres que nous aimons ne nous ont pas quitté, eux.

### 67. Pour une chose qui n'existe pas.

L'amour. Le besoin d'amour. L'asphyxiante destinée des existences exclues de l'amour… Moment fort et saisissant lorsque, dans *Scènes de la vie conjugale*, Marianne reçoit à son bureau d'avocate Mme Jacobi, une cliente qui veut divorcer après vingt ans de mariage. Avez-vous dit à votre mari que vous vouliez divorcer ? Oui, il y a quinze ans, je lui ai dit que je ne voulais plus vivre avec lui, puisqu'il n'y avait pas d'amour entre nous. Il a compris. Il m'a demandé d'attendre que les enfants soient grands. Maintenant ils sont grands. Je peux enfin divorcer. Qu'en dit votre mari ? Je lui ai répété qu'on ne peut continuer une liaison quand il n'y a pas d'amour. Il m'a demandé en quoi devait consister l'amour. Je lui ai répondu que je n'en savais rien puisqu'il n'est pas possible de décrire une chose qui n'existe pas.

Une chose qui n'existe pas. Pas dans sa vie à elle, ou pas en général ?

Une chose qui n'existe pas…

L'absence de cette chose, plus que le reste, plus que Lheureux, peut expliquer l'arsenic d'Emma. Qui sait si sa désespérance ne lui vitriola pas l'idée même de l'amour par des blasphèmes ? Va te faire pendre, Grand Amour, Grand Dieu qui rime avec Vieux Jeu, va au diable puisque tu me fis aimer, et attendre et chercher, une chose qui n'existe pas.

Mais si elle existait, cette chose… Et si cette chose était comme Dieu, qui cesse d'exister quand le credo s'éteint. Nous rappeler *À travers le miroir*, où des lumières s'allument, qui sont rares chez Bergman : l'écrivain David dit à son fils Minus que, parmi les embarras ou les décombres de nos tragi-comédies, brille une petite lueur vacillante mais résistante, « l'idée que l'amour existe en tant que réalité dans le monde des humains ». Pyrograver ça sur une poutre de notre bureau : N'ENTERRE JAMAIS L'IDÉE QUE L'AMOUR EXISTE EN TANT QUE RÉALITÉ DANS LE MONDE DES HUMAINS.

Avons-nous passé l'âge d'aimer ? Il serait bon – ou fou – de retomber en adolescence, et d'être comme Justin près d'Emma « ouvert aux émanations de sa beauté ».

### 68. **Des orgues ordinaires.**

Les tourtereaux ne s'accouplent pas tous de même façon dans un lit standardisé. Alphonse Allais serait-il un bon moniteur d'écriture? Dans un conte il arrive au top instant d'une pariade commencée entre un homme et une femme. Et là: «Gustave Flaubert, avec sa grande autorité et son immense talent, n'osa point insister sur ce qui se passa dans le fiacre de madame Bovary; moi, Alphonse Allais, je suis un type dans le genre de Flaubert, et vous n'en saurez point davantage.» Déplorable parti, qui nous prive d'une page que, sans entrer dans tous les détails, le fumiste aurait su délinéer d'une manière *à se tordre*. Nous qui, à tort ou à raison, sommes du genre à tirer d'une barrique le vin jusqu'à la lie, nous persistons à monter dans le fiacre d'Emma chaque fois que nous pouvons le prendre. Et puis, comme l'a dit Godard à Pialat quand ils se sont vus à Rolle en 1984, «tu ne peux plus raconter *Madame Bovary* comme Duvivier ou Minnelli». Question de budget, mais aussi d'esprit. Autres temps sociologiques, autres mœurs techniques ou littéraires, même si tu es un résistant, n'est-ce pas, lecteur traditionaliste? C'est l'accélération de l'histoire. Dix ans plus tard, en 1994, Sara Lee distribue le wonderbra assemblant 42 pièces, deux fois plus que pour un soutien-gorge classique. Et tu ne voudrais pas plus de sexe dans le discours moderne que dans *Esther* sous le règne de la Maintenon? Il faut être raisonnable, coco. Mais nous t'accordons qu'il est dur d'être à la page sans vouloir à tout prix vivre avec son temps.

Donc, encore une fois, soyons précis. Un numéro de *La Quin-zaine littéraire* annonce la publication d'un livre de Philippe Bon-nefis intitulé *Métro Flaubert*, et présenté par ces lignes de l'auteur : « Sous le titre de *Métro Flaubert*, c'est en fait "la scène du fiacre", dans *Madame Bovary*, que j'aimerais évoquer. Du roman tout entier, celle-là uniquement. » Nous désirons aussitôt cet écrit : Evelyn, notre libraire, par un coursier nous le fournira dans la journée ; c'est cette rousse un peu myope, du type Nora Bar-nacle-Joyce ; ses cheveux d'un blond vénitien changent parfois de ton ; au jour on les dirait d'un blond triestin, et vous savez comme ce blond-là est beau ; elle aime lire et elle sait lire ; la mélancolie n'est pas son fort ; naguère elle nous rappelait ce que le père Souel dit à René (« On n'est point, monsieur, un homme supérieur parce qu'on aperçoit le monde sous un jour odieux ») ; à Chateaubriand elle reproche son refus d'être père ; de l'homme qui sera son compagnon, elle voudra une ribambelle d'enfants. Le même numéro de *La Quinzaine* nous donne envie de lire *Dans le train*, de Christian Oster, censément parce qu'y était décrite la méthode utilisée par deux amants pour faire l'amour dans un train. À Evelyn nous en passons commande, espérant y trouver des minutes bonnes à nous éclairer sur les manœuvres des amants enfermés dans le fiacre.

Ces livres acquis, nous les avons lus.

*Dans le train*, d'abord. Nouveau roman, descendance de Flaubert, toute une histoire, curiosité normale. Mais surtout nous languissions après la description de l'étreinte enwagonnée. Confessons-le, nous nous étions imaginé la scène dans l'espace exigu des WC, et les phrases nous auraient aidé à visualiser le manège d'Emma et de Léon. En fait les personnages d'Oster ne quittent pas leur compartiment. Assis à deux places contiguës, ils se caressent (un jour qu'avec Éva nous descendions vers Aix où nous voulions voir la petite Bethsabée de Cézanne, nous en usâmes ainsi dans une voiture de deuxième classe, nous hâtant lentement car c'était avant le TGV). Donc il y a Anne, et Frank tout contre elle : « Ma main cherchait quelque chose à toucher. Or elle était dans le vide. J'ai glissé mon bras derrière son dos, lui ai pris la taille. Touche-moi, a-t-elle dit. » En gros, cette gymnastique doit correspondre aux adresses de Léon et d'Emma sous la bâche de leur fourgon sépulcral. Léon, vu la mode féminine du temps, peine peut-être plus à atteindre son but. Frank a la chance que la jupe d'Anne soit souple, et sa culotte élastique. Au risque d'un anachronisme, prêtons-lui un modèle mini sur le devant, par-derrière fin comme une corde de *mi*, plus gai que les napperons qu'en sa province les filles rangées fabriquent au crochet pour leurs guéridons ternes.

Maintenant, *Métro Flaubert*, à nous deux ! Bridons notre envie de savoir si dans le fiacre il y avait assez de lumière pour que Léon pût d'abord admirer, entre le gant et le poignet, la peau perlée d'Emma (les stores étaient baissés, il n'y avait pas l'équivalent d'un plafonnier comme à l'arrière de nos limousines). Et ouvrons la chasse ! En vérité nous avons lu le livre de Philippe Bonnefis sans en tirer cuisse ou aile pour le sujet qui nous préoccupe : y a-t-il une méthode et des positions plus judicieuses que d'autres dans un cockpit ? La moins contre-indiquée est-elle au bout du compte celle dont le nom nous échappe et où la maîtresse s'assoit sur les cuisses de son amant, son dos contre sa poitrine ? Sur Flaubert et sur les secrets ou mystères de son alchimie créatrice, Bonnefis nous en apprend beaucoup (Emma meurt le jour où eurent lieu les obsèques de Caroline Flaubert, la sœur tant aimée, etc.). Mais sa réflexion ne porte pas sur ce qui se fait dans « la lourde machine » entre les passagers saisis par « la fureur de la locomotion », et sa table des matières déçoit notre faim de connaissances neuves. *Baisade*, le verbe *baiser*, n'apparaissent pas une fois dans son investigation. Tant pis. Ce sont les risques de l'aventurier liseur, ou plutôt de la manie consistant à consulter des livres au lieu de faire soi-même des expériences. Si c'est possible, nous louerons un jour un fiacre et une professionnelle qui nous aidera à définir la meilleure position à prendre, l'abeille ou la chaise du cardinal, dans une voiture légère et « ballottée comme un navire », pour jouer commodément sous la pression de la folliculine et d'un bon sang qui ne saurait mentir.

Inutile de dire que notre idée de solliciter une fille pour voir comment on fait l'amour en fiacre est une idée saugrenue. Une femme, pour nous, c'est Éva, ou personne. Parce que nous aimons toujours Éva qui est partie avec un capitaine, sans doute hélas un capitaine au long cours.

Sale jalousie qui remue son couteau dans la plaie de notre cœur tocard : Éva et son Nelson entier font l'amour dans la cabine d'un navire marchand de rêves. Notre consolation est de penser qu'ils sont à l'étroit pour tenter des galipettes acrobatiques. Ce n'est pas confortable de prendre son pied, même si on l'a marin, par de telles conditions. Dans *Les Maia,* il arrive que Carlos loue un fiacre pour rendre à la Gouvarinho l'hommage qu'elle lui réclame goulûment. Eça de Queiroz nous dit que les deux heures passées par Carlos dans cette alcôve de fortune ne lui donnèrent pas l'envie de recommencer : il en sortit les jambes engourdies, dégoûté aussi de tous ces baisers qui lui étaient tombés sur la barbe plutôt que sur la bouche à cause des cahots ou des embardées de la patache.

Éva, nous t'oublierons. Il le faut. Chérie, nous t'oublierons par la force des choses de la vie, par la faiblesse de notre nature. Charles, qui appelle « Ma chérie » son indépassable Emma, Charles a le génie de l'immuabilité. Il serait le mari le plus gentil de la littérature française, avec M. de Clèves. Nous n'égalons pas ces gentilshommes. Si nous avions dû mourir d'amour, de notre amour déchiré, ce serait fait. La souffrance de la déchirure ne nous a pas tué. Nous sommes triste de notre survivance. On croit toucher des orgues ordinaires, en touchant l'homme. Ce sont des orgues, à la vérité, mais bizarres, changeantes, variables. Éva citait souvent cette pensée.

Disons aussi au revoir à Léon. Petit Léon, vous n'êtes pas un méchant homme. Simplement, un pauvre type d'homme. Devenu à présent notaire à Yvetot, vous avez épousé Léocadie Lebœuf *en justes noces*. Vous êtes heureux et vous avez beaucoup de petits veaux. Léocadie gouverne l'étable du bonheur. Elle est une bonne ménagère. Vous caressez calmement son épiderme rose truie. La peau d'Emma, vous l'avez oublié, était faite pour les perles.

## 69. **Le fou d'Éva est peut-être guéri.**

Trois semaines sans penser à Éva. Oui, vingt jours viennent de couler sans que Mme Bovary et, partant, madame notre fugitive épouse nous aient occupé, ou visité, ou irrité. Nous avions l'esprit ailleurs. Nous nous divertissions à écrire à toute vapeur le polar qui renflouerait notre caisse à peu près vide (et bientôt nous tenterons d'écrire un vrai bon livre, avec l'ambition de réussir dans ce noble jeu de tête mieux que Charles ne fit en opérant le pied bot d'Hippolyte). Une vingtaine de jours à être hanté seulement par l'intrigue et la technique d'écriture de ce roman alimentaire. La jalousie, la nostalgie, la mélancolie nous laissèrent tranquille. Éva nous avait fui, notre petit monde n'était pas un désert, chez le boulanger une jeunesse qui achetait une pizza ressemblait à la *Nina florentina* qui obséda Aby Warburg. Nous allions mieux. Ainsi nous étions-nous sorti d'une sciatique dont nous désespérions être jamais délivré puisque, après neuf séances chez le kiné, la douleur conservait son acuité, mais soudain, contre toute attente, nous avions senti à la dixième visite un soulagement qui fut durable, et suivi d'un retour à la marche normale.

Trois semaines passées sans être ensemble avec Emma, sans être ensemble avec la pensée d'Éva. *Ensemble* : mot adorable, dit Paul Morand quand il pleure la mort de sa femme et ne peut plus l'utiliser. Sommes-nous en voie de guérison ? Guérir d'Éva est un espoir, une affliction aussi : un attachement rompu laisse au cœur libéré une oppression paradoxale, et amère. Morand revient sur cette idée chaque fois qu'il sent diminuer son chagrin d'avoir perdu Hélène. Dans son *Journal* il cite souvent le pessimiste auteur d'*Un amour de Swann*, admirant que Proust lui ait dit, à son départ en 1917 : « Ce n'est pas parce que vous partez que j'ai du chagrin, c'est parce que je vais vous oublier. » Appelons Morand une dernière fois pour écouter son hypothèse, peut-être juste et vérifiable, du coup de foudre à l'envers :

> 22 décembre 1976. Le caractère, le passé, l'orgueil, tout est oblitéré, soudain, par l'amour, chez l'être amoureux. Mais c'est momentané ; l'amour passe et les composants d'origine reprennent peu à peu (ou d'un coup) le dessus. Il arrive que l'amour s'en aille comme il est venu : par un coup de foudre *en sens contraire*.

Vu les remèdes que nous avons pris contre Éva – écrire et lire, lire et écrire –, nous aurons en même temps conjuré notre *bovarysme*, notre manie de fuir la réalité, en l'occurrence la vilaine blessure d'avoir été quitté. Nous ne nous réfugierons plus dans des histoires d'amour, littéraires ou cinématographiques. Mais il est douteux qu'un retour à la raison réaliste nous réussisse mieux au teint et à la tête que notre enfermement dans la caverne des idées pures et des formes imaginaires. La littérature, maîtresse dominatrice, nous a mené par le bout du nez, du désastre de l'amour à l'extinction des peines liées à ce désastre. La réalité aura-t-elle l'autorité pour nous apprendre à ne lire qu'elle, selon les règles de sa grammaire ? Attaché aux choses nues, sachant les aimer sans les cristaux de la poésie qui altère leur contour même quand sa portée suit une clé matérialiste, ne serons-nous plus en butte aux erreurs de la passion amoureuse ? Et quel est le goût d'une vie où la passion trompeuse – la passion « que l'art exagère », comme Emma s'en rend compte à la fin – ne fourre pas les grains gris de son sel ?

La fin de notre chagrin mettra un terme à ce mémoire sur Emma. Par bonheur il ne s'agit pas d'une maîtrise à boucler avant de passer l'agrégation. Tant pis s'il y a des œuvres qui seraient à lire ou relire pour les utiliser ici à raison de leurs similitudes avec *Madame Bovary*. Mémoire, *mémoire*. Le nôtre va finir taillé comme une quenouille. Il aura l'air d'un éléphanteau terminé par une queue minuscule. Mais quoi! *Writing a book is like washing an elephant: there's no good place to begin or end, and it's hard to keep track of what you've already covered.*

Pourtant nous avions encore à fouetter tant de toupies apparentées à la fille mythique de Flaubert (certaines acquises chez Evelyn; Evelyn dont nous goûtons l'esprit, et l'on devine sa beauté de chair. Mémorandum: avec Éva aussi nous avons adoré nous allier au lit et en littérature, mais quel triste bilan! Aurions dû nous surveiller par de fréquents *check-up* sentimentaux).

Nous ne dirons donc rien de *La Fille de Ryan* de David Lean; c'est, de l'aveu même de Lean, une histoire inspirée par *Madame Bovary*, l'action étant déplacée en 1916 dans un village irlandais: la distribution aurait pu stimuler nos gloses sur le jeu de Sarah Miles, et surtout sur Robert Mitchum, déployé à contre-emploi dans le rôle du mari trompé et dérisoirement faible. Au revoir, Miss Ryan.

Rien de Mrs Craddock, la belle figure créée par William Somerset Maugham dont le mari Edward est mille fois pire que Charles. *Goodbye*, Bertha Craddock.

Rien non plus sur *Maya Memsaab* (madame Illusion), le film de Ketan Mehta qui fut visible lors du 34e festival du film de l'Inde. Salut à vous, Deepa Sahi, qui, nouvelle Emma hindi, avez été magnifique pour exhiber le désir d'une femme indienne, et sublime quand à la fin vous vous dissolvez dans votre miroir comme un cachet d'aspirine, mourant d'une non-mort égale à un suicide.

Rien de mademoiselle Deng, la personne jolie comme un jade dont Li Tiej'En fait une Bovary du Sechuan après qu'il la marie, dans *Rides sur les eaux dormantes*, à l'Idiot Cai, un épicier de Retour du Ciel, malotru et benêt qui n'usurpe pas le chapeau vert. *Zaï tian*, mademoiselle Deng.

Rien des personnages de Svevo dont Montale fut le premier à voir le bovarysme. *Ciao* Zeno Cosini. Emilio Brentani, *ciao, ciao*.

Rien de la petite provinciale de Ruffec, un rien femme savante, une Emma Bovary qui a épousé un pharmacien manchot, au lieu du toubib maladroit de Flaubert. Nous aimons *Aurélien*. La première fois que nous rencontrâmes Bérénice Morel, nous la trouvâmes franchement belle. Pourtant, au revoir Bérénice. Nous aurions volontiers parlé de votre noble évolution. Mais ce renoncement n'est pas un mal car, repris par l'humeur digressive et hypercitante des écrivains mélancoliques, nous aurions mis notre commentaire sous la caution de Paulhan qui disait n'aimer que les romans où l'auteur ne craint ni d'être insistant ni d'être naïf, alors qu'Aragon lui semblait détestable à force de faire des tours de son métier un bouquet ininterrompu d'adresse et d'artifice.

Rien sur *Retour à l'aube* de Henri Decoin, où Danièle Darrieux est si juste dans le rôle de la paysanne mal mariée, qu'on la projette en une merveilleuse Emma. Au revoir, Annita Ammer, au revoir, pauvre petite.

Rien de *Sauve et protège*, le *Madame Bovary* d'Alexandre Sokourov. Pourtant, comme l'écrivit Didier Péron, son interprète Cécile Zervudacki fait crier la nécessité de cette adaptation avec sa voix de grenouille cancéreuse et sa langue bariolée de français, de russe et de miaulements.

Rien de *Lumière dans la nuit*, de Helmut Käutner. Rien de *Madame Sartoris*, de Elke Schmitter. Au revoir, Frau Margarethe. *Auf wiedersehen*, Madeleine et Marianne Hoppe.

Au revoir aussi à vous, Ana Ozores, qui dans *La Régente de Clarín* êtes en butte aux gens de Vetusta comme Emma offusque les vilains Yonvillais ; pourtant votre roman nous est cher puisqu'il nous fut un cadeau d'Éva lors d'un anniversaire.

Éva. Éva indélébile. Hélas, Éva évanide comme un nom adoré inscrit sur du carrare. Ce que nous avons aimé, nous l'aimerons toujours. Qu'en sera-t-il de toi ? Qu'en sera-t-il pour toi ? Éva, amie de notre cœur. Éva que nous avons envie d'étriper, que nous ne pouvons extirper de notre peau, Éva dont la photo n'a pas quitté notre chevet, que fera-t-elle si demain elle est déçue par son amant tout nouveau et tout beau ? Nous retrouverons-nous ? Dans l'oreille nous gardons l'accent qu'elle avait quand elle lisait à haute voix *Fuir ! là-bas fuir !… des oiseaux sont ivres… Je partirai !…* Elle ira plutôt enseigner à des petits broussards de l'Afrique démunie, à Bamako ou à Mopti. Ou bien se retirera-t-elle dans un couvent de petites sœurs laïques, en banlieue parisienne où les déshérités pullulent ? C'est qu'elle est bien fichue de déserter le portail chic du lycée Fénelon pour un poste dans une zone d'éducation difficile, surpeuplée de gamins qui baragouinent comme ils peuvent. Il y a en elle quelque chose de l'Alissa de *La Porte étroite* : renoncer pour s'accomplir est une tentation que nous avons vu pousser dans la serre de son éthique. Puisse-t-elle ne pas opter pour un tel sacerdoce. Satisfaite moralement, comment ne souffrirait-elle pas de l'appauvrissement intellectuel, sinon spirituel, qu'elle connaîtrait du côté de Goussainville, voire de Meaux, qui était plus paisible quand Gustave y rejoignait Louise ? À Fénelon, elle inculquait à ses élèves une bonne hygiène des lettres, les exhortait à surveiller leurs adjectifs, leur citait Cioran qui, dans le *Précis de décomposition*, affirme que la différence entre l'intelligence et la sottise réside dans le maniement de l'épithète, dont l'usage sans diversité constitue la banalité. À Goussainville, avec ses petits Roumains ou ses jeunes

Maliennes, elle n'aurait même pas la banalité dans le bredouillis des cent ou deux cents mots de leur bagage lexical. Mais qui sait ? Elle serait peut-être heureuse de se tuer à leur rendre accessible la langue de Marivaux. Cette femme était trop *belle* pour nous. Et là, nous parlons de sa qualité humaine.

Neuf semaines. Serait-ce le décès de l'amour ? Nous comptons neuf semaines depuis la libération de notre esprit. Nous délaissons nos écritures et d'Emma et d'Éva. Comme si nous cessions d'être *à leur botte*. Comme si nous n'aimions plus tout ce qui fut notre passion. Finies, nos obsessions. Morte notre maladie d'amour. Émoussés, les talons aiguilles de ces bottes que nous cirions en féale manie. *Tout ce que j'aimais*. C'est le titre d'un livre de Siri Hustvedt. Peut-être lirons-nous ce livre ; s'y trouverait une référence à Emma, pour laquelle notre tendresse n'a pas faibli. Nous devrons l'étudier encore. Elle nous reviendra, et de nouveau provoquera notre parole parce qu'elle est une énigme. Flaubert ne nous a pas tout dit de sa « petite femme » qui est bonne et qui ne l'est pas, qui est bête et qui ne l'est pas du tout. Ce nous fut une grâce de nous être tant de soirs endormi sur elle, sans avoir percé le secret *qui la fait languir*. Aucun livre n'a encore été au fond ni de ses reins ni de son âme. Aucun n'y parviendra jamais.

Tendresse, repos de la passion. Seule la passion librique, si le destin nous prête vue jusqu'au terminus, nous tourmentera de volupté dans la fidélité. Par plaisir, seulement pour le plaisir, nous lirons les histoires d'amour où la psychologie est la continuation de la physiologie par des moyens hypocrites, et les exceptionnelles où les états d'âme sont de pures merveilles qui ne viennent pas du corps. Guéri d'Éva, nous lirons encore et toujours, des œuvres grandes et des ratées, parce que le lecteur vrai de vrai est celui-là seul qui lit pour lire. Bien que le blaps du chagrin nous laisse mieux dormir, nous nous ménagerons de longues heures de lectures et de lisarderies, même sans les nuits blanches, jusqu'à l'article de l'irréversible coma, du dernier rot, du sommeil à jamais privé de rêves.

Grâce, tendresse. Grâce, tendresse. Pourquoi ces mots nous viennent-ils souvent sur cette page ? Nous sommes le berger qui dans sa maison n'a pas su retenir son Éva. Éva… «Aimez ce que jamais on ne verra deux fois. / Oh! qui verra deux fois ta grâce et ta tendresse»… Nous avons expérimenté que *jamais plus* est le mot le plus terrible du chagrin.

## 70. **Mémoire d'un fou d'Emma : sortie.**

Puissions-nous ne pas être lu par un lettré qui, arrivant au terme de nos pages, voudrait nous appliquer l'idée émise sur Flaubert par Octave Mannoni dans *Clefs pour l'Imaginaire* : « Quand Flaubert a découvert que madame Bovary, c'était lui, il aurait dû récrire son roman en tenant compte de cette découverte. » Nous prévenons que, comme l'amour c'est beaucoup plus que l'amour, pour nous Emma, c'est beaucoup plus qu'Emma telle qu'elle est dans le roman nu de Flaubert. Tristesse de la quitter. Sourions *en dernière analyse* : cette poulette aux cuisses de poularde, aux ailes d'albatros, nous l'avons fait mijoter au pot de notre bibliothèque, lequel n'est pas une cocotte-minute ; nous avons cuisiné Emma au petit feu très doux de nos lectures lentes, le temps d'oublier Éva. Or maintenant c'est fait. Il y a huit jours nous nous sommes réveillé et mis debout tout de suite, léger, allégé de tout chagrin. Avec Éva notre vie était bonne, rangée, calme, et sans doute que du plat de ce calme elle a eu satiété. Ce fut, sous notre crâne, puis dans tout notre être, une tempête avec des râles et des sifflements âcres, quand nous fûmes quitté. Nous étions défalqué de notre force, étant à jamais coupé de celle qui nous fortifiait. Et de nouveau c'est l'accalmie dans notre for intérieur. Notre travail sur Emma, les bonnes lectures qu'à son sujet nous avons multipliées, ont pansé notre navrement, fermé les plaies de notre amour propre, et chassé les douleurs de l'échec. Il y a encore beaucoup à lire et beaucoup à dire sur Emma. Elle est si mystérieuse.

Nous suspendons notre union, notre liaison, notre affaire avec elle. Notre histoire d'amour. Nous avons maintenant envie de dire : nous aimons Emma un point c'est tout, comme la Dora de Freud qui, ayant passé deux heures devant la *Madone Sextine* de Raphaël, et interrogée sur ce qui lui avait tant plu dans ce tableau, répondit ces deux mots : La Madone. Nous aimons Emma parce que c'est elle, et parce qu'elle a été nous, parce que nous avons été elle pendant un long espace de temps mauvais, mais adouci par sa présence en nous. Notre gratitude lui est assurée pour toujours.

Notre amour pour Éva devait être mort totalement dans la nuit, quand il y a huit jours, au matin, nous nous sommes réveillé heureux. En tout cas plein d'un espoir sans objet qui semblait proche d'un désir de revivre, et de vivre sans lire à tout bout de champ. Nous n'avions plus d'oppression, plus ce mal chronique aux maxillaires comme depuis son départ. La messe de l'amour mort n'eut pas à être dite. Il n'y avait pas de cadavre. Éva suit son chemin, peu importe avec qui. C'était une passionnée. Avec elle nous n'avons jamais connu l'ennui, tant sa conversation était riche et brillante. Mais toujours enflammée. Trop peut-être. Surtout quand elle s'intéressait au siècle, aux prisonniers des établissements pénitentiaires où la peine ne se limite pas à la privation de liberté, aux hôpitaux où les infections nosocomiales se répandent plus que de raison, aux S.D.F. de plus en plus nombreux, aux filles vendues par des maquereaux roumains, aux enfants nés sous X qui recherchent leurs géniteurs, aux chiens perdus euthanasiés, aux pigeons voyageurs qui perdent le sens de l'orientation à cause des nuisances du monde industriel. Nous sommes moins altruiste. Si elle ne s'en était pas allée, un jour serait venu où nous ne nous serions plus aimés qu'à demi, à notre insu d'abord grâce aux beaux échanges littéraires maintenus entre nous ; ses curiosités sociétales et séculières prenant le pas sur les questions de littérature qui sont si importantes, nous nous serions disloqués, nous-même nous aurions déchanté, et notre couple aurait toussé comme un moteur bridé, pour enfin choir sur le carreau du désamour et de l'amour péri. Telle est donc notre histoire : nous avons eu un grand amour pour une femme qui nous plaisait, qui était notre genre, qui a cessé de nous aimer – car nous croyons qu'elle nous aima –, et qu'aujourd'hui nous regardons avec une estime d'autant plus tendre que nous avons fini par cesser nous aussi de l'aimer. Nous avons fini notre amour d'Éva comme on finit vraiment un livre après qu'on avait cru en avoir fini avec lui et qu'on le retouchait toujours.

Au revoir, Emma. Emma est un chef-d'œuvre.

*Addio*, Éva, je t'ai aimée tu sais. C'était bien, avant, comme dans la chanson, quand je posais ma main sur ton sein, et toi d'un doigt tu me barrais les lèvres. Mais la vie sépare ceux qui s'aiment, plus ou moins doucement, parfois dans le bruit des regrets pianotés sur une machine à écrire ; et la mer donneuse de mort, la mer donneuse de vie, emporte dans son sable l'amer mystère de l'amour.

Ne nous mettons pas en retard. Nous avons rendez-vous avec Evelyn, aux Presses universitaires, près de la table des *nouveautés*.

# TABLE

 1. Éva . . . . . . . . . . . . . . . . . . . . . . . . . . . . . . . . . 9

 2. État présent de votre esprit . . . . . . . . . . . . . . . . 17

 3. Éva équivalait pour nous, à elle seule,
    au harem qu'Usbek avait à Ispahan . . . . . . . . . . . . 21

 4. L'araignée silencieuse . . . . . . . . . . . . . . . . . . . . . . . 25

 5. Tout le monde est idiot, soit, mais pourquoi
    les intellectuels le sont-ils si souvent? . . . . . . . . . . 30

 6. Demain nous dirons peut-être le contraire, . . . . . . . 37

 7. La «petite femme» de Flaubert: nous sommes
    passionné par elle, en elle tout nous plaît, même
    ce qui ne nous plaît pas . . . . . . . . . . . . . . . . . . . . . 39

 8. Jalousie . . . . . . . . . . . . . . . . . . . . . . . . . . . . . . . . . . 43

 9. Aimer Emma . . . . . . . . . . . . . . . . . . . . . . . . . . . . . 46

10. *Signora Bovary, corragio pure* . . . . . . . . . . . . . . . . 48

11. Disons-le à plus haute voix encore: . . . . . . . . . . . . . 51

12. Un seul trait, peut-être, nous rapproche de Flaubert 54

13. Qu'Emma soit belle, il n'est personne qui ne le sente 57

14. Les épaules d'Emma . . . . . . . . . . . . . . . . . . . . . . . 59

15. Un être qui est là . . . . . . . . . . . . . . . . . . . . . . . . . . 62

16. *Bookoholic* . . . . . . . . . . . . . . . . . . . . . . . . . . . . . . 64

17. Loi, destin, fatalité . . . . . . . . . . . . . . . . . . . . . . . . . . 67

18. Même si elle lisait mal, Emma lisait beaucoup . . . . . 69

19. *Ochi tchornya*, les yeux d'Emma . . . . . . . . . . . . . . . 72

20. Notre libraire . . . . . . . . . . . . . . . . . . . . . . . . . . . . . 75

21. Être le féal d'Emma . . . . . . . . . . . . . . . . . . . . . . . . 77

22. Emma, Michon, Buffon et nous .............. 80
23. Une Normande en Italie ................... 82
24. Emma et Madeleine ...................... 87
25. Homais ................................ 90
26. Les seins d'Emma ....................... 95
27. Donc les seins d'Emma, suite .............. 101
28. Emma, *la mie* de Rodolphe Boulanger. ......... 105
29. Quand on voudrait attendrir les étoiles ......... 108
30. La langue longue d'Emma,
    ou *rien de plus qu'une langue* ................ 111
31. Une jeune femme sérieuse .................. 118
32. Nous ne sommes pas sûr d'avoir bien jugé Charles . 120
33. Ouvrir Emma ........................... 125
34. Physiologie de l'amour ................... 130
35. L'impérial procureur ..................... 135
36. *Madame Bovary* et la question de l'amour sublime.. 138
37. Combinaison. ........................... 141
38. Noms, *calembourdes*, jeux avec les lettres ........ 145
39. Emma et Pasiphaé ....................... 147
40. Comices de notre amour vachard,
    nous vous déclarons ouverts. ................ 151
41. Le grand oiseau d'Emma ................... 164
42. La porte d'Emma ........................ 166
43. Le pied d'Emma ......................... 170
44. Le prix d'aimer Emma. .................... 174
45. Musiques. .............................. 176
46. La solitude d'Emma ...................... 178
47. Ry et religion. .......................... 179
48. Sur l'âme d'Emma. ....................... 181
49. Le beau séant d'Emma. .................... 191
50. Cigare, médium d'ivresse subtile .............. 196
51. Justin sous la jupe d'Emma ................. 203

52. Justin devant le linge d'Emma . . . . . . . . . . . . . . . . 209
53. En sautoir, nouvelle vague de commentaires . . . . . . 213
54. Les aisselles d'Emma . . . . . . . . . . . . . . . . . . . . . . . 216
55. Les lettres d'amour . . . . . . . . . . . . . . . . . . . . . . . . 219
56. Marie-Antoinette. . . . . . . . . . . . . . . . . . . . . . . . . . 220
57. Flaubert c'est elle (Éva) . . . . . . . . . . . . . . . . . . . . 223
58. *Alioquin moriar* . . . . . . . . . . . . . . . . . . . . . . . . . . 226
59. Enfants perdus de la lettre . . . . . . . . . . . . . . . . . . . 228
60. Prostitution . . . . . . . . . . . . . . . . . . . . . . . . . . . . . . 231
61. Rimbauvary / Bovarimbaud . . . . . . . . . . . . . . . . . . 233
62. Des références à Emma dans la presse . . . . . . . . . . . 236
63. Maris complaisants . . . . . . . . . . . . . . . . . . . . . . . . 240
64. Qui, pour incarner Emma au cinéma ? . . . . . . . . . . 242
65. Plessis-Robinson . . . . . . . . . . . . . . . . . . . . . . . . . . 244
66. Le livre est la plus belle conquête de l'homme . . . . . 248
67. Pour une chose qui n'existe pas . . . . . . . . . . . . . . . 250
68. Des orgues ordinaires . . . . . . . . . . . . . . . . . . . . . . 252
69. Le fou d'Éva est peut-être guéri . . . . . . . . . . . . . . . 257
70. Mémoire d'un fou d'Emma : sortie . . . . . . . . . . . . . 264

RÉALISATION : PAO ÉDITIONS DU SEUIL
IMPRESSION : NORMANDIE ROTO IMPRESSION S.A.S. À LONRAI
DÉPÔT LÉGAL : MARS 2009. N° 94510 (09-0556)
*Imprimé en France*